韓國의 名文百選

沈 在 箕

(下)

지식과교양

이 책을 읽으실 분들께
(서문을 대신하여)

어느새 세월이 흘러 인생을 마무리하여야 할 때가 가까웠습니다. 은혜로웠던 지난 생애에 대하여 감사하는 마음 그지없습니다. 그 마음의 만분지일이나마 세상에 보답하여야겠다는 생각에서 저는 이 작은 책을 꾸미게 되었습니다. 이것은 저의 보잘것없는 독서 비망록이지만 그래도 이 책을 읽으실 분들께 이 책이 어떻게 나오게 되었는가 하는 내력을 적어 저의 속마음과 이 책의 성격을 해명하고자 합니다.

저는 1950년대 초반에 중·고등학교를 다녔습니다. 6·25 전쟁의 소용돌이 속에서 중학교 3년을 보냈습니다. 몇 권의 교과서를 피난 보따리 속에 넣고 다니며 교과서의 처음 몇 페이지를 배우고 나면 한 학기가 끝나고, 또 학년이 올라가는 세월이었습니다. 고등학교에 진학한 1953년에는 봄·여름 내내 휴전반대 데모를 하느라 수업시간도 줄이던 적이 있었습니다.

그 시절에 국어문법 시간은 참으로 가관이었습니다. 첫 학기에는 이름씨, 움직씨, 느낌씨로 씨갈래 공부를 했는데, 그 다음 학기에는 명사, 동사, 감탄사라는 명칭으로 품사 분류가 바뀌는 것이었습니다. 담당선생님의 취향에 따라 교과서 선택이 달라지고 따라서 문법용어가 다르게 쓰였기 때문이었습니다. 이러한 분위기에서 저는 우리말에 대한 관심을 키우게 되었습니다. 그리고 드디어 대학교에 들어가 국어학을 전공하는 학생이 되었습니다.

대학생활은 참으로 행복했습니다. 훌륭한 스승님들 밑에서 학문하는 즐거움이 어떤 것인지를 감동의 연속으로 체득할 수 있었기 때문입니다. 그러나 일상의 생활은 지극히 험난하였습니다. 대학 4년 내내 가정교사 생활로 남의 집을 전전하며 동가식 서가숙을 하였기 때문입니다. 그 시절에는 온 나라가 경제적 어려움에서 허덕이던 때라 저의 어려움은 대개의 대학생들이 겪는 일이기도 하였습니다. 아마도 학문에 대한 열망이 행복한 마음을 지켜주었기 때문에 생활의 어려움을 어려운 줄도 모르고 이겨냈는지도 모르겠습니다.

1960년 봄, 저는 대학을 졸업하고 고등학교의 국어선생이 되었습니다. 그리고 대학원에 진학하여 국어학을 계속하였습니다. 세부 전공으로는 어휘론과 의미론을 선택하였습니다. 어휘와 의미에 특별한 관심을 갖고 공부하게 된 경위는 다음과 같습니다. 즉, 고등학교의 국어선생이 되어 수업을 담당하게 되었을 때, 저는 대학에서 배운 국어학 지식이 별로 도움이 되지 않는다는 것을 알게 되었습니다. 국어의 음운, 형태, 문법에 관한 지식은 우리말을 담는 겉그릇, 겉싸개, 곧 외형에 불과한 것이요, 그 알맹이 곧 내용에 대한 지식이 아니기 때문이었습니다. 그래서 우리말의 겉그릇이긴 하지만 그래도 속알맹이에 가까운 어휘와 의미 쪽으로 관심을 집중시키게 된 것이었습니다.

그러나 그것으로 만족할 수는 없었습니다. 국어과목이 본질적으로 통합교과의 성격을 띠는 것이라 국어 선생님은 모름지기 백과사전적 지식을 갖춘 만물박사가 되어야 하는 것이기 때문이었습니다. 게다가 관후하고 신실한 인품이 특별히 요구된다는 것도 심각하게 느꼈습니다.

그런데 1966년 봄에 저에게 놀라운 일이 벌어졌습니다. 송구스럽게도 제가 대학교수가 된 것입니다. 대학이라는 곳이 대체로 전공분야의 연구에 충실하면 기본적인 의무는 채우는 것이라 저의 무식함을 잠시 숨길 수는 있었습니다. 그렇지만 전공과목 이외에 교양국어를 담당하게 되면서 저는 고등학교 국어교사 시절의 무식과 무교양을 다시금 절감하게 되었습니다.

더구나 대학생들의 글짓기 능력을 증진시켜야 한다는 책임을 느끼면서 통합교과적 지식의 필요성이 더욱 간절하게 되었습니다. 그래서 저는 최소한 국학분야의 문학, 역사, 철학만이라도 조금씩 알아두어야겠다는 생각으로 우리 조상들의 글을 하나씩 찾아 읽기 시작하였습니다. 물론 저는 모자라는 한문실력을 보충하기 위하여 스승을 찾아 배우기도 하고 좋은 번역문을 구해 읽기도 하면서 조상들 한 분, 한 분의 정신세계를 들여다 볼 수 있었습니다. 그 기쁨은 이루다 형언할 길이 없었습니다.

그렇게 세월이 흘러 1990년대 말이 되었습니다. 그때 「한국인」이라는 교양지에서 좋은 글짓기 수련의 방편으로 조상들의 글을 한 편씩 소개하면 어떻겠느냐는 제의가 들어왔습니다. 그래서 저는 「한국의 명문 순례」라는 원고지 10매짜리 칼럼을 쓰기 시작했습니다. 그 반은 해설이고 나머지 반은 원문을 번역하여 소개하는 것이었습니다. 10여 편을 썼는데 불행하게도 「한국인」이 폐간되어 그 칼럼은 중단되었습니다. 그러다가 2000년대에 들어와「한글＋한자문화」라는 잡지에 다시 그 칼럼을 실리게 되었습니다.

때마침 한자교육의 부활과 강화가 절실하게 된 시점이라 저의 칼럼은 분량의 제약을 벗어나 때로는 짧게, 때로는 길게 쓸 수 있었습니다.

그 칼럼들이 40여 편 쯤 모였을 무렵 저는 그것을「永樂에서 蕩平까지」라는 제목을 붙여 세상에 선을 보인 적이 있었습니다. 지금부터 여섯해 전의 일입니다. 그때에 뜻있는 이들이 그 책을 찾아 읽고, 조상들의 글을 맛보기로 감상할 수 있어서 참으로 좋았다는 격려의 말씀을 해 주셨습니다. 그런데 이제 그 칼럼들을 추슬러 보니 100여 편이 넘게 쌓여 있는 것이었습니다.

그래서 다시 용기를 내어 이 책을 꾸미게 되었습니다. 좋은 글을 남기신 조상님들이 어찌 100분 밖에 되지 않겠습니까? 여기 실린 100여 편의 글은 급히 제 손에 잡히는 대로 뽑아 읽은 글들입니다. 그것도 한 분에 한 편씩만 뽑아 읽은 글들입니다. 한 분의 글만 연구하고 감상한다고 해도 한 평생이 모자랄 수 있는데 그 좋은 글들을 전부 다 섭렵할 수는 없는 일이니까, 한 분의 글도 한 편씩만, 그것도 일부분만 잘라낸 것이니 글자 그대로 맛보기 감상에 불과한 것입니다.

한 편의 글은 크게 네 부분으로 나뉘어 있습니다. 첫째 부분은 소개하는 글에 대한 총체적인 해설로서 그 글이 쓰인 역사적 배경과 글의 주인공을 소개하였습니다. 두 번째 부분은 원문의 현대어 번역문입니다. 오늘날의 감각에 맞게 하느라 때로는 의역한 부분도 있습니다. 세 번째 부분은 저의 개인적인 감상을 적었습니다. 일종의 평설입니다. 끝으로 마지막 부분은 한문 원문을 실었습니다. 한

문, 한자실력이 점점 떨어지는 요즈음, 한자는 보기만 해도 골치아파하는 분들에게 그래도 그것이 우리 조상님들의 혼령이 서린 본래의 글이니, 그 원문의 맛을 조금은 느껴보아야 하지 않겠느냐는 뜻에서 한문 원문을 실은 것입니다.

이 책을 어떤 경위로 손에 들으셨건, 일단 손에 들으셨다면 시간 형편이 닿는대로 하루에 한·두편씩 꾸준히 읽기를 권합니다. 한 인물의 전 생애와 사상, 그 분이 살고 간 시대를 거슬러 역사적 현장을 상상하면서 글 내용을 검토하고 탐색해야만, 한 편의 글이 오늘날 우리에게 전하는 메시지를 어렴풋이 들을 수 있기 때문입니다. 그리고 할 수만 있다면 가장 감명 깊은 한두 구절에 밑줄을 치고, 그 구절의 한문 원문은 어떻게 되어 있는지 대조하여 기억하는 정성을 기울인다면, 이 책이 한국사상, 한국역사, 한국문학의 맛보기를 넘어서서 한국인이 누구인가를 말해주는 뇌성벽력 같은 호령을 들을 수도 있을 것입니다.

단언하거니와, 이 책을 손에 든 분은 복되다 할 것입니다. 여기에 100분이 넘는 우리 조상님들의 숨결이 우리를 감싸고 호위하며 우리의 영혼을 살찌게 할 것이기 때문입니다. 삼가 이 책을 읽으실 분들의 건강과 행복을 기원하며 엮은이의 사연을 마칩니다.

2012년 1월 22일
북한산 끝자락 평창골 서재에서
沈 在 箕 삼가 적습니다.

| 차 례 |

〈下卷〉

■ 이 책을 읽으실 분들께

조선전기-하

조선후기

조선후기 실학시대

조선전기—하

노수신(盧守愼)의 교의정부우찬성이황서
(敎議政府右贊成李滉書)

삼강오륜은 조선왕조 오백년을 든든하게 지탱한 사회정의의 주춧돌이요 울타리였다. 그 첫머리에 놓인 제1조가 군신관계를 규정한 군위신강(君爲臣綱)이요, 군신유의(君臣有義)라 하는 덕목이다. 이 덕목은 오늘날에도 여전히 살아있는 인류보편의 생활지표임은 두말할 필요도 없다. '군(君)'이 국가 · 민족이라는 공동체 개념으로 바뀌었고, '신(臣)'이 공무원 더 나아가 국민이라는 집합개념으로 바뀌었을 뿐, 군[나라]과 신[백성]이 충성과 의리로 결속되어 있다는 것은 아마도 만고에 변치 않을 진리일 것이다.

그리하여 예부터 '군위신강'을 깊이 이해하고 있는 군주는 그 가르침을 '신위군강'이라고 뒤집어 볼 줄 아는 슬기가 있었다. 신하가 현군을 모범으로 삼아 어버이처럼 모시고 따르듯 임금도 또한 어진 신하를 사부로 알고 어버이 되어 주기를 갈망하였다. 유군기신(幼君耆臣 : 어린 임금과 늙은 신하)의 경우, 그것은 더욱 자연스런 정경이었다.

1569년 어느 늦은 봄날, 경연이 파한 자리, 어느새 등극한 지 3년째의 선조는 그때에 겨우 만17세의 소년이었다. 아무리 영특하고 조숙했다 하여도 선조에게 만기총람(萬機總覽)은 북악에 걸린 백운 같은 것이 아니었을까? 소년 임금 선조는 다담상을 물리며 막 일어서려는 시강관, 시독관들을 향하여 혼잣소리 같은 한 마디 말을 건넨다.

"과인이 우찬성 이공을 못 본지 오랬소이다. 근황이 어떠한 지…."

시신 중의 한 사람이 그 말씀을 듣고 일어서려다 말고 부복하여 아뢴다.

"아뢰옵기 송구하오나, 우찬성 이황(李滉)은 지난 해에 병이 있어 사직하고 돌아가지 않았나이까? 전하께옵서도 아시는 줄……."

노수신(盧守愼)

"과인이 보고 싶어서 해 본 말이오만, 다시 올라오시게 할 수는 없겠소이까?"

이러한 대화 끝에 퇴계 이황선생에게 임금이 그리워하며 찾으시니 상경하면 좋겠다는 교서를 내려보내기로 결정한다. 그 교서집필의 적임자로 노수신이 지목되었다.

소재(蘇齋) 노수신(盧守愼, 1515 중종 10~1590 선조 23)은 선조가 즉위한 직후에 오랜 유배생활에서 풀려 교리로 기용되었고 뒤미쳐 대사간·부제학·대사헌·대제학에 이조판서를 거쳐 영의정에까지 이른 사람이니 선조가 퇴계 경모의 뜻을 술회한 경연의 자리에서는 아마 시강의 책임을 지고 있었을 것이다.

소재는 조선조 선비가 대개 그러하듯 경학과 환로를 병진시켰던 학자관료였다. 17세 때 당대 경학의 대가로 알려진 탄수(灘叟) 이연경(李延慶)의 딸과 혼인하여 장인의 문하생으로 성장하였다. 벼슬은 29세 때(중종 28년) 식년문과에 장원을 하면서 시작하였는데, 을사사화, 양재역벽서사건 등에 휘말려 순천으로 진도로 19년간이나 귀양살이를 하였다. 그 귀양살이 중에 이황·김인후 등과 서신으로 인심도심 등 경학의 쟁점들을 토론하면서 교분을 쌓았다. 그 인연이 다음과 같은 교서를 쓰게 되었던 것이다. 그 때 소재의 나이 54세, 퇴계는 69세였다.

의정부 우찬성 이황(李滉)에게 내리는 글

임금님께서 이렇게 말씀하시었습니다.

아하, 어진 사람을 좋아할 줄 아는 것보다 어려운 일이 없고, 어진 사람을 좋아하되 정성을 다 하기보다 더 어려운 일은 없도다. (과인이) 정성이 있으면 모든 선비들이 벼슬살이에 나서고자 할 것이요, 어질지 않은 자들은 멀리 할 것이며, (만일에) 정성이 없으면 가까이 있던 자도 머물지 아니하고 멀리 있는 자는 찾아오지 않으리니 대저 정성스러움이란 이와같이 숨길 수가 없는 것이로다. (그러나) 저 어진사람도 돌이켜 보면 또한 나라에 어찌 짐[의무]이 없다 할 것인가.

　과인이 어린 몸으로 대통을 이어받아 오직 그 무거운 짐을 감당치 못할까 그것이 두려울 뿐이다. 양암(諒闇: 임금이 부모의 상을 치르는 일) 중에 있어도 모름지기 (정사의) 명령은 있어야 하는 것이요, 경연의 자리에서도 강독하는 일은 폐하지 않아야 할 것이며, 어진 사람과 힘써 친해야 하는 것이 무엇보다도 시급함을 알고 있노라. 어느 누구와 하늘이 주신 자리를 함께하고 하늘이 주신 직분을 다스려서 우리 조종을 빛내고 우리 백성들을 건져내랴.

　오직 경은 경술과 덕의로써 (모범적인) 선비가 되어 세상 사람의 으뜸으로 존경을 받은 지 오래되었도다. 과인도 그 소문을 익히 들어 알고 있는지라 그것을 마땅히 기뻐해야 할 것으로 아노라. 비록 벼슬자리와 봉록이 마음에 들지 않고 편안하고 고요히 성정을 기르고자 하였으나 얻은 것은 없고 잃은 것뿐이라 할 것이나 진실로 공경을 다하고 예의를 갖춘다면 정말 움직이지 아니하겠는가. 마음을 돌려 고쳐 생각하고 과인과 더불어 하늘이 주신 자리와 하늘이 주신 직책을 같이 하여 조종과 백성들의 의지하는 바가 되어 준다면 (행동하지 않고) 꿈꾸고 점치는 일보다는 낫다고 할 수 있지 않겠는가.

　그리하여 과인이 (함께 일하자는) 뜻을 말한 것이 한두 번이 아니었건만 경은 고집을 부려 종전의 뜻을 바꾸지 않는도다. 아하, 과인이 경을 좋아함도 또한 별 수가 없도다. 어찌하여 마땅히 일어나야 할 때에 일어나지 않고 과인으로 하여금 오래도록 목마르듯 한 그리움을 품어 마지않게 하는가. 아하, 임금과 신하가 서로 만나는 것이 예부터 그토록 어려운 것이라 하였거니와 과인이 (경을) 좋아하는 그 정성이 어찌 미덥지 않아서 그러한 것인가.(중략)

이제 마침 봄과 여름이 바뀌는 계절이라 바람과 날씨가 곱고 따뜻하여 병이 깊던 사람도 소생하고 늙은 사람도 편안한 때로다. 경은 비록 나이가 많으나 정력이 쇠하지 않았으니 진정코 한 번 일어나 여행길에 나서기로 한다면 가마를 탔다가 초헌도 타고 역마를 탔다가 배도 타면 그 형편이 아니될 것도 없을 것이요, 더구나 길에서는 사람들이 [경이 노경에도 출사하는 모습을] 보고 듣고 (이야기하며) 반드시 이마에 손을 얹어 바라보리라. 하물며 벼슬이라는 것이 구한다고 해서 얻어지는 것도 아니요, 배움[학문]이라는 것도 자기 자신의 사사로운 이익만을 구하는 것이 아님을 과인이 진정코 잘 아는 바이니 경은 무엇을 의심하는가.

경은 지난날에 선왕께서 여러 번 부르시는 교지를 받고도 사양하다가 드디어 한 벼슬에 나왔으니 어찌 장진(권하여 나아감)하는 직분은 무겁고, 제술(책문을 지음)하는 벼슬은 가볍게 여기는 것이 아니겠는가. 그러나 또한 선왕께오서 어진이를 좋아하심이 지극하시어 그러하였거니와 이제 선왕께오서 승하하시자 경이 갑자기 병이 있다고 돌아갔는데 과인이 그것을 알지 못하였으니, 이것은 맹자가 이른바 며칠 전에 나온 사람을 오늘은 그가 간 곳을 모른다 한 것과 같으니 과인이 심히 부끄럽도다. 과인이 어린 사람인지라 어진 사람에게 정성스럽지 못한 지가 오래되어 경을 불러올리지 못한 것이 당연하지만 경은 홀로 선왕의 지극하신 마음에 보답하지 못하였음을 미루어 생각하여 그것을 과인의 적은 몸에 미치게 할 수는 없는 것인가. 경의 생각에는 한 번 남에게 얽매임을 당하면 문득 자유롭지 못할 것이라 하는 듯한데 아마도 그렇지 아니하리라, 아마도 그렇지 아니하리라. 물고기와 물이 때맞추어 만나는 것은 천년에 한 번이나. 의리가 진실로 편치 않고 병이 진실로 깊어서 어쩔 수 없다

　교서란 임금이 신하된 사람에게 내리는 명령이다. 따라서 그것은
자애롭되 위엄이 있고, 온유하되 기품이 있어야 할 것이다. 그런데
위의 글은 어떠한가? "왕약왈(王若曰)"이라 첫머리에 밝혔으니 임금
이 직접 언명한 것이 아님을 드러냈으나 구구절절 그리워함은 마치
길 잃은 어린 아이가 부모를 찾아 우는 듯이 간절하지 아니한가!

　여기에는 임금의 권위도 체면도 내버린 연약한 소년이 있을 뿐이
다. 그러나 하늘에 머리를 두고 사는 이 나라의 선비라면 나라에 빚
진 "짐"이 없지 않으리라는 책임추궁은 그 유약함 속에 감추어져 있
는 군왕의 준열함이 아닐 수 없다.(퇴계는 이 글을 받고도 상경치
못하다가 그 해 말에 운명하였다.)

敎議政府右贊成李滉書

王若曰 嗚呼 莫難於知賢可好 莫甚難於好賢有誠. 有誠則士皆願立 而不仁者遠 不誠則近者不稽 而遠者不來. 夫誠之不可掩如是. 彼賢人者顧亦何負於國哉.

予以沖子 入纂大統 惟不克負荷是懼. 諒闇之中 須有命令 經席之上 不替講讀 唯知急親賢之爲務. 疇可與共天位治天職 以光我祖宗 以濟我生民.

唯卿經術德義爲士 人所宗仰久矣. 予聞之爛熟 亦可謂知其眞可好者矣. 雖其爵祿不入心 恬靜以養性 有若不可得而奪者 誠得致敬而盡禮焉 則庸有不動者. 幡然改圖 以共予天位天職 爲祖宗生民之寄 豈不賢於夢卜哉.

於是諭以予意不一再 而止卿執 前志不欲變. 嗚呼 予之好卿 其亦末矣. 何其宜起 而莫之起 使予長抱如渴之懷 而不可已也. 嗚呼 君臣相遇 自古以爲難 豈予好之之誠 有所未孚而爾歟.(中略)

卽今春夏之交 風日姸暖 正病者蘇 老者安之時也. 卿年齡雖高 精力不衰 誠欲一出而相就 或輿或輅 或馹或舸 其勢無不可者 而道路觀聽 必有加額之望矣. 況爵者非求之可得也 學者非已之可私也 予實諗焉 卿何疑爲.

卿昔在先朝屢被徵旨 而辭最後一命而至 豈不以獎進職重 而製述官輕乎. 然亦先王好賢之誠 有以致之也. 及先王賓天 卿遽以疾歸 而予莫之知 殆孟子所謂 昔者所進 今日不知其亡者 予甚愧焉. 予小子不誠於賢久矣 其不克致卿宜也. 卿獨不能推未報先王之盛心 以及予眇躬乎. 卿意一受人籠絡 便不得自由 殆不然矣 殆不然矣. 魚水際會 千載一時 義苟不安矣 病苟不已矣. 蓋亦浩然有歸志 夫孰能禦之.(下略)

이지함(李之菡)의 대인설(大人說)

우리나라 사람으로 토정비결(土亭秘訣)을 펼쳐놓고 새해 신수를 점쳐보지 않은 사람이 몇이나 될까? 미래를 예견해 보겠다는 욕심과 앞날을 조심하겠다는 겸손이 행운을 바라는 마음에 겹치면서 한편으로는 재미삼아 또 한편으로는 기대에 부풀어 토정비결의 함축적인 예언에 가슴 조이던 시절이 분명코 있었을 것이다.

그 토정비결의 저자로 알려진 사람이 바로 토정(土亭) 이지함(李之菡, 1517~1578)이다. 생애의 대부분을 마포 강변의 흙담 움막집에서 청빈하게 살았으므로 토정이란 아호를 갖게 되었다. 그는 고려 말의 학자 목은(牧隱) 이색(李穡)의 후손으로 어려서 아버지를 여의고 맏형 이지번(李之蕃)에게서 글을 배우다가 화담(花潭) 서경덕(徐敬

德)의 문하에서 공부하였다. 그는 당대의 일사(逸士)요 기인이었다. 또한 시대를 앞서가는 선각자였다. 화담의 영향을 받아 주역·의학·수학·지리·천문에 밝았을 뿐 아니라, 복지사회 구현과 경제개발에도 독특한 안목을 갖고 있었다. 평생에 꼭 두 번의 현감벼슬을 하였는데, 그때마다 그의 경륜과 이상이 번득였으나 세상은 그를 받아주지 않았다.

포천현감(抱川縣監)으로 있을 때에는 그 척박한 지역에서 농업에만 의존하느니 상업을 장려하여 해외통상도 추진하고 광산도 개발하여 농상공이 병진해야 한다는 상소를 올렸고, 아산현감(牙山縣監)으로 있을 때에는 걸인청(乞人廳)을 만들어 걸인과 노약자를 구휼하는 복지시책을 펴기도 하였다.

그러나 그의 참모습은 토정에 칩거하며 당대의 현사들 — 박순(朴淳)·이이(李珥)·성혼(成渾)들과 교유하는 일, 그리고 복서(卜筮)에 밝다는 소문을 듣고 찾아온 이들에게 처세를 경계하는 조언에서 찾을 수 있을 것이다.

여기에 소개하는 대인설(大人說)과 과욕설(寡欲說)은 토정의 사람됨을 살필 수 있는 보배와 같은 명문이다.

큰 사람을 말함(大人說)

세상 사람들은 네 가지 원하는 것이 있으니,

안으로는 슬기롭고 굳세기를 원하고 밖으로는 부유하고 품위 있기를 원한다.

품위 있기로는 벼슬하지 않는 것보다 더 품위 있는 것이 없고,

부유하기로는 욕심내지 않는 것보다 더 부유한 것이 없고,

굳세기로는 싸움하지 않는 것보다 더 굳센 것이 없고,

슬기롭기로는 알려고 하지 않는 것보다 더 슬기로운 것이 없다.

그러나 알지도 못하고 슬기롭지도 못한 것은 어리석은 자가 그러하고,

싸우지도 못하고 굳세지도 못한 것은 나약한 자가 그러하고,

욕심도 없으면서 부유하지도 못한 것은 빈궁한 자가 그러하고,

벼슬도 못하면서 품위도 없는 것은 미천한 자가 그러하다.

알려고도 아니하면서 슬기롭고, 싸우지도 않으면서 굳세고,

욕심내지도 않으면서 부유하고, 벼슬살이도 아니하면서 품위가 있는 것,

그것은 오직 "큰사람"만이 그러하다.

욕심 적게 가지기를 말함(寡欲說)

맹자께서 말씀하시기를 "마음을 기르는 데에는 욕심을 적게 하는 것보다 더 좋은 것이 없다"고 하셨다. 적게 한다는 것은 없어짐의 시작이다. 적어지고 또 적어져서 더 이상 적어질 것이 없는 데에까지 이르

이지함의 묘

면 마음이 비고 신령스러워진다. 신령스러움이 비추어 밝음이 되고 밝음의 열매가 진실다움이 된다. 그 진실다움의 바른 길은 치우침 없는 중심이 되고, 그 중심이 밖으로 드러나 조화로움이 된다. 중심과 조화는 온 세상 떳떳함의 아버지요, 삶의 어머니이다.

정성스럽고 정성스러워 그 안[內]이 없으며 드넓고도 드넓어 그 바깥[外]이 없다. 바깥이 있다는 것은 작음의 시작이니, 작고 또 작아지더라도 형기(形氣)에 얽매이면 내가 있음을 알되 세상 사람이 있음을 알지 못하고, 또 세상 사람이 있음을 안다 해도 바른 길이 있음을 알지 못한다.

물욕에 가리게 되면 해치고자 하는 것이 많아져서 욕심을 적게 하려고 해도 되지 않으니 하물며 욕심이 아주 없어지기를 어찌 바라겠는가!

맹자께서 말씀하신 뜻이 실로 멀고 깊을 따름이다.

세상일에 얽매어 머리 위에 푸른 하늘이 있는 것을 잊고, 사소한 일에 집착하여 내일이면 새 태양이 떠오르리란 것을 생각해내지 못할 때, 문득 요행을 바라는 마음으로 토정비결(土亭秘訣)을 펼쳐보려는 사람이 있다면, 우선 그는 토정의 대인설과 과욕설을 천천히 읽어볼 일이다. 그리고 세상 사는 바른 길이 어디에 있는지 다시 한번 곰곰 궁리해볼 일이다.

우리 조상 가운데 이지함 같은 분이 있어, 이런 글을 남겨 주었다는 것은 진실로 우리의 정복(淨福)이 아닐 수 없다.

大人說

人有四願 內願靈强 外願富貴 貴莫貴於不爵 富莫富於不欲 强莫强
於不爭 靈莫靈於不知 然而 不知而不靈 昏愚者有之 不爭而不强 儒
弱者有之 不欲而不富 貧窮者有之 不爵而不貴 微賤者有之 不知而
能靈 不爭而能强 不欲而能富 不爵而能貴 惟大人能之

寡欲說

孟子曰 養心莫善於寡欲 寡者無之始 寡而又寡 至於無寡 則心虛而
靈 靈之照爲明 明之實爲誠 誠之道爲中 中之發爲和 中和者 公之父
生之母 肫肫乎無內 浩浩乎無外 有外者 小之始 小而又小 梏於形氣
則知有我 而不知有人 知有人而不知有道 物欲交蔽 戕賊者衆 欲寡
不得 況望其無 孟子立言之旨 遠矣哉

휴정(休靜) 스님의 쌍계사(雙溪寺) 중창기(重創記)

　벚꽃이 만개한 봄철에 쌍계사(雙溪寺)를 찾는 사람이면 누구나 느낄 것이다. 십리허(十里許)의 개울을 따라 절간을 향해 걸으며 "옛날에 신선들이 노닐었다는 무릉도원(武陵桃源)이 바로 여기가 아닌가?"하고. 그러나 이렇듯 황홀한 기분으로 경내에 들어서면 우리의 시선을 사로잡는 것은 대웅전 앞마당에 비켜 선 듯 나와 올연히 서 있는 십여척 장대의 비석이다. 이름하여 진감선사대공탑비(眞鑑禪師大空塔碑). 그 순간, 자연의 아름다움에 심취했던 우리의 마음은 천하대도의 참됨과 존엄스러움에 눌려 한없이 쪼그라들고 숙연해진다.

　진감선사(眞鑑禪師) 혜조(慧照)스님(774~850)과 비문을 지은 고운

휴정(休靜)스님

(孤雲) 최치원(崔致遠, 857~?)이 모두 1200년 안팎의 옛사람이요, 그 글은 유불(儒佛)을 초월하여 진리의 보편성과 그 진리를 추구하는 인간의 겸허함을 힘주어 말하고 있기 때문이다. 고운은 유생이요, 진감은 스님이다. 그러나 고운은 진감을 추모하는 그 비문(碑文)에서 공자님과 부처님을 변증법(辨證法)의 논리로 통일시킨다. 한 구절을 옮겨 본다.

옛날에 공자(孔子)가 제자에게 말하기를 '나는 말하지 않으련다. 하늘이 무슨 말을 하더냐?' 하였는데, 저 유마거사(維摩居士)도 문수(文殊)에게 묵언으로 대답했고 부처님도 가섭에게 조용히 전할 때, 혀끝도 안 놀리고 마음에 찍었었다. 하늘도 말이 없었으니 이 길을 두고 무슨 말을 하겠는가? 그렇건만 능히 그 묘한 도리(道理)를 널리 구하여 이 나라에 두루 빛을 비춘 이가 어찌 다른 분이랴. 진감(眞鑑)이 바로 그 분이다.

그렇지만 사람이 만든 것으로 세월을 견디며 창창한 것이 어디에 있겠는가? 대공탑비(大空塔碑)를 세운 지 650년이 지난 중종대왕 시절에는 절도 비석도 모두 잡초속에 묻혀있었던 모양이다. 그것을 뜻있는 두 사람이 다시 손질하여 세우니 탑비에 이끼를 닦은 이는 仲暹(중섬)이란 선비요, 불당을 고쳐 지은 이는 혜수(慧修)란 스님이었다. 여기에도 유불(儒佛)이 다정스레 합작하고 있다.

이 사실을 적은 글이 쌍계사 중창기이다. 휴정(休靜)스님(1520 중종 15~ 1604 선조 39)이야 서산대사(西山大師)로 더 잘 알려진 임진난의 승병장(僧兵將)이 아니던가? 휴정은 이 중창기에서 유불이 둘이 아님을 역설하듯 그의 인생도 유불과 승속(僧俗)과 선교(禪敎)가 따로 있지 않았다. 어려서 진사과에 낙방하고 나이 들어 승과(僧科)에 급제하였으니 유불을 넘나들었고 승복을 입은 채 73세의 노구로 승군(僧軍)을 이끌었으니 승속을 초월한 것이요, 좌선견성(坐禪見性)을 주장하면서 교선을 결합함으로써 우리 불교를 조계종(曹溪宗)으로 일원화하였으니 휴정이야말로 유불과 성속과 교선의 세계에 통합과 조화의 신묘함을 보여준 조선조 지성의 한 표본이 아니고 무엇이랴. 이제 쌍계사 중창기를 읽어보자.

쌍계사 중창기

예부터 유교와 불교를 정확하게 알고 나라 안팎의 글을 널리 통달한 사람은 공명을 헌 신짝 벗어 던지듯 하고 표주박 하나로 가난함을 잊으며 자연과 함께하고 신령과 더불어 노닐면서 또 무위진인(無位眞人)과 어울려 놀고, 시작도 끝도 없는 초자연과 벗이 되기도 하였는데, 부득이하여 세상살이에 관여하게 되면 만물을 기르고 천하를 화평하게 하며 한 손으로 임금을 요순(堯舜)보다 윗자리에 올려놓기를 손바닥 뒤집듯 쉽게 하였다. 스스로 근심함을 근심하고 즐거워함을 즐겼으니 어느 겨를에 유교가 그르다느니 불교가 그르다느니 하며 서로 원수가 되어 비난을 일삼겠는가. 우리나라에서는 일찍이 최고운(崔孤雲)과 진감(眞鑑)이 바로 그러한 사람이었다.

고운은 유생이요 진감은 스님이다. 진감이 절을 세워 비로소 사람과 하늘의 눈을 뜨게 하였고, 고운이 비(碑)를 세워 유교와 불교의 핵심을 널리 드러내었다. 아, 이 두 사람의 마음은 하나의 줄 없는 거문고이다. 그 곡(曲)은 봄바람에 제비가 그 가락에 맞추어 춤추는 것 같고 푸른 버들에 꾀꼬리가 노래하는 것 같아서 하나가 날줄이라면 또 하나는 씨줄이요, 하나가 거죽이라면 또 하나는 속이 되어 서로 도운 것이다. 한(漢)·당(唐)·송(宋) 이래로 유교와 불교의 헛된 이름을 깨부수고 천지자연의 완점함을 즐기며 형체도 없이 아득한 가운데 외로이 돌아보지 않은 이는 오직 이 두 대인(大人)이 아닌가. 그러나 세월은 멀리 흘렀고 사람도 가고 없으니 이름은 남았으나 일한 흔적은 사라져서 아름답던 절은 낡고 헐어 가시나무 숲이 되고 비석은 벗겨져서 나무꾼의 손에 놀며 산마루의 잔나비가 슬피 우짖고 골짜기의 새들이 구성지게 지저귈 뿐이었다.

그런데 마침 가정(嘉靖) 경자년(1540 A.D.) 봄, 산에서 공부하던 선비 중섬(仲暹)이란 분이 지팡이 짚고 그 폐허를 거닐다가 오래된 비석을 어루만지며 길게 탄식하고 (중략) 그것을 중수(重修)했으면 좋겠다고 조정에 청원하였다. 이에 팔영루(八詠樓) 세칸을 다시 짓고 비(碑)의 앞뒤에 돌로 대(臺)를 쌓아 다듬고, 물을 끌어들여 연못을 만든 다음, 달 밝은 저녁, 바람 부는 아침마다 연꽃과 대나무를 감상하며 홀로 거닐었다.

또 산속의 운수승 혜수(慧修)란 분이 역시 불법을 깊이 믿어 삼보(三寶)를 자기의 책임으로 여기는 이었는데 계묘년(1543 A.D.) 여름에 진감의 옛 절터를 보고 슬퍼하며 중창(重創)할 뜻을 세우고 널리 시주(施主)를 모집하여 몇 해 안 되어 대웅전을 먼저 세우고 금당(金堂)과 동서에 방장(方丈)을 그 다음으로 세웠다. 그런 다음 낙성의 모임을 베풀고 그 다음 해에 또 양당(兩堂)의 모임을 베풀었는데 아하, 그 드높은 전각의 모습은 마치 천궁(天宮)과 같았다. 그러고 보니 팔영루의 맑은 바람은 고운(孤雲)의 선골(仙骨)을 다시 깨우고, 쌍계수의 밝은 달은 진감(眞鑑)의 선등(禪燈)을 다시 밝게 하였다.(중략)

아아, 이미 숨어버린 달을 한 손으로 받든 것은 중섬(仲暹)이요, 이미 멀어버린 눈을 참빗으로 긁어 눈뜨게 한 것은 혜수(慧修)였다. 왜 그런가 불교를 배우려는 사람은 진감과 같이 된 다음에야 유학(儒學)이 유학으로 된 까닭을 알며, 유학을 배우려는 사람은 고운과 같이 된 다음에야 불교가 불교로 된 까닭을 알기 때문이다. 그러므로 진감을 아는 사람으로 고운 같은 이가 없고, 고운을 아는 사람으로 진감 같은 이가 없다. 이 세상에 고운은 없으나 중섬이 바로 그 사람이요, 또 이 세상에 진감은 없으나 혜수가 바로 그 사람이다. 그러므로 위의 두 분은 앞에서 어울리고 아래의 두 사람은 뒤에서 받아 전하였으니, 참으로 앞뒤가 서로 화답하고 멀고 가까움이 서로 비추어 주는 것이 천년 이후에도 그 옛날의 구름을 아침 저녁으로 만나는 것이라 말하지 아니하겠는가!(하략)

가정(嘉靖) 기유(己酉, 1549) 봄에 적는다.

만일에 우리가 이 글에 연이어 한국 종교의 현대모습을 적는다면 고운과 진감, 중섬과 혜수는 누구일까를 생각하게 된다. 더구나 오늘날은 그리스도교가 하나 더 추가되었으니 불교·유교·그리스도교를 대표하여 서로 화목하고 어울리는 인물이 언급되어야 하지 않겠는가?

우리는 지금 그 답안을 작성하는 성살하고 믿음직한 후손들이어야 할 것이다.

古之洞精儒釋 博達內外者 脫履功名 一瓢忘貧 與天地竝立 與神明同住 或與無位眞人爲之遊 或與無始終者爲之友, 不得已而後應之 卽育萬物和天下 以隻手能致君於堯舜之上 視之如反掌焉. 自憂其憂 自樂其樂 奚暇非儒非佛 非佛非儒 相讐而相非乎. 我國崔孤雲與眞鑑是其人也.

孤雲儒也 眞鑑釋也 眞鑑建刹 始鑿人天之眼目 孤雲立碑 廣出儒釋之骨髓. 吁二人之心 一種沒絃琴也, 其曲也 若春風之燕 舞其調也, 若綠柳之鶯歌 一經一緯一表一裏 而相資耳. 自漢唐宋以來 碎儒釋之虛名 樂天地之大全 芒乎芴乎 超然獨不顧者 其唯此二大人歟. 然世遠人亡 名存事去 精刹凋殘 枳棘之林 龜碑剝落 樵人之手 嶺猿哀嘯 谷鳥悲鳴而已.

嘉靖庚子 春山之道士仲暹者 杖屨其間 摩挲古碑 喟然太息(中略) 以其重修事 進于朝廷 (中略) 於是重葺八詠樓三間 碑前碑後 築石以臺之 引流以塘之 月夕風朝 賞蓮看竹 而獨自逍遙焉. 山之雲水 釋慧修者 亦深信正法 以三寶爲已任者也 癸卯夏 慨見眞鑑之古刹 志欲重創 廣募檀越 不數年中 先立大殿 次建金堂與東西二方丈 因設落成之會 明年又設兩堂之會, 吁歸然殿閣狀 若天宮也. 於是 八詠樓之淸風 更醒于孤雲之仙骨 雙溪水之明月 再騰于眞鑑之禪燈也.(中略)

嗚呼 已隱之月 隻手捧之者暹也, 旣盲之目 金篦刮之者修也. 何也 使學佛者 得如眞鑑然後 知儒之所以爲儒, 使學儒者 得如孤雲然後 知佛之所以爲佛 故曰 知眞鑑者 莫如孤雲 知孤雲者 莫如眞鑑也. 世無孤雲 仲暹是也 世無眞鑑 慧修是也 然則上二士鳴於前 下二人傳於後, 甚矣 前後相應 遠近相照也. 亦可謂千載之下 子雲朝暮遇之也 (下略)

嘉靖己酉春記

기대승(奇大升)의 이심법설(移心法說)

　기대승(奇大升, 1527 중종22~1572 선조5)은 학문세계의 준엄하고도 냉철한 비판정신과 사제간의 자상하고도 돈독한 신의를 아울러 보여준 일세의 사표이었다. 행주인(幸州人)으로 고봉(高峰)이라 호(號)하였으며 23세에 사마시(司馬試)에 합격하고 32세에 문과에 급제하면서 벼슬길에 나아갔다. 그러나 벼슬살이보다는 학문에 더 뜻이 있어 벼슬살이를 시작한 바로 그 해 32세의 나이로 퇴계 이황의 문하에 들어가 학문에 정진하였다. 그 무렵 사단칠정(四端七情)을 주제로 한 이기론(理氣論)이 학계의 핵심 논제이었는데 고봉은 이 문제에 뛰어들어 26년이나 연상인 스승 퇴계와 불꽃 튀는 논전을 8년 동안이나 벌이며 우리나라 성리학(性理學)을 높은 수준으로 끌어 올렸다. 그러는 동안 퇴계는 고봉을 대등한 학자로 예우하였고 고봉은 퇴계를 깍듯이 스승으로 모시면서도 사칠논전(四七論戰)에서는 한 치의 양보도 없었다.

이렇듯 오랜 논전 끝에 고봉은 다음과 같은 결론을 내렸다.

"四端(仁義禮智)은 오로지 理가 發한 것이요, 七情(喜怒哀懼愛惡欲)은 理와 氣의 發함이 兼해 있으나 氣의 흐름이 理를 누른 것이다."

중종대왕시절에는 신진사류의 영수로 지목되어 훈구파에 쫓겨 삭직이 되기도 하였으나 선조대왕이 즉위하자 조광조(趙光祖)와 이언적(李彦迪)의 추증(追贈)을 건의하는 등 신진사류의 면목을 과시하며 대사성, 대사간 등의 청직을 두루 거쳤다.

그러나 기재박명(奇才薄命)이라 하였던가? 46세의 나이에 병을 얻어 대사간을 그만두고 귀향하는 도중, 고부(古阜)에서 세상을 하직하였다. 여기에 실린 이심법설(移心法說)은 고봉이 학자일 뿐만 아니라 당대 유림의 신선이었음을 나타내는 글이다.

마음을 옮길 수 있는가에 대하여

'마음을 옮길 수가 있는 것이냐?' 묻는다면 '그렇다'고 해야 할 것이다. '어떻게 옮기는가?' '敬으로써 한다.' 그러면 心이란 무엇이고 敬이란 과연 무엇인가?

心이라고 하는 것은 신체의 주인이 되어 사물에 명령하는 것이다. 속에 온축(蘊蓄)하면 性이 되고 發하면 情이 된다. 밖은 둥글고 안은 비었으니 이것은 마음의 體요, 신명(神明)하여 헤아릴 길이 없는 것은 마음의 用이다. 氣의 틀을 타고 움직이되 하늘에 높이 날기도 하고 물에 깊이 잠기기도 하는데 불보다도 뜨겁고 얼음보다 차가와 그 변화가 한결같지 않다.

敬이라고 하는 것은 하나의 주인이 되는 것이다. 하나란 무엇인가? 다른 데로 자리바꿈이 없는 것이다. 자리를 바꾸지 않으니 定하고 定하면 고요[靜]하며 고요하면 편안[安]하고, 편안하면 생각을 하게 되니 생각이라고 하는 것이야말로 마음이 움직이는 것이다. 곧 사물에 얽매이지 않고 性을 따르는 것이다.

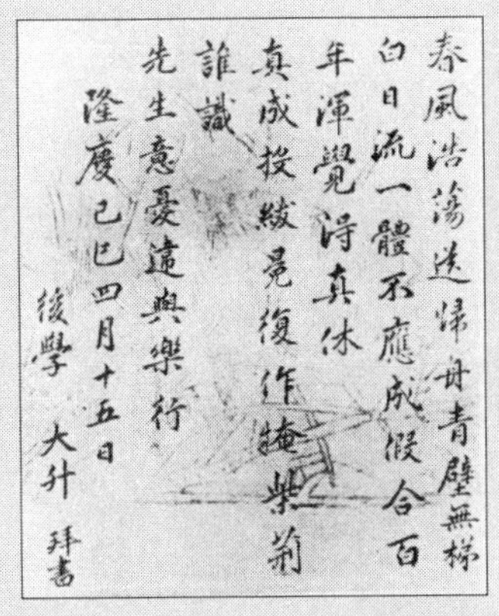

기대승 필적

性을 따라 움직이면 변화를 주관하게 되고, 변화를 주관하게 되면 하나같지 않은 것이 절로 하나처럼 되는 것이다.

마음이 배[舟]와 같다면 敬은 배의 키와 같다. 파도 위에서 키에 의해 배가 운행되듯이, 물욕(物欲) 가운데 있는 마음을 敬으로 옮겨 놓을 수 있다. 詩에 이르기를 "내 마음이 돌이 아니니 굴릴 수도 없고 자리[席]가 아니니 걷을 수도 없다"고 하였는데 이제 옮긴다고 하면 이는 사실과도 틀리고 말과도 어긋나는 것이 아닌가? 어찌 마음이 하나의 물건처럼 이동할 수 있느냐 할 것이다.

그렇다. 마음은 하나의 물건처럼 진실로 형체가 있는 것이 아니므로 옮길 수가 없을듯하지만 그러나 마음은 활동하는 것으로서 광명(光明) · 통철(洞徹)하고 만 가지 이치가 고루 갖추어져 있으니 옮김의 기틀이 나에게 있으면 될 뿐, 못할 이유가 무엇이겠는가?

書에 이르기를 "성인(聖人)도 생각이 없으면 광인(狂人)이 되고 광인도 생각을 극진히 하면 성인이 된다."하였으니 聖과 狂의 구분은 마음을 옮길 수 있음을 일컫는 것이다. 어찌 마침내 옮기지 못하겠는가?

그렇다면 이것은 장영공(張詠公)이 이전(李畋)에게 가르친 법과는 어떻게 다른가? 張公의 말은 선학(禪學)에 가깝고 말이 너무 간략하여 그 이치가 미진한 바가 있어서 여기에다 나의 뜻을 펴서 이심법설(移心法說)을 짓는다.

오늘날 서양의 인식론(認識論)과는 논리의 전개방식이 사뭇 다르다. 그렇다고 하여 마음의 본질과 운용의 묘를 잃었는가? 그렇지 않다. 인간의 삶을 한 마디로 요약하여 "착한 道理를 죽도록 行하는 것"이라고 말했다는 고봉으로서는 마음을 사유(思惟)의 그릇으로 보고 그 그릇을 갈고 닦는 것으로 보자니 자연스럽게 그릇의 옮김, 그릇의 움직임을 말하게 되었을 것이다.

移心法說

心可移乎 曰可 何以移之 曰敬

心果何物而敬果何事乎 曰心也者主於身也

命於物也 蘊爲性而發爲情也

圓外竅中者 心之體也 神明不測者 心之用也

其出入也 乘氣機而動 或天而飛 或淵而淪

焦於火而寒於氷 其變有不一焉

敬也者主乎一也 一者何 無適也

無適則定 定則靜 靜則安 安則慮 慮則心之動也

不囿於物而循乎性也 循性而動 則有以宰乎變

有以宰乎變 則其不一者 自能一焉

心猶舟也 敬猶柁也 舟之在波濤 柁以運之

心之在物欲 敬以移之也 曰詩云 我心非石 不可轉也

我心非席 不可卷也 今曰移之 無乃爽于實 而淚于辭乎

心豈如一物 可移者乎 曰心固非如一物 有形者似 不可移也

然心是箇活物 光明洞徹 萬里咸備 轉移之機 在我而已

有何不可 書曰 惟聖罔念作狂 惟狂克念作聖

聖狂之分 可移之謂也 豈終不可移乎

曰然則 子之言於張公詠敎李畋之法何如

曰張公所言惟近禪學處 而其言犬略 其理有未盡

吾得以申吾意 作移心法說

고경명(高敬命)의 격도내서(檄道內書)

한 개인이 질병을 치르면서 성숙하듯, 한 민족은 전란을 극복하며 성장한다. 임진왜란은 우리 민족사에 적어도 세 가지 교훈을 안겨주며 민족적 역량을 키우도록 자극하였다.

그 첫째는 국론의 분열이 얼마나 커다란 민족적 불행을 가져오는가를 가르쳤고, 그 둘째는 국가의 발전은 지속적인 개혁에 필요한 새로운 지식·기술·제도에 달려있음을 일깨웠으며, 그 셋째는 어떠한 외침에도 굴복치 않으려는 열화와 같은 민족정기가 살아있어야 한다는 것이었다.

그러나 이 세 가지 교훈 가운데 제대로 지켜진 것은 마지막 한 가지 뿐이었다. 국론의 분열은 통절하게 깨달았건만 소모적인 당쟁은 그치지 않았고, 국제정세에 대한 올바른 판단과 사회변화의 필요성은 알고 있었으면서도 친명노선(親明路線)을 고집하여 병자호란을 불러들였고, 재빠른 사회의 구조적 개혁에 힘을 기울이지 않음으로써 조선왕조는 서서히 조락의 길을 걸어가고 있었다.

이러한 상황에서 오직 한 가지, 7년에 걸친 외환을 끝내 승리로 마무리하게 된 것은 무기력하게

고경명(高敬命)

만 보였던 유생들, 아무런 생산성도 없어 보였던 승려들, 그리고 탐학과 수탈의 대상이었던 어수룩한 농민들이 의병의 기치아래 모여들었기 때문이었다. 다시 말하여 민족·국가의 기초자산인 민초들만은 언제나 어디서나 나라의 버팀목이요, 수호신이었다.

그러한 백성 가운데 고경명(高敬命, 533 중종28~ 1592 선조25)이란 의병장이 있었다. 그는 시·서·화에 두루 능통한 문인 학자였다. 그가 과거에 장원급제하여 호조좌랑으로 벼슬을 시작하고 군수, 서장관 등을 거쳐 동래부사(東萊府使)를 역임했다는 것은 그리 중요하지 않다. 임진왜란이 일어나던 해에 그는 벼슬을 사직하고 낙향하여 있다가 전란의 소식을 들었다. 이때에 그는 세상에 태어난 보람이 무엇인가를 깨달았던 것이다. 그가 6,000여 명의 의병을 이끌고 금산(錦山)의 전투에서 장렬한 최후를 마친 것은 여기에 소개하는 격문(檄文)을 쓸 때에 이미 예견된 것이었다.

도내(道內)에 보낸 격문(檄文)

1592년 6월 1일 절충장군 행부호군 고경명은 도내의 여러 고을 인사들에게 알린다.

현재 우리 도의 근왕군(勤王軍)은 금강에서 대장의 깃발을 돌이키던 날에 첫 번째로 무너졌고, 여러 고을에서 군사를 모집했던 때에 두 번째로 무너졌으니 이것은 방어하는 전술이 어긋나서 규율이 풀리고 유언비어가 널리 퍼져 군중의 마음이 들뜨고 의심을 품었기 때문이다. 지금은 흩어져 도망하고 남은 사람들을 아무리 모은다 하여도 사기가 떨어지고 민첩함이 무디어졌으니 어찌 위급한 지경에 대처할 것이며 실패를 만회할 기회를 얻겠는가.

항상 생각하거니와 임금님께서 파천(播遷)하여 계시건만 신하와 장수들이 달려가 위로의 말씀도 드리지 못하고, 종묘사직이 잿더미가 되었건만 우리 군사들은 적들을 몰아내어 평정하지도 못하니 말이 여기에 미치매 슬픔이 심장을 꿰뚫는다.

오직 우리 전라도는 원래 군사와 병마가 날래고 강하다고 일컬었다. 지난 시절 황산(荒山)의 큰 승리[1380년 이성계의 황산대첩을 말함]는 삼한(三韓)을 중흥하신 공로가 되었고, 또 지난번 낭주(朗州)의

싸움[명종 때 전주부윤 이윤경(李潤慶)이 영암(靈岩)에 침입한 왜적을 섬멸한 사건]에서 '적의 배가 한 척도 돌아가지 못했

네.'라는 노래가 있어 지금까지 사람들의 눈에 비치고 귀에 쟁쟁하거니와 그때에 용감하게 적진에 뛰어들어 적장의 목을 베고 적의 깃발을 빼앗은 사람도 또한 이 도의 사람이 아니었던가.

하물며 근세 이래로 유학(儒學)의 도리가 크게 흥하여 사람들이 대의를 그 누가 익히지 않았으랴만 유독 오늘에 이르러 의(義)를 부르짖음이 쇠약해지고 지레 겁을 먹어 스스로 무너져 버리고, 일찍이 한 사람도 기력을 내어 적과 싸울 생각을 하는 사람이 없을 뿐 아니라, 다투어 자기 한 몸과 처자식을 보전하는 계책을 세우며 머리를 쥐고 쥐구멍을 찾되 오히려 남에게 뒤질까 두려워하는 형편이니 이것은 우리 도의 사람들이 나라의 은혜를 크게 저버리는 일이요, 또한 조상을 욕되게 하는 일이다.

지금은 마침 적의 형세가 크게 꺾이고 임금의 위세가 크게 떨치니 이때야말로 대장부가 공명을 세울 좋은 기회요, 임금께 보답할 때이다.

나 경명(敬命)은 한낱 글줄이나 읽는 유생(儒生)이라 병법은 알지도 못하는데 이제 단(壇)에 올라 망녕되이 장수로 추대되었으나 능히 군사들의 흩어진 마음을 수습하지 못하고 가까운 동지들에게 부끄러움을 끼치게 될까 두려울 뿐이다.

마땅히 피눈물을 뿌리고 전장에 나아가 조금이라도 임금의 은혜에 보답하고자 하여 이 달 열하루를 출정하는 날로 잡았으니 무릇 우리 도에 있는 사람들은 아비가 아들을 부르고 형이 아우를 권하여 의병대(義兵隊)를 규합하여 다함께 일어나게 하라. 원컨대 속히 결단하여 선(善)한 일을 따르되 어리석은 생각에 빠져 스스로 그르치지 말라. 이에 거듭하여 충고하노니 이 격문을 받는 대로 즉시 행하라.

이 글을 읽는 동안, 우리의 가슴에 응어리지는 또 하나의 시대가 있다. 구한말 일제의 마수(魔手)에 휘둘렸던 경술(庚戌)국치(國恥)의 시대가 바로 그것이다. 그때에도 저 고경명 같은 분이 있었다. 만주에서 활약한 독립군, 그리고 안중근 의사, 또 연이어 상해 임시정부 요인들의 면면이 주마등같이 스쳐 지나간다. 고경명의 의분은 이렇게 시대를 초월하여 면면히 흐르고 있다.

激道內書

萬曆二十年六月一日 折衝將軍行副護軍 高敬命馳告于道內列邑士庶等.

茲者本道勤王之師 一潰於錦江返旆之日 再潰於列郡招諭之時, 蓋緣控禦乖方 紀律蕩然 訛言屢騰 衆心警疑. 今雖收拾散亡之餘 而士氣摧沮 精銳鎖軟 其何以應緩急之用 責桑楡之效乎.

每念 乘輿播越 官守之奔問久曠 宗社灰燼 王師之肅淸尙稽興 言及此痛徹心膂.

惟我本道 素稱士馬精强 聖朝荒山之捷 有再造三韓之功, 先朝朗州之戰 有片帆不返之謠 至今赫赫照人耳目, 于時賈勇先登斬將搴旗者 豈非此道之人乎.

況近歲以來 儒道大興 人皆勵志爲學 事君大義 其孰不講 獨至今日 義聲消薄 恇擾自潰 曾無一人出氣力 思與賊交鋒 而競爲全軀保妻子之計 捧頭鼠竄 惟恐或後 斯則本道之人 不惟深負國家之恩 而抑亦忝厥祖矣.

今則賊勢大挫 王靈日張 此正大丈夫立功名之會 而報君父之秋也. 敬命章句迂儒 學昧韜鈐 屬茲登壇 妄推爲將 恐不能收士卒已散之心 爲二三同志之羞.

唯當灑血 戎行庶幾 小答主恩 今月十一日 是惟師期 凡我道內之人 父詔其子 兄勖其弟 糾合義旅 與之偕作 願速決以從善 毋執迷而自誤 故茲忠告 檄到如章.

성혼(成渾)의 신사봉사(辛巳封事)

　'선비'라는 낱말은 21세기를 살아가는 오늘날에도 여전히 고답적이고 비판적 지성인이라는 이미지를 지니고 우리의 의식속에 살아 있다. 그 '선비'들이 조선왕조 500년 역사의 실질적 주인공이었기 때문이다. 물론 그들은 붕당이라는 정치집단에 소속되어 정쟁을 벌였고 국난에 처하여 분열된 모습으로 반목하는 어리석음을 범하였다. 그러나 그들은 궁극적으로는 명분을 지키며 이상사회의 "사람됨"이 어떠해야 하는가를 실천적 삶으로 입증한 분들이었다. 그들을 일컬어 '사림(士林)'이라고도 하는데 크게 영남학파(嶺南學派)와 기호학파(畿湖學派)로 나눈다.

　우계(牛溪) 성혼(成渾, 1535 중종30~1598 선조31)은 율곡 이이와 더불어 기호학파를 대표하는 인물이다. 애초부터 벼슬에는 뜻이 없었고 도학에 전념하였다. 선조 초에 학행을 인정받아 참봉, 현감, 지평, 장령 등에 임명되었으나 취임하지 않았는데, 47세 때에 선조의 부르심이 간곡하여 병을 무릅쓰고 서울로 올라와 임금을 배알하였다. 그때의 문답을 토대로 하여 임금께 소를 올렸으니 그것이 여기에 소개하는 신사봉사이다. 이 소를 받고 선조는 그것을 내놓지 아니하였다. 승정원과 홍문관에서 그 소를 대신들에게 보이기를 청하니 임금이 이렇게 대답하였다고 한다.

"소 가운데에 학문을 논한 일은 내가 마땅히 반성하고 힘쓰겠지마는 다만 국가의 법제를 모두 경장하려 하니 시행하기 어려운 일이다."

조선조의 선비는 이렇듯 행정에 나서기를 극히 삼갔으나 한번 나선다하면 이상적 목표를 향한 철저한 개혁을 부르짖었다.

다음은 그 신사봉사(辛巳封事)의 앞부분이다.

신사년(辛巳年)에 밀봉하여 올린 글

(전략) 아, 슬프옵니다. 아름다운 자질은 얻기가 쉬우나 지극한 도는 듣기조차 어려운 것이어서 삼대 이후로 어찌 아름다운 자질을 지닌 임금이 없겠습니까마는 헛되이 한쪽에 치우친 패도의 임금이 되었고 대도의 핵심을 듣지 못한 것은 깊이 자신을 돌아보는 배움의 자세를 알지 못했던 까닭입니다. 신같이 어리석고 못난 자가 반드시 기질을 교정하여 다스리실 것을 성상께 삼가 사뢰는 것도 그 뜻이 여기에 있사옵고 그 마음은 진실로 간절한 것이오니 오직 성

성흔 필적

명께서 유의하여 주신다면 심히 다행이겠나이다.

신이 생각하옵건대 예나 지금이나 나라가 한번 제대로 다스려지면 또 한번은 어지러워지곤 하였습니다. 다스려지고 어지러워지는 것이 기미(幾微)의 나뉨에서 나오는 것이고 그 기미는 임금의 마음에 달려있지 않사옵니까? 그러므로 마음 하나가 밝으냐 어두우냐에 따라 인재를 잘못 쓰는가 바르게 쓰는가가 결정되고, 인재등용이 잘못 되느냐 바르게 되느냐에 따라 온천하의 편안함과 위태로움이 달려 있는 것입니다. 무릇 세상이 바르게 다스려지는 도리[世道]가 쇠퇴하느냐 성장하느냐 하는 것은 쉽게 볼 수 있으나 지극히 미묘한 마음바탕은 지키기가 어려운 것이옵고, 백성의 민심이 잘 따르느냐 벗어나느냐 하는 것은 알아볼 수 있으나, 마음먹기 하나가 좋은 방향이냐 좋지 않은 방향이냐 하는 것은 종잡을 수가 없는 것이어서 심히 두려울 따름이옵니다. 이런 까닭에, 능히 나랏일에 더없이 부지런하면서도 스스로 만족하지 않았던 것은 우(禹)임금이 천하를 평화롭게 다스린 이치이옵고, 어진 사람을 뽑아 쓰되 일을 믿고 맡기면서 사악한 자를 내치는 데 주저함이 없었던 것은 순(舜)임금이 사람을 부리는 방법이었습니다.

삼대(三代)가 융성할 때에는 임금이 지극히 공명정대한 법칙을 확립하여 어진 신하들이 밝은 임금을 만났으므로 모두가 바른 마음을 지니어 나라가 안정되고 윗사람 아랫사람이 서로 마음이 맞아 태평 시대를 이루니 정치 교화의 흥성함이 이보다 더할 수가 없었던 것입니다.(이하 생략)

봉사(封事)는 글자 그대로 밀봉하여 임금께 올린 상소문이다. 차마 공개하여 상주할 수 없는 추요·기밀사항을 허심탄회한 심경으로 털어놓는 글이기에 나라의 문제점이 낱낱이 거론되기 마련이며 신하는 신념에 찬 양심선언을 할 수 있었다.

우리는 이런 글을 읽으며 "조선왕조 오백년 사직을 지탱한 원동력이 이러한 상소문이 아니었을까?" 한번쯤 생각해 보아야 할 것이다.

辛巳封事

(前略)噫呼 美質易得 至道難聞 三代以降 豈無美質之君 而徒爲偏霸之主 不聞大道之要者 由不知反身之學故也. 臣之愚陋 必欲以矯治氣質 進言于黼座 其意有在 而其心誠切 惟聖明之留意焉則甚幸.

臣惟古今以來 一治一亂久矣 治亂出於幾微之分 幾微係於人主之心 以一心之明暗 而用之邪正由焉 以用人之邪正 而天下之安危判焉. 夫世道之消長易見 而至微之本心難守 民情之向背可知 而一念之好惡靡常 甚可畏也. 是以克勤于邦 不自滿假者 禹之所以自治也 任賢勿貳 去邪勿疑者 舜之所以用人也.

三代之隆 皇建有極明 良相遇君 心正而國定 上下交而成泰 治化之盛 蔑以加矣.(下略)

이이(李珥)의 시무육조계(時務六條啓)

어느 시대인들 부국강병이 요긴치 않으랴만 16세기 말의 조선왕조는 나라의 재정과 군비의 확보가 그 어느 때보다도 절박한 시절이었다. 때마침 나라 안팎을 멀리 내다보는 형안을 지닌 분이 병판의 자리에 있었으니 그가 곧 율곡(栗谷) 이이(李珥, 1536 중종31년~1584 선조 17년) 선생이셨다. 율곡(栗谷)은 목숨을 걸고 십만양병(十萬養兵)을 선조께 진언하였다. 그러나 어찌하랴, 나라가 병화에 시달릴 운세이었던가. 임금은 머뭇거리고 책임있는 벼슬아치들은 태평세월에 평지풍파를 일으킨다고 그를 탄핵하니, 그의 계책은 물거품이 되고 말았다. 그로부터 꼭 한 해 뒤, 율곡이 세상을 뜨니 애석하여라, 향년이 고작 마흔아홉이었다. 판서(判書)를 몇 번씩 지냈으나 너무도 청빈하여 그가 죽은 곳은 남의 집 셋방이요, 수의조차 남의 것을 빌릴 수 밖에 없었다. 420년 전에 돌아가셨건만 지금도 우리 가슴에 서글픔과 아쉬움을 남기는 까닭이 여기에 있다.

세상 사람들은 율곡을 일컬어 구도장원공(九度壯元公)이라 혹은 해동공자(海東孔子)라 한다. 아홉 번이나 장원급제를 하였기 때문이요, 일생을 두고 흐트러짐 없는 성실로 사단칠정(四端七情)을 논하고 경세제민의 방책을 설파하였기 때문이다.

그의 저술은 크게 세 가지로 대별된다. 첫째 부류는 참 선비가 되기 위한 수도의 지침서이니 자경문(自警文), 격몽요결(擊蒙要訣), 학교모범(學校模範) 등이요, 둘째 부류는 성리학자로서의 깊이를 헤아리게 하는 것이니 인심도심도설(人心道心圖說)로 정점을 이룬 이통기국(理通氣局)의 이기론(理氣論)을 밝힌 글들이며, 셋째 부류는 임금과 백성이 두루 사람답게 사는 실사구시의 실천적 방책들이니 만언봉사(萬言封事)를 위시한 허다한 소장(疏章) 주계(奏啓)들이다. 여기에서는 세 번째에 속하는 시무육조계(時務六條啓)의 첫 부분과 만언봉사의 끝부분을 옮겨 본다. 시무육조계는 그가 타계하기 한 해 전, 병조판서이던 때 임금께 올린 글이다.

급한 일 여섯 가지를 아뢰는 글

우리나라가 태평한 세월이 오래되어 마음놓고 즐김이 날로 심하여져서 나라 안팎이 공허하고 군사와 군량이 모두 모자라므로 작은 수의 적병이 변방을 침범하여도 온 나라가 놀라 허둥대오니 만일에 큰 적군이 침입한다면 비록 슬기 있는 자라도 아무런 계책이 없을 것입니다.

옛말에 이르기를 "적이 우리를 이기지 못하도록 우리가 먼저 준비하여 적을 이길 수 있는 기회를 기다리라" 하였사온데 오늘날의 나랏일은 하나도 믿을 만한 것이 없는지라 적이 들이닥치면 반드시 패할 것이니 생각이 여기에 미치면 마음이 스산하고 간담이 서늘하옵니다.

율곡(栗谷) 이이(李珥)

하물며 지금 경원에 침입한 적은 한두 해에 평정될 것 같지 않사오니 한번 군사의 위엄을 펼쳐 도적의 소굴을 소탕하지 않는다면 육진이 끝내 편안하지 못할 것이므로 이제 부지런히 다스리기를 꾀하고, 힘을 쌓아서 뒷날의 계책을 삼지 아니하고 당장의 짧은 계획으로 급한 불끄기만 한다면 어찌 한쪽 구석의 외적만이 염려된다 하겠습니까. 뜻밖의 환란이 이루 말할 수 없는 바가 있을까 염려되옵니다.

신은 본디 낡은 선비로서 외람되이 군사를 담당한 벼슬자리에 있는데 밤낮으로 애써 생각한 나머지 한 가지 계책을 얻어 감히 그것을 바치고자 하오나, 그 대략을 아뢰올 뿐이며 그 사이의 곡절은 반드시 전하를 직접 뵈옵고 상세히 진달하고자 하나이다.

그 조목은 다음과 같습니다.

첫째, 어질고 능력있는 사람을 임명할 것.

둘째, 병사와 백성을 배불리 먹일 것.

셋째, 재정 경비를 충족하게 마련할 것.

넷째, 나라의 울타리를 든든하게 할 것.

다섯째, 군마와 장비를 든든히 준비할 것.

여섯째, 백성의 마음을 바른 길로 밝힐 것(이하 생략)

일만 마디 말씀으로 아뢰는 글

오늘날의 사태가 실로 이러하니 10년을 지나지 않아서 반드시 화란이 닥칠 것입니다. 필부라도 10간의 집과 일백 이랑의 밭을 자손에게 전하면 자손은 오히려 그것을 잘 지켜서 조상에게 욕되지 않게 하려고 애쓰는데, 하물며 전하께서는 조종께서 물려주신 백년의 사직과 천리의 강토를 받으시고 화란이 바야흐로 닥쳐오는 데에야 더 말할 것이 있겠습니까? 마음을 정성스럽게 하여 구하신다면 꼭 들어맞지는 않더라도 과히 어긋나지 않을 것입니다.(중략)

전하께서는 신의 계책을 쓰시되 이것을 재능 있는 자에게 맡기시고 성실히 행하고 확고히 지키시며 잘못 흘러온 풍속으로 옛것을 지키는 의견 때문에 동요되지 마시고 바른 것을 미워하고 참소하여 이간하는 구설에 흔들리지 마옵소서. 3년 동안을 이와 같이 하여도 나라가 진흥하지 않고 백성이 평안치 않고 군병이 정예하지 않으면 임금을 속인 죄로 신을 다스리시어 요사한 말을 하는 자의 경계로 삼으시옵소서. 신은 격절함을 이기지 못하여 황송하기 이를 데 없습니다.

위의 여섯 가지를 다시 간추리면 첫째는 인사요, 둘째와 셋째는 재정이고, 넷째와 다섯째는 국방이며, 여섯째는 교육이다. 이 중에서도 인사와 교육은 사람찾기와 사람기르기 아닌가? 교육의 중요성을 새삼 절감케한다. 더 무엇을 말하랴. 이 글을 초하던 때의 율곡의 다급한 마음을 만언봉사의 충정어린 말로 짐작해 보기로 하자.

(임진왜란은 만언봉사를 쓴 지 18년 뒤, 그리고 율곡이 죽은 지 8년 만에 일어났다.)

時務六條啓

我朝昇平已久 恬嬉日甚 內外空虛 兵食俱乏 小醜犯邊 擧國驚動 儻有大寇侵軼 則雖智者 無以爲計. 古語有之 先爲不可勝 以俟待之可勝 今之國事 無一可恃 敵至必敗 言念及此 心寒膽破.

況今慶源之寇 非一二年可定 若不一振兵威 蕩覆樓穴 則六鎭終無寧靖之期 今不汲汲圖治蓄力 以爲後計 而因循牽補 則豈特一隅之賊 爲可虞哉.

竊恐意外之患 有不可勝言者. 臣本腐儒 濫忝兵官 夙夜焦思 敢獻一得 而只陳梗槩 其間曲折 則必須面對細達矣.

其目則 一曰任賢能 二曰養軍民 三曰定財用 四曰固藩屏 五曰備戰馬 六曰明改化(下略)

萬言封事

(前略) 今日之事 實同於此 不出十年 禍亂必興 匹夫以十間之屋百畝之田 傳於子孫 子孫猶思善守 以無忝所生 況今殿下受祖宗百年社稷千里封疆 而禍亂將至者乎 心誠求之 不中不遠(中略)

殿下用臣之策 付之能手 行之以誠篤 守之以堅確 毋爲流浴守常之見所移奪 毋爲醜正讒間之舌所搖惑. 如是者三年 而國不振 民不寧 兵不精 則請治臣 以欺罔之罪 以爲妖言者之戒 臣無任激切屛營之至.

정철(鄭澈)의 계주문(戒酒文)

닭이 먼저냐, 달걀이 먼저냐 하는 순환논리의 모순처럼 재미있는 것이 있을까? 셰익스피어가 위대한가, 그의 비극이 위대한가? 햄릿, 리어왕, 맥베스 같은 작품이 없었더라면 셰익스피어의 존재는 무슨 의미가 있는가? 그러나 셰익스피어가 없었다면 그의 비극은 어디에서 나온단 말인가? 하기야 출사표가 없어도 제갈공명(諸葛孔明)은 제갈공명이겠지만, 그래도 출사표가 있기에 제갈공명은 비로소 제갈공명일 수 있다고 말해야 할 것이다.

우리나라 문학사에도 작품이 있음으로 하여 그 사람의 사람됨이 돋보이는 사례가 있다. 송강가사(松江歌辭)와 인간 송강의 관계가 그러하다.

정철 신도비

송강(松江) 정철(鄭澈, 1536 중종 31~1593 선조 26)은 조선조 사대부가 대개 그러하듯 사화와 당쟁의 와중에서 영욕이 부침하는 세월을 보냈다. 16살 때에 아버지 유침(惟沈)이 귀양살이에서 풀려나자 부모를 따라 조부의 묘소가 있는 전라도 담양 창평(昌平)에 내려갔다. 거기에서 김인후(金麟厚), 기대승(奇大升), 송순(宋純) 등 당대 석학의 문하에서 공부하였고, 이이(李珥), 성혼(成渾), 송익필(宋翼弼)같은 대유(大儒)들과 교유하였다.

그러나 아무리 스승이 고매하고 교분을 맺은 친구가 덕망이 있다한들 본인 스스로의 천품이 고결탁락(高潔卓犖)하지 않다면 무슨 소용이 있겠는가. 그런데 송강은 뛰어난 문재와 호탕한 기상을 겸비한 사나이였다. 그렇건만 그는 26세에 진사가 되고 그 다음 해, 별시문과에 장원급제하면서 기세(棄世)하기까지 파란만장의 환로를 살았다.

처음에는 수찬, 교리, 직제학, 승지 등 청환에 머물렀으나 45세에 강원도관찰사가 되면서 그 후 우의정, 좌의정, 각도체찰사, 명(明)나라 사은사 등의 벼슬은 이미 당색과 당략에 몸을 맡긴 처지의 행보였다. 송강은 본인의 뜻이야 어떠하건 서인(西人)의 영수로 현직(顯

職)과 유찬(流竄)을 거듭하였는데, 그러한 소용돌이 속에서도 관동별곡(關東別曲), 사미인곡(思美人曲), 속미인곡(續美人曲), 성산별곡(星山別曲) 등 주옥같은 가사(歌辭)를 지었으니 이것은 하늘이 내린 천부의 문재를 이 나라에 보답하여 그 은공을 갚은 것이 아니겠는가.

다음은 술 좋아하는 송강이 술을 삼가자는 글이다.

술을 경계하자는 글

세상 사람이 술을 즐기는 데에는 네 가지가 있으니, 첫째는 마음이 편안치 않을 때이고, 둘째는 흥겨운 자리가 마련되었을 때이고, 셋째는 손님을 맞아 접대할 때이고, 넷째는 남이 권하는 것을 거절하기가 어려운 때이다. 그러나 마음이 편안치 못하면 다른 일거리를 찾는 것이 옳은 일이요, 흥겨운 자리에서는 휘파람을 불거나 글을 읊으면 될 것이요, 손님을 맞이하여서는 정성과 믿음으로 대하면 될 것이요, 남이 아무리 권한다 해도 내 뜻이 이미 굳으면 남의 말에 흔들려 내 뜻을 빼앗기지 않으면 될 것이다. 그런데 이 네 가지 가능한 것을 버리고 하나의 옳지 않은 것을 취하여 마침내 어리석음에 빠져 일생을 그르치는 것은 무슨 까닭인가!

내가 벼슬에서 물러나 쉬고 있을 때에 다섯 번이나 임금님의 뜻을 받았다. 금년 봄에 이르러서는 하는 수 없이 병든 몸을 일으키어 부르심에 대해 소를 올려 물러갈 것을 청하고자 하였다. 내 뜻은 시골 산천에 있으니 마땅히 문을 닫고 자취를 거두어서 말과 행실을 삼가는 것이 마땅하건만 몸놀림에 떳떳함이 없고 말하는 것도 온당치 못하며 천만가지로 잘못하고 망령됨이 온통 술 마시는 일에서 비롯하였다. 바야흐로 취하였을 때에는 흥겨운 마음으로 행동하였으나 술이 깨고 나면 지난 일이 까마득하여 깨닫지를 못하였다. 남들이 간혹 그러한 사실을 말하였어도 처음에는 믿지 않다가 그것이 이미 사실임을 알고 나면 부끄러움에 못 견뎌 죽고 싶을 뿐이었다. 오늘도 이와 같고, 내일도 또 이와 같아서 허물과 뉘우침이 산처럼 쌓이니 그 잘못을 고쳐볼 틈이 없었다. 친한 사람은 애석해 하고 멀리 지내는 사람은 침을 뱉으니 천명(天命)을 욕되게 하고 인륜을 소홀히 하여 명교(名敎, 인륜도덕의 가르침)에서 버림받은 적이 한두 번이 아니었다.

이 달 초하루에 가묘(家廟)에 절하여 아뢰고 도성 문을 나와 강을 건너려 하니 전송하는 사람들이 배에 가득하였다. 머리를 들어 서울을 보며 지나간 일을 생각하니 마치 광 바닥을 뚫고 도둑질한 자가 칼끝과 화살촉 사이로 몸을 빼내는 것 같아 밝은 날에 사람을 대하려니 놀랍고 군색하여 스스로도 용납할 수가 없고 종일토록 삼가고 조심하여 큰 죄를 지은 듯하였다. 그리고 또다시 이 강에 왔을 때에는 마침 선기(先忌, 부모님의 제삿날)날을 맞아 울음을 삼키며 슬픔 가운데 있으면서도 마음 안에 착하게 살고자하는 실마리가 싹터 올랐다. 드디어 분연히 스스로를 꾸짖으며 말하기를 "사냥을 즐기는 버릇이 어찌 정명도(程明道)선생에게로 갔다가 십년이 지난 뒤에야 그 버릇 고치려는 싹이 움터 올랐으며 여색을 좋아하는 버릇이 어찌 호담암(胡澹菴)에게 이르러서 마음을 움직이고 성정을 참는 과정을 거친 뒤에 연정을 잡아매게 하였는가. 가누기 어려운 것은 마음이요, 잃어버리기 쉬운 것은 뜻이로구나. 아, 마음이여 뜻이여 누가 그것에 주인노릇을 하는가. 주인옹(主人翁)이여, 항상 깨우치고 또 깨우칠지어다. 진실로 이 말대로 하지 않는다면 내가 어찌 다시 이 강물을 볼 수 있겠는가!"
만력(萬曆) 5년 정축(丁丑, 선조 10년 1577) 4월 7일 서호정사에서 쓰노라.

이 글은 송강의 "한 잔 먹세 그려, 또 한잔 먹세 그려"로 시작하는 우리말 가사 장진주사(將進酒辭)와 함께 읽어야 한다. 술을 마시자는 장진주사와 술을 삼가자는 계주문(戒酒文). 이것은 분명한 모순이요 자가당착이다. 그러나 송강에게 있어서 이 모순은 천의무봉한 그의 성품을 있는 그대로 드러내는 애교요 청순이다. 우리는 송강을 사랑하는 마음으로 이 모순의 두 가지 글을 똑같이 사랑하고 아낄 것이다. 우리 인생은 누구나 다, 한 손에는 장진주사를, 그리고 다른 손에는 계주문을 쥐고 사는 모순의 존재들이니….

戒酒文

某之嗜酒有四 不平一也 遇興二也 待客三也 難拒人勸四也. 不平則理遣可也 遇興則嘯詠可也 待客則誠信可也, 人勸雖苛 吾志旣樹 則不以人言撓奪可也. 然則捨四可 而就一不可之中 終始執迷 以誤一生何也.

余休官退處 五承恩旨 到今年春 迫不得已力疾趨 召陳疏乞退 志在丘壑 則當杜門斂跡 愼言興行可也, 而動靜無常 言語失宜 千邪萬妄皆從酒出, 方其醉時 甘心行之 及其醒也 迷而不悟, 人或言之 則初不信 然旣得其實 則羞愧欲死. 今日如是 明日又如是 尤悔山積 補過無時 親者哀之 疏者唾之 褻天命慢人紀 見棄於名教者不淺.

焉月之初 吉辭家廟 出國門 臨江將濟 送者滿舟 回首洛中 追思旣往 則恰似穿窬之人 抽身鋒鏑 白日對人 惶駭窘迫 無地自容 終日踧踖 如負大罪. 及至而更來于江上也. 先忌適臨 嗚咽吞聲 哀慘之中善端萌路 遂慨然自訟曰 "喜獵何到於明道 而萌動於十年之後 好色何到於澹菴 而繫戀於動忍之餘. 難操者心 易失者志 心兮志兮 孰主張之 主人翁兮 常惺惺兮 苟不如此言 吾何以更見江水兮"

萬曆五年 丁丑四月七日 書于西湖亭舍

김성일(金誠一)의 여허서장(與許書狀)

　임진왜란이 일어나기 전, 조 · 왜 간에는 분명히 전운이 감돌고 있었다. 1587년 전국(戰國)의 혼란에서 일본 전역을 평정 통일한 도요도미 히데요시(豊臣秀吉)는 스스로 '태양의 아들'이라 자처하며 명나라와 조선도 제패하겠다는 망상에 사로잡혀 있었다. 급기야 명과 조선에 입조(入朝)를 독촉하는 사신을 보내기에 이른다. 이러한 국제정세하에서 1589년 11월 조선에서는 일본의 정황과 도요도미의 본심을 탐지하려는 목적으로 일본에 통신사를 파견하기로 결정한다. 정사(正使)에 황윤길(黃允吉), 부사(副使)에 김성일(金誠一), 서장관(書狀官)에 허성(許筬)이 임명되었다. 그 때에 이미 동서붕당(東西朋黨)이 굳어져 있었으니 황윤길은 서인이요 김성일과 허성은 동인에 속한 사람들이었다.

이 통신사 일행이 1590년 6월에 발정하여 대마도(對馬島)에 이르렀을 때, 이미 전운이 짙게 드리웠음을 감지할 수 있었다. 그 때에 대마도는 조선국왕의 도서(圖書)[조선 예조에서 대마도주에게 내린 구리로 만든 인장, 이 인장이 찍힌 서결(書契)를 가져온 자에게 통상을 허락하였음.]를 받는 경제적 속방(屬邦)이었는데도 대마도주는 오만하게도 말을 탄 채 통신사 일행을 맞이하는 무례를 범하고 있었기 때문이었다.

그 해 7월에 사행이 일본의 수도인 경도(京都)에 도착했으나 마침 도요도미는 동북지방으로 순무경략(巡撫經略)에 나가 있었으므로 10월이 지나도록 국서(國書)는 통신사의 수중에 잠을 자고 있었다. 도요도미는 11월에야 돌아왔으나 조선의 통신사 일행을 자신의 일본통일을 축하하러 온 복속사절쯤으로 여기는 형편이었다.

그 무렵 통신사 일행은 대덕지구의 객관에서 넉 달이 넘도록 무료하게 도요도미의 귀환을 기다리고 있던 중에, 관백의 행차를 구경하라는 청을 받는다. 그 때에 정사와 부사는 국서를 전하지 않은 형편에 관광은 가당치 않다고 거절하였으나 서장관 허성은 가볍게 행동하였다.

다음 글은 허성의 그러한 경거를 준열하게 책망하는 김성일의 글이다. 허성은 같은 동인이요 십년이나 연하인 사람이긴 하지만 김성일의 꾸짖음은 마치 절교를 선언하는 듯하다.

1591년 3월에야 귀국한 통신사 일행은 즉시 사행 결과를 보고하였다. 이 때에 정사 황윤길은 침략의 기미가 있음을 힘주어 말했고, 부사 김성일은 그렇지 않다고 부인하였다. 허성은 일본에 머물 때에 김성일에게 책망을 받은 것이 야속했던가, 아니면 사실대로 말하지 않은 김성일을 그런 방법으로 간하려 했던가. 아무튼 허성은 바르게 보고했으나 김성일은 극구 반대하였다. 혼란스러운 조정은 결국 김성일의 보고를 받아들여 그나마 준비 중이던 여러 가지 방비책을 중단시켰다. 그 때에 정국을 주도했던 집권세력은 동인이었기 때문이다. 그리고 꼭 1년이 지난 1592년 4월 14일 도요토미는 20만 대군을 나고야에서 출정시키니, 이것이 곧 임진왜란의 시작이었다.

서장관 허성에게 보낸 글월

(금년 경인 1590) 시월 스무 여드렛날에 (일본국사) 평의지(平義智)의 심부름꾼이 와서 말하기를 "내일 아침 일찍이 관백(關白)[일본에서 임금을 측근에 모시는 고위관직]이 우리 임금님 궁궐로 입궁하게 되었으니 사신들은 그 행차를 구경하셔도 좋습니다."라고 하였소. 나는 대답하기를 "다른 나라의 빛나는 광경은 진실로 구경하고 싶소. 그러나 아직 왕명을 전하지 못하였는지라 사신의 도리에 출입하기가 곤란하구료."라고 하였다오. 다음날 아침에 의지가 직접 찾아와 청하니 족하(足下)는 그 의지(義智)가 근실하다 하여 즉시 허락하였소. 그리고는 또 나에게 찾아왔기에 나는 어제와 같이 사양하였는데, 그가 돌아갈 무렵에 역관 윤사수가 와서 말하기를 "서장관이 지금 막 도성 안으로 들어갔습니다."하니 나는 심히 놀랐다오. 족하가 이미 마소처럼 달려 나가면서도 자기에게 얻음과 잃음이 어떻게 되는지 생각지도 않고 또 서로 충분히 의논도 하지 않

학봉 김성일 신도비각

은 채 행동으로 옮기며 의심이 없으니 내 비록 충성을 바치고자 한들 어찌되겠소? 더구나 역관도 그런 행동이 옳지 않음을 힘주어 말하는 것을 족하도 짐작했고 또 들었을 것이오.

[두 번째로] 족하의 수레가 막 나가려할 때에 관백의 행차가 정지되었다는 보고가 왔으므로 내가 다행스럽게 여기는 것은 행대(行臺: 서장관의 별칭)의 욕되지 않음이요, 사사로운 뜻이 있는 것은 아니라오. 이틀 후에도 족하의 뜻이 아직도 (관백의 행차구경에) 미련을 버리지 못하여 군교(軍校)를 앞세우고 대리를 뒤따르게 하고 잠자리에서 조반을 먹고 수레를 몰아 의기양양하게 (내 거처의) 문 앞을 지나가니 내가 마침 그 때에 앞마루에 나와 앉았다가 그대를 뒤따르고 호위하는 무리가 성대함을 보고 참으로 내 마음이 부끄러웠소. 얼마 지나지 않아 족하가 실망하여 객관에 돌아왔다 하므로 그 연유를 알아본즉 관백이 또 행차를 중지하였다 하는구료. 족하가 (구경을) 나갈 때에는 오직 나 혼자만 한탄하고 화를 냈으나 족하가 돌아올 때에는 따라갔던 일행이 모두 그대를 위하여 부끄럽게 여겼다하니 이 어찌 부끄러운 마음이 사람마다 같은 것이라 아니할 것이겠소.

그 후로 날마다 비가 오거나 눈이 내리니 족하도 역시 이제는 후회하는 마음이 있어서 두 번 다시 실수하지는 않을 것이라 생각하였는데 충고하는 말을 듣고도 고집을 피워 반드시 행하고자하는 뜻을 지닌 줄을 내 어찌 생각하였겠소. 내 성품이 원래 빡빡하고 어리석어 아는 것이 없으니 높고 밝은 뜻으로 행하는 바를 진실로 헤아려 알기 어렵소. 그러나 옳고 그름을 분별하는 마음은 하늘이 내어준 본성이니 어찌 천 가지 생각에서 한 가지쯤은 얻을 것이 없겠소이까. 청컨대 자주 글을 써서 감히 충고하여 또다시 귀에 거슬리는 말을 하니 족하는 깊이 생각좀 해주시구료.

아하! 슬프게도 (우리 통신사 일행이) 사절이 되어 바다를 건너온 지 이제 일곱 달이 지났건만 갑작스런 변고를 만나 아직도 지함 속에 국서가 보관되어 있으니 이것은 실로 크나 큰 욕이오, 사신으로서 황송하고 억울한 심정이 어찌 끝이 있겠소이까? 우리 형편이 이러한데 관백이 비록 관광을 허락한다 하여도 이 대덕의 지경 밖으로는 우리 발걸음을 잠시도 내놓지 않았으니 이것은 왕명을 무겁게 여기는 것 아니겠소? 우연한 놀이구경도 허락하지 아니하는데 하물며 왕명도 관백에게 전하지 못하면서 먼저 그 사람의 호화로운 행차를 볼 수 있다는 말이오? 만약 그렇게 한다면 그것은 왕명을 가볍게 여기고 관백을 중히 여기는 것이오. 그러나 족하가 어찌 왕명을 가볍게 하고 관백을 중하게 여기겠소. 단지 관백의 위엄에 겁을 먹고 그에 적응하여 좋게만 대처하려는 편법에 지나지 않을 것이오.(중략)

족하는 다른 사람과 의논도 하지 않고 자기 마음대로 결정하여 세 번씩이나 관광행차를 벌이면서 멈출 줄을 모르니 내가 어찌 족하와 더불어 일을 도모하겠는가? 아하, 의(義)에 맞으면 벗이요, 맞지 않으면 길가는 사람에 지나지 않으니 이제부터 앞으로는 각기

이렇듯 명분이 뚜렷하고 충절이 대쪽같은 김성일은 어찌하여 사
행보고(使行報告)를 그르쳤는가? 그것은 온 나라가 전쟁분위기에 휩
싸이면 민심이 크게 동요하여 나라가 어지러워질 것을 걱정했기 때
문이라고 전해 온다.

학봉(鶴峰) 김성일(金誠一, 1538 중종33~1593 선조 26)은 의성(義城)사람
으로 퇴계(退溪) 이황(李滉)의 문인이다. 27세에 사마시에 합격하고
31세 때 증광문과의 병과에 급제하면서 벼슬을 살았다. 40세 때에
는 명나라에 사은사의 서장관으로 다녀왔고, 53세 때에는 일본에
통신부사로 다녀왔다. 임진난이 터지자 그 통신사행의 잘못된 보
고로 문책되어 처벌을 면하기 어려웠으나 사애(西厓) 유성룡(柳成龍)
의 간곡한 변호로 화를 피하고 속죄의 참전을 하였다. 경상우도 병
마절도사, 초유사, 순찰사를 지내며 전장에서 애쓰다가 진주(晉州)
에서 병사(病死)하였다. 진주진중(晉州陣中)에서 고향집 아내에게 보
낸 한글편지가 오늘날까지 전해오고 있다.

학봉 김성일이 진주진중에서 아내에게 보낸 한글편지이다.

요사이 추위에 모두들 어찌 계신고, 가장 사렴하네.
나는 산음고을로 와서 몸은 무사히 있거니와 봄이 닥치면 도적이
대항할 것이니 어떻게 할 줄을 몰라 하네. 또 직산에 있던 옷은 다
왔으니 추워하고 있는가 분별마오. 장모님 뫼시고 과세 잘 지내오.

자식들에게 편지 못하여 미안하네. 잘들 있으라 하오. 감사라하여
도 음식을 가까스로 먹고 다니니 아무 것도 보내지 못하네. 살아서
서로 다시 보면 얼마나 좋을까마는 기필 못하네. 그리워말고 편안
히 계시오. 그지없어 이만. 섣달 스무나흗날.

학봉은 임진년(1592) 섣달에 이 글월을 유서인 양 써 보내고 넉 달
이 지난 다음해 사월 진주 공관에서 세상을 떠났다. 누렇게 퇴색한
종이, 급히 휘갈겨 쓴 고졸한 필체 위에 서려 있는 학봉의 인품이
사백년을 뛰어 넘어 우리들 가슴에 쾅쾅 울린다. 그 간결한 말씨 속
에 갈피갈피 스며 있는 아내 사랑, 자식 사랑, 겨레 사랑의 곡진한
정을 어떻게 일일이 헤아릴 수 있을 것인가!

與許書狀

十月二十八日. 平義智佯告曰 "來早關白當詣天宮 使臣可觀光也." 余曰 "異國光華 固願見也 但王命未傳 使臣義難出入也." 翌朝義智 躬造以請 足下以其勤也 遽諾之已而, 又過余 余辭謝如昨 比其去也 譯官尹嗣壽來言曰 "書狀今刻入都中矣." 余甚駭之. 而足下旣不以牛 馬走爲有無 不相通議 而行之不疑 僕雖欲獻忠得乎? 然對譯官極言 其不可 足下想亦聞之耳.

足下之駕將出 而關白停行之報旋至 僕之所幸 幸行臺之不辱 非爲 私也. 越二日足下之意 猶未怠也 導以軍校 從以臺吏 蓐食催駕 揚揚 過門 僕其時適坐前楹 望君騶衛之盛 固已心慼矣. 未幾 足下憮然還 館 詗之則 關白又停行也. 足下之去也 獨吾一人歎咤焉, 足下之還也 一行亦爲君恥之 豈非羞惡之心 人人之所同得者乎?

厥後連日雨雪 意謂足下亦已悔之 必不至貳過也 豈料其聞諫益甚 必行己志而後已耶. 鄙性固滯 愚陋無知 高明所爲 固難測識, 然是非 之心天性也 豈無千慮之一得乎? 請犯數疏之戒 更進逆耳之言 足下 試裁焉.

嗚呼 仗節越海 今七閱月矣 橫遭變故 尙祕芝綸 此實莫大之辱也, 使臣回惶鬱抑之情 曷有極哉. 惟其若是 故關白雖許遊觀 大德一坊 之外 則足迹未嘗暫出 玆豈非以王命爲重者哉. 偶然遊觀 且不肯爲 之 況未傳命於其人 而先觀其人之光華乎? 若果如此 則是以王命爲 輕 關白爲重也. 然足下豈輕王命 而重關白者哉, 不過怯關白之威 而 爲周旋善處之計耳. (中略)

足下不謀於人 而獨斷於心 三次作行 而不知止, 僕亦安能爲足下謀 哉. 嗚呼 義合則朋友 不合則路人也, 自今以後 各尊所聞 各行所知 焉可也, 復何相與焉 惟足下亮之. 不宣.

유성룡(柳成龍)의 징비록(懲毖錄)

일인지하 만인지상(一人之下 萬人之上)이란 말이 있다. 왕정체제에서 임금을 보필하여 나라살림을 책임진 재상을 칭송하여 부르는 말이다. 그러나 이것이 칭송이 되려면 그 주인공이 살아가는 멸사봉공의 삶은 오히려 '一人之上 萬人之下'의 모습을 보일 때에만 가능한 일인지도 모른다. 임금 앞에서 바른 말을 할 수 있어야 하고 온 백성을 어버이처럼 모신다는 마음이 없으면 명재상을 가리키는 일인지하 만인지상은 아무런 의미가 없을 것이기 때문이다.

조선조 오백여 년에 '일인지하 만인지상'이란 칭송을 정당하게 받을 수 있는 명재상이 몇 분이나 될까? 그리고 그 몇 분 안 되는 명재상 가운데서 한 분만 꼽자면 어느 분이 될 것인가? 이때에 우리는 7

조선전기—하

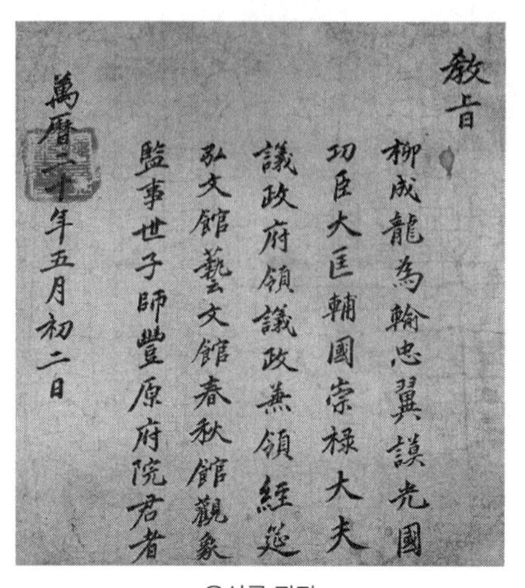

教旨
柳成龍爲輸忠翼謨光國
切臣大匡輔國崇祿大夫
議政府領議政兼領經筵
弘文館藝文館春秋館觀象
監事世子師豐原府院君者
萬曆二十年五月初二日

유성룡 필적

년에 걸친 임진왜란을 슬기롭게 극복한 서애(西厓) 유성룡(柳成龍, 1542 중종 37~ 1607 선조 40)을 생각하지 않을 수 없다.

서애(西厓)는 영의정을 두 번 역임하였다. 첫 번째는 임진년에 임금을 호종하여 평양으로, 다시 의주로 파천하던 때이고, 두 번째는 그 다음해에 평양을 수복하고 삼도도체찰사가 되어 파주까지 진격했을 때였다. 나라가 위급했을 때마다 그 수습과 해결을 위해 서애의 지략과 헌신이 필요했으나 위기를 모면하고 나면 번번이 반대파의 탄핵으로 그 자리를 물러나야 했었다. 이미 그 때는 동서붕당(東西朋黨)이 표면화되었고 서애는 동인(東人)에 속한 사람이었다. 물론 서애는 당색으로 사람을 본 적이 없었고 언제나 대의를 좇아 일을 처결하였다. 서애는 참으로 힘든 시절에 힘든 일을 맡은 재상이었다. 명(明)나라 군대는 조선을 도와주러 왔으나, 승전의 기회가 있을 때마다 진군을 늦추며 대접이 소홀함을 트집잡았고, 뒤로는 일본과의 화의를 도모하며 조선을 양분하자는 비밀협상을 추진하기도 하였다.

이처럼 어려운 시절, 그 전란의 와중에서 서애가 이룩한 공적은 크게 세 가지로 압축된다. 그 첫째는 이순신, 권율 등 명장을 천거·등용한 것이요, 그 둘째는 화기제조, 성곽수축 등 군비를 확충하고 훈련도감을 설치하여 국방의 강화에 힘쓴 것이며, 그 셋째는 징비록과 같은 임란비망록을 남겨 임진왜란을 둘러싼 전쟁비화를 후세 사람들에게 남겨준 것이다.

다음은 징비록자서(懲毖錄自序)의 전문(全文)이다.

징비록 머리에 부치는 글

징비록이란 무엇인가? 임진왜란 뒤의 일을 기록한 것인데, 여기에 난이 일어나기 전의 일도 간간이 적은 것은 난의 처음 발단도 밝혀보고자 하는 까닭이었다. 아하, 정말로 임진의 화(禍)는 참혹하기 그지없었다. 두어 달 남짓한 동안에 세 개의 도읍지(서울·개성·평양)가 모두 함락되었으며, 온 나라가 폐허가 되었다. 임금님은 파천(播遷)하실 수밖에 없었으나 그래도 오늘날이 있게 되었다는 것은 천행이 아닐 수 없다. 이 또한 조종의 인후한 은덕이 백성들에게 굳게 맺어져서 나라를 사랑하는 마음이 불타올랐고, 임금님의 사대(事大)하는 정성이 지극하여 명나라 황제를 감동시켜 구원병이 여러 번 출동한 때문이니 만일에 그렇지 않았던들 정말로 위태로울 뻔하였다.

시경(詩經)에 이르기를 "내가 지난 일을 징계〔懲〕하여 뒷근심이 있을까 삼가〔毖〕노라."하였으니 이것이 "징비록"을 지은 까닭이다. 나처럼 못난 사람이 어지럽고 혼란스런 때에 나라의 중책을 맡아서 위태로운 형편을 바로잡지도 못하고 쓰러져 가는 형세를 붙들지도 못했으니 그 죄는 죽어서도 용서받지 못할 처지인데, 오히려 시골 밭두렁에 묻혀 구차스럽게 성명(性命)을 이어가고 있으니 이 어찌 임금님의 너그러우신 은혜가 아니겠는가.

　여러 가지 걱정이 조금이나마 사그라진 이때에, 지난 일들을 생각해보니 황송하고 부끄러워 낯을 들 수가 없다. 이에 한가로운 틈을 타서 그동안에 내가 보고들은 것을 대강 적었는데 그 내용은 임진년(1592)에서 무술년(1598)까지의 일이다. 겸하여 장계(狀啓) 소자(疏箚) 문이(文移)와 잡록(雜錄)을 그 뒤에 붙였다. 비록 볼만한 것은 아니지만 이 또한 당시의 사건 기록이어서 능히 버릴 수가 없었다.

　이미 나는 이렇게 시골구석에 묻혀 마음 편히 살고 있으나, 나라에 충성하고자 하는 간절한 마음은 달랠 길이 없어서, 이 글을 지어 전쟁 중에 이 어리석은 신하가 나라에 보답하지 못한 죄를 조금이나마 씻어볼까 하는 바이다.

　사심이 없는 사람의 말은 언제나 간결하고 평순하다. 숨길 것도 없고 꾸밀 것도 없기 때문이다. 그러나 끊임없이 반성하며 오히려 부족함이 있었음을 고백하는 자세를 갖춘다. 우리가 징비록을 읽으며 옷깃을 여미는 이유가 여기에 있다. 우리나라는 임진란 이후에도 크고 작은 병화가 뒤를 이었으나 서애(西厓)의 이 자성(自省)·비망(備忘)의 글 같은 것이 다시 나오지 않음은 무슨 까닭인가? 여기에 또한 우리가 서애의 인품을 흠모하는 연유가 숨어 있다.

懲毖錄 自序

懲毖錄者何 記亂後事也. 其在亂前者 往往亦記 所以本其始也. 嗚呼 壬辰之禍慘矣. 浹旬之間 三都失守 八方瓦解 乘輿播越 其得有今日天也. 亦由祖宗仁厚之澤 固結於民 而思漢之心未已, 聖上事大之誠 感動皇極 而存邢之師屢出, 不然則殆矣.

詩曰 "予其懲而毖後患" 此懲毖錄 所以作也. 若余者以無似 受國重任 於流離板蕩之際 危不持 顚不扶 罪死無赦 尙視息田畝間 苟延性命 豈非寬典.

憂悸稍定 每念前日事 未嘗不惶愧靡容, 乃於閑中 粗述其耳目所逮者 自壬辰至于戊戌 總若干言, 因以狀啓疏箚文移及雜錄 附其後 雖無可觀者 亦皆當日事蹟 故不能去.

旣以寓 畎畝惓惓 願忠之意 又以著 愚臣報國 無狀之罪云.

조헌(趙憲)의 동환봉사(東還封事)

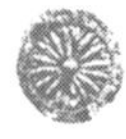

『논어(論語)』에 "군자불기(君子不器)"라는 말이 나온다. "참다운 선비는 한정된 범위에 안주하는 존재가 아니다."쯤으로 풀이할 수 있는 말이다. 이 "군자불기" 한 마디는 유교적 이상을 추구했던 조선조 선비들의 삶을 지배하는 편달이요 지침이었다. 왜냐하면 그들은 참다운 선비이고자 끊임없이 스스로를 성찰하며 언제 어디서나 최선의 처신으로 떳떳하게 살고자 노력하였기 때문이다.

그러나 나라가 위난에 떨어진 급박한 상황에서 마음으로만 다졌던 "군자불기"의 지표를 실천에 옮긴 진정한 군자불기의 화신은 그렇게 많지 않았다. 그 많지 않은 선비 가운데서 우리는 임난 때의 조헌(趙憲)을 만난다.

중봉(重峯) 조헌(趙憲, 1544 중종39~1592 선조25)은 첫째 양심적인 목민관이요, 둘째 조국 선진화의 기수요, 셋째 구국의 의병장이었다. 이 세 가지 면모는 16세기 후반 조선이 처한 시대상황에서 중봉이 취한 지고지선의 선택이요 발자취였다.

중봉은 24세 때에 식년문과의 병과에 급제한 이래, 교수·정자·저작 등 교서관의

조헌(趙憲)

연구직 벼슬을 하다가 31세 때에 질정관이 되어 성절사 일행과 함께 명나라에 다녀왔다. 이 때에 명나라에서 견문한 바를 정리하여 상주한 것이 저 유명한 「동환봉사(東還封事)」라 하는 상소문이다. 원제목은 「질정관회환후선상팔조소(質正官回還後先上八條疏)」라고 하는데 그 글에서 조선왕조의 선진화를 위한 여덟 가지 중요사항을 치밀하게 설파하고 있다. 31세의 젊은 외교관이 처음으로 방문한 해외출장에서 어떻게 그처럼 철저한 고증과 관찰로 한 나라의 풍속과 제도를 논변할 수 있었다는 말인가? 실로 믿기지 않는 일이다.

그 후로 중봉은 호조좌랑·예조좌랑·통진현감·보은현감 등을 거치며 엄정과 자애를 겸비한 목민관을 역임하였다. 그러는 동안 동서붕당의 파도에 휩쓸리며 심심지 않게 유배와 파직을 거듭했으나 끝내는 그의 지조와 충성이 인정되어 복직이 되었다. 그리고 임진왜란이 일어나자 옥천(沃川)에서 의병을 일으켜 영규(靈圭)스님이

이끄는 승병과 함께 청주(淸州)를 수복하고 금산(錦山)의 전투에서 700명의 결사대와 함께 장렬하게 옥쇄하니 '문열공(文烈公)'이란 시호는 중봉을 위해 예비해 둔 이름인 듯하였다.

다음은 동환봉사(東還封事)의 첫 부분이다.

질정관(質正官)의 임무를 마치고 돌아와 먼저 드린 8조의 상소문 (1574년 선조 8년 11월)

신(臣) 조헌(趙憲)은 두 번 절하옵고 말씀을 드립니다. 신이 지난번 명나라에 갈 때에 황주(黃州)의 역관(譯官)에게서 『사성통해(四聲通解)』를 빌어다가 질정(質正)할 사항 스무 가지 내용을 가슴에 새겨두고 옥하관(玉河館)에 이르렀습니다. (거기에서 마침) 출입이 자유롭지 않은지라 통사로 하여금 사람을 시켜 질문을 하였더니 (그들이) 풀이해 준 말이 『사성통해』의 내용을 벗어나는 것이 아니었습니다.

신이 가만히 생각해 보오니 밥이나 먹으며 나라에 도움되는 바가 없어 부끄러울 뿐 아니라 바야흐로 두렵기까지 하였사온데 길에서 우연히 왕지부(王之符)라는 선비를 만나 질문을 하였습니다. (그는) 나라를 다스리는 세 가지 [정덕(正德), 이용(利用), 후생(厚生)]만을 간략하게 설명하며 빙긋이 웃고 말하기를 "질정하러 오셨다 함이 오로지 이런 일을 위하여서입니까? 이와 같은 일은 나라 정책을 공부한 선비가 아니라 하여도 능히 다 아는 일인데 이렇게 찾아와 굳이 듣고자 하니 이것은 성문(聖門: 성인이 되고자 수도하는 길)에 들어있는 사람들이 물질에 지나치게 마음을 두다가 뜻을 그르치는 것과 같고, 유학(儒學)을 하는 선비들에게는 학문을 위한 학문만을 널리 구하다가 소인이 되는 것과 같은 것이오."라고 하였습니다. 신은 이 말을 듣고 너무도 부끄러웠습니다.

우리나라 조정에서 반드시 질정관을 파견하는 까닭은 어찌 중화의 사람들이 우리를 가리켜 소중화(小中華)라 일컫게 하자는 것뿐이겠습니까? 진실로 능히 예와 의를 밝히자는 것 아니겠습니까? 그리고 더 나아가 나라에서 빈관의 이름을 모화(慕華)(館)이니 태평(太平)(館)이니 한 것은 반드시 밝고 성스러운 임금, 모범적인 대공의 지극히 올바른 제도와 오래도록 나라를 평화롭게 다스리는 방략을 자세히 고찰하여 한 구역의 백성들을 태평한 나라로 이끌고자 하는 것이니 겉으로만 중화 사람들에게 과시하여 우러러보게 하려고 준비하는 것은 결코 아니라 하겠습니다. 그러므로 오히려 역참(驛站)의 잔약한 마졸들을 힘들게 할지라도 이 시대의 필요한 아름다운 정치의 도를 얻어서 장차 크게 폐단을 고치고 덕화(德化)를 일으키는 근본을 삼고자 원했던 것이옵니다.

돌이켜 보오니 이 못난 신하는 아는 것도 짧고 생각하는 것도 얕으며 재주도 없고 말솜씨도 모자라 진실로 상스러운 말밖에 모르오니 전하의 들으심을 어지럽힐까 두렵습니다. 하오나 공마(貢馬: 우리나라에서 공물로 중국에 바친 말)가 영평(永平) 땅에서 죽은 것을 길에서 보았사온데 그 죽은 말들이 머리를 동쪽으로 하였습니다. 통사(通事)에게 그 까닭을 물으니 "언제나 보는 일인데, 우리 지방의 말은 죽을 때 반드시 머리를 동쪽으로 둡니다."하였습니다. 대저 말과 같은 짐승도 그 근본을 잊지 못하는데 신은 말만도 못하오니 신은 진정으로 깊이깊이 부끄러울 따름이옵니다. 그러므로 감히 눈과 귀로 보고 들은 것 가운데 치도에 관계되는 것으로써 외람되오나 우리나라의 진미하지 못한 점들을 논의하여 가장 알맞은 중(中)을 쓰는 것을 선택(임금의 결단)하심에 삼가 예비케 하고자 하나이다. 엎드려 원하오니 전하께오서는 유의하여 주시옵소서.

성묘(聖廟, 공자묘)에 배향하는 제도
내외(內外)의 모든 관리에 관한 제도
귀천(貴賤)의 의관복식에 관한 제도
식품과 연음(宴飮)에 관한 제도
사부(士夫)들이 읍양(揖讓)하는 예법
사생(師生)들이 상접(相接)하는 예법
향여(鄕閭)의 습속(習俗)의 아름다움
군사(軍師)들의 기율(紀律)의 엄격함

우리는 이 글을 읽으며 선조들의 사대모화(事大慕華)가 그렇게 단순한 것이 아니었음을 깨닫는다. 그것은 결코 굴욕외교도 아니요, 맹목적 사대는 더구나 아니었다. 그것은 세계제일의 문화국가, 예의지국을 지향하는 간절한 염원이 사대모화라는 표제를 붙이고 잠시 옷깃을 가다듬는 숨고르기가 아니었을까? 오늘도 우리는 아직 그 숨고르기를 계속하고 있다.

質正官 回還後先上八條疏 甲戌十一月

臣憲謹再拜上言 臣頃於西行之時 借得四聲通解於黃州譯官 已知質正事二十條之意 至玉河館 不能出入 只令通事因人請質 則所釋之言 不外乎四聲通解. 臣竊愧素餐而無補於國家 方以爲懼 道遇士人王之符 擧以質之 則略說三事而哂之曰 "質正之來 只爲此事乎? 若此數物 除是方術之士 乃能盡知 而必欲强聞 則在聖門爲玩物喪志 於吾儒爲博學小人." 臣切愧斯言.

因思祖宗之朝所以必遣質正而不已者 豈非以華人之指爲小中華者. 實以能明禮義 而國家之名館以慕華太平者 必欲詳究夫明王聖帝大公至正之制. 長治久安之術 以措一區之民於大平之域也 非爲外誇乎華人之瞻視而設也. 故寧勞馹路之殘卒 而冀聞斯今之善政, 將大爲祛弊興化之本乎.

顧以微臣 識短慮淺 才疎言拙 固知鄙俚之辭 難溷聖明之聽 而道見貢馬之死于永平者 猶東其首 問之通事則曰 每見吾地方之馬 死必東首云 夫馬不忘本 而臣不如馬 臣之所深恥也. 故敢以耳目之所聞見而關於治道者 僭議其我國之所未盡美者 恭備用中之擇. 伏願聖明之留意焉.(以下詳論略)

聖廟配享之制

內外庶官之制

貴賤衣冠之制

食品宴飮之制

士夫揖讓之禮

師生相接之禮

鄕閭習俗之美

軍師紀律之嚴

사명당(四溟堂) 유정(惟政) 스님의
분충서난록(奮忠舒難錄)

사명대사(四溟大師)는 역사상의 인물이라기보다는 전설속의 인물이다. 임진난의 고통을 설분하려는 민중심리가 소설 『임진록』같은 책에서 사명대사를 초능력의 도승으로 만들었기 때문이다. 그래서 우리는 "춥기는 왜 이리 추워, 사명당의 사첫방인가?" 이런 속담을 즐기며 사명대사의 그 옛날 업적을 추모한다. 소설의 요지는 다음과 같다.

임진난 시절에 사명당(四溟堂)은 강화사절(講和使節)로 일본에 건너가 왜왕을 만났는데, 그 때에 왜왕이 사명당을 태워 죽이려고 구리로 한 칸 집을 지어놓고 그 속에 가두고 사면으로 숯을 피워 불을 뗐으나 사명당은 네 벽에 '서리 상[霜]'자를 써 붙이고 방석 밑에는 어름 빙[氷]자를 써놓고 팔만대장경을 외우니 방안이 어름곳간 같았다.

그러나 이 이야기에 관련된 실제의 역사적 사건은 허균(許筠)이 지은 『사명송운대사비명병서(四溟松雲大師碑銘幷序)』에 다음과 같이 적혀있다.

갑진년(1604)에 (대사께서) 국서(國書)를 받들고 일본으로 가니 모든 왜인들이 서로 이르기를 "이 분이 보배를 말하던 그 대사인가?" 하였다. 대마도를 거쳐 대판(大阪)에 이르니 모든 장수들이 모두 존중하여 믿고 따르며 중들이 모여들어 가르침을 받기를 원하므로 대사는 일일이 불법을 말하여 가르치니 모든 중들이 다투어 예배하며 부처님이라 칭송하였다.

덕천가강(德川家康)을 만나자 설유하기를 "두 나라 생령이 오랫동안 도탄에 빠졌으므로 내가 구제하러 왔소이다."하니 가강도 또한 불교를 신앙하는 자라 이 말을 듣고는 신심을 발하여 대사를 공경하기 부처님같이 하였다.

그 결과, 우호를 잘 맺고 사로잡혀간 남녀 3,500명을 찾아 돌아올 때 스스로 양곡을 주선하여 먹이면서 바다를 건너와 을사년(1605)에 임금님께 복명하니 임금께서 그 공로를 가상히 여기시어 가의대부(嘉義大夫, 종2품)의 품계로 어마(御馬)와 저사표리(紵紗表裏)를 주어 표창하였다.

사명당(四溟堂) 유정(惟政) 스님(1544 중종 39~1610 광해군2)의 속명(俗

名)은 임응규(任應奎)요 밀양에서 태어났다. 어려서 아버지를 여의고 장악원정(掌樂院正)을 지낸 조부 밑에서 『사략(史略)』을 배우고 13세 때에는 황여헌(黃汝獻)에게서 『맹자(孟子)』를 배웠는데 15세에 어머니마저 돌아가시자 직지사(直指寺)에 들어가 중이 되었다. 18세에 승과에 급제하고, 32세에 묘향산에서 서산대사(西山大師) 휴정(休靜)의 법통을 이어 받았다. 금강산 유점사(楡岾寺)에 머물던 49세 때에 임진난을 맞게 되니 서산대사 휴정 스님의 휘하에서 참전하고 그의 뒤를 이어 승군도총섭이 되어 곳곳에서 왜군을 쳐부수었다. 51세 되는 갑오년에 가등청정(加藤淸正)의 진중을 세 차례에 걸쳐 방문하여 담판을 벌이며 적정을 탐지하였고, 61세에는 일본으로 건너가 덕천가강(德川家康)을 만나 강화를 맺고 난중에 붙잡혀 간 우리 백성 3,500명을 쇄환한 공로로 가의대부 행용양위대호군의 벼슬을 받았다. 저서로 『사명대사집(四溟大師集)』 7권과 난중기(亂中記)인 『분충서난록(奮忠紓難錄)』이 전한다.

　여기에 실린 글은 갑오년(1594)에 적진을 두 차례 방문한 뒤의 그 전말과 대비책을 진주한 상소문의 앞 부분이다. 이 상소문의 제목은 다음과 같이 길다; 甲午九月馳進京師上疏言討賊保民事疏曰(갑오년 구월에 서울로 달려가 소(疏)를 올려 적(賊)을 토벌하고 백성을 보호할 일을 아룀)

갑오년(甲午年, 1594) 구월에 서울로 달려가 올린 글월

　(전략) 난(亂)이 일어나던 초엽에 신(臣)은 강원도 금강산에 있다가 이 큰 변란을 만나 두 번에 걸쳐 적중에 들어가 저들과 문답하였

습니다. 그리고 드디어 의승(義僧)들을 설득하고 타일러 백여 명을 모아 그 길로 춘천과 원주에 있는 적을 토벌하고 그들과는 결코 함께 살 수 없음을 맹세하였습니다. 그때에 마침 총섭(總攝)의 관문(關文)을 보게 되었는데 그 관문에 군사와 백성들에게 간곡히 가르치시는 전하의 성지(聖旨)가 있음을 보며 두 눈에 눈물이 앞을 가려 글자마다 피가 맺히는 듯 차마 끝까지 읽을 수가 없었나이다.

신이 처음에 거느린 의승은 일백오십 명이었는데 그 뒤에 육십 명을 더 얻어서 그들과 함께 서쪽을 향해 부지런히 달려가 순안(順安)에 이르렀습니다. 신은 전하께서 계신 행재소(行在所)까지 달려가고자 하는 마음이 간절하였사오나 그때에 적이 평양에 진을 치고 있었으므로 감히 그들을 내버려두고 떠날 수가 없어서 체찰사 도원수 밑에 머물며 그 지휘를 받았습니다. 이때에 신을 의승(義僧) 도대장(都大將)으로 삼아 총섭의 책임을 맡기시니 의승과 이천여 명의 군사를 거느리고 대동강을 건너 평양과 중화를 왕래하는 적을 끊어 막게 하였습니다.

신은 본래 산림에 묻혀 사는 비천한 몸으로 병가(兵家)의 일은 알지 못하오나 한 명의 적이라도 죽여서 성상의 망극하온 은혜를 갚고자 하는 일이야 어찌 의관을 갖춘 선비에 뒤질 수 있겠나이까? 다만 병사들의 양식을 스스로 마련하자니 마지막까지 보장할 수 없어서 병졸의 절반은 굶주려 흩어졌사옵고 신도 또한 늙고 병들었으므로 이제는 예전에 살던 산 속으로 돌아가 산골짜기에 시신을 묻으려 하였사온데 도망하는 꾀를 쓰려한다는 누명을 들을까 두려워 헛되이 싸움터에 머물렀을 뿐이라 한 가지도 이룬 일이 없사오니 나라를 저버린 죄를 또한 용서받을 수 없겠나이다.

4월 그믐 경에는 유독부의 분부와 도원수의 절제에 의하여 곧바

사명당(四溟堂) 유정(惟政)

로 서생포 적진으로 들어가 적정(敵情)을 엿보았사오며, 7월 보름 경에는 또 독부의 지휘와 도원수의 명령을 따라 또다시 적진에 들어가 적의 정세를 상세히 탐지하였사옵니다. 하오나 신이 워낙 용렬한데다가 심히 어리석은지라 조정에 진달하는 일을 조금도 늦출 수가 없어서 이 달 초에 의령의 본진을 출발하여 곧은길로만 달려 왔사온데 해는 짧고 길은 험하여 종일토록 걸었건만 얼마 오지 못하면서 겨우 이 달 스무 하룻날에야 비로소 도성에 들어 왔습니다.

이제 우선 급한 대로 신이 아는 바, 적의 정세와 적을 토벌할 계획 그리고 백성을 보전할 대책을 여기에 기록하여 하나 하나 자세히 진술하오니 (성상(聖上)께서는) 굽어 살펴 주시옵소서.(하략)

분충서난(奮忠舒難)이란 무엇인가? 분연히 충의를 발하여 병란을 평정한다는 말 아닌가? 태평한 세월이었다면 운수탁발(雲水托鉢)로 8도를 유람하며 세속의 무상함을 범패(梵唄)에 실어 노래하였을 스님. 그러나 나라 안이 왜구의 조총소리에 시끄러워지자 분연히 장삼자락을 휘날리며 죽창과 대궁(大弓)으로 저들과 맞서니 그 몸이 불사신이 되는 것은 승속불이(僧俗不二)의 불도가 하화중생(下化衆生)의 법력을 보여줌이 아니던가?

스님의 글에 꾸밈이 없는 것은 진정으로 그 법력 때문이다.

🏵 [참고] 사명당(四溟堂)의 보배이야기는 무엇인가?

이 이야기도 허균(許筠)의 비명병서(碑銘幷書)에 적은 바를 그대로 옮겨 적는다.

… 갑오년 봄에 명나라 총섭 유정(劉綎)이 대사로 하여금 부산에 있는 왜영에 들어가 가등청정(加藤淸正)을 타이르게 하니 무릇 세 번이나 왕복하면서 적의 사정을 다 알아왔다. 청정(淸正)이 묻기를 "조선에 보배가 있는가?" 하였다. 대사는 즉각 대답하기를 "본국에는 없고 일본에 있노라." 하였다. 청정이 "무슨 말인가?" 하니 대사께서 "지금 우리나라에서 당신의 머리를 보배로 보고 반드시 취하려 하니 이것은 보배가 일본에 있는 것 아닌가?"하였다. 청정이 놀라며 탄복하였다.…

四溟大師 惟政스님의 奮忠舒難錄

甲午九月馳進京師上疏

（前略）亂初在江原道皆骨山 逢此大變 再入賊中 與賊問答. 遂開諭義僧 僅得百餘名 方欲往討春原之賊 誓不與俱生. 而適見摠攝關字 關字內有引諭軍民聖旨 雙眼淚暗 字字血染 讀不忍終焉.

臣原率義僧百五十 外加得六十名 西望疾驅 以到順安. 臣切欲奔詣行在 而當時賊據平壤 不敢舍去 仍留體察使都元帥處 聽指揮也. 以臣爲義僧都大將 摠攝之任 受之義僧幷二千餘名 渡大同江 使之把截平壤中和往來之賊.

臣以麋鹿之身 不識兵家之事 而欲殺一賊 以報聖上罔極之恩 則豈有下於衣冠哉. 但自備兵粮 難保終始 卒半飢散. 臣又老病 茲欲返于故山 置屍丘壑 恐取謀避之名 空淹戰場 事無一成 負國之罪 亦難容赦.

而四月晦時 依劉督府分付 及都元帥節制 直入西生浦賊陣覘探敵情, 七月望時 又依督府指揮 及元帥之令 再入賊陣詳細哨探 賊之情勢. 而以臣之庸劣 益添愚惑 陳達朝廷 不宜少緩 本月初 發自宜寧本陣 由直路馳進 日短路險 窮日之行 不過一息 本月二十一日 始得入城. 故以臣之所知賊之情勢 及討賊之意 保民之策 錄之于下 陳其一一 伏惟垂察焉.（下略）

이순신(李舜臣)의 난중일기(亂中日記)

　충무공(忠武公) 이순신(李舜臣) 장군(1545 인종1~1598 선조31)은 새삼스럽게 소개할 인물이 아니다. 우리나라 역사에서 단 한 분의 위대한 무인을 손꼽으라고 하면 천명이고 만명이고 한 사람도 예외없이 이순신 장군을 지목할 것이기 때문이다. 우리는 육하원칙에 따라 다음과 같이 간략하게 정리할 수 있다.

　"이순신 장군은 지금부터 460년 전에 서울에서 태어나 54년을 사신 분으로 6척의 거구, 강인한 체력, 중후한 성품의 무관이셨다. 임진난이 일어나자 삼도수군통제사가 되어 휘하장수들을 거느리고 한산도·명량·노량 등의 해전에서 수십배의 왜군을 격파하였다. 독전 중(督戰中) 유탄에 맞고서도 의연히 북을 치며 사기를 돋구면서 자신의 죽음을 알리지 않게 하였다. 한 때 시기하는 무리에게 모함을 받아 죄수의 옷을 입고 감옥에 갇혀서도 일편단심 조국의 운명을 걱정하였다.”

그러나 우리는 이렇게 간추린 글 속에 반드시 덧붙여야 할 한마디가 남아 있음을 깨닫는다.

“그분은 400여 년 전에 돌아가셨으나 나라를 지키겠다는 민족의 염원이 불붙는 한, 우리 민족과 함께 영원히 살아 계신다.”

그 증거의 하나로 서애(西厓) 유성룡(柳成龍)의 글(懲毖錄)에서 한 구절을 옮겨 본다.

“순신(舜臣)의 죽음을 들은 우리 군사와 명나라 군사는 각영이 연이어 통곡하며 마치 자기 어버이를 잃은 듯했다. 영구가 지나는 곳마다 백성들이 곳곳에 제물을 차려 놓았다가 상여를 붙잡고 통곡하며 ‘공께서 우리를 살리셨는데 지금 우리를 버리고 어디로 가신단 말입니까?’ 이렇게 울부짖었다. 그의 죽음을 슬퍼하여 모여든 군중으로 길이 막혀 상여는 가지 못하게 되고 길가는 사람들도 눈물을 뿌리지 않는 이가 없었다.

조정에서는 순신에게 의정부 우의정을 증직하였다. 형군문은 해상에 사당을 세워 그의 충혼

이순신(李舜臣)

을 제사지내자고 하였으나 성사되지 않자 해변 사람들이 서로 모여 사당을 짓고 이를 민충사라 하여 제사를 지내고 장사꾼과 어선들도 이곳을 왕래할 때마다 꼭 제사를 지낸다고 한다.”

여기에 소개하는 글은 명량대첩(鳴梁大捷) 당일의 일기이다.

정유년(1597)년 구월 열엿새 갑진

맑음. 이른 아침, 특별 정찰대가 ‘수효를 알 수 없이 많은 적선이 명량을 지나 곧장 우리의 진지를 향하여 들어온다.’고 보고하였다. 곧 모든 배에 명하여 닻을 풀고 바다로 나아가니 적선 130여척이 우리 배를 에워쌌다. 여러 장수들이, 적은 군사로 많은 적을 상대하는 형세라 생각하고 모두 회피할 계책을 내는데 우수사 김억추(金億秋)가 탄 배는 벌써 2마장 밖에 떨어져 있었다. 나는 바삐 노를 저어 앞으로 돌진하며 지자(地字)·현자(玄字) 등 각종 총통을 어지러이 쏘아대니 탄환이 우레처럼 바람처럼 날아가고, 또 군관들이 배 위에 총총히 늘어서서 빗발치듯 화살을 쏘니 적의 무리가 감히 대들지 못하고 가까이 왔다 물러갔다 하였다. 그러나 여러 겹으로 둘러 싸여서 형세는 자못 예측할 수 없는지라 배에 있는 모든 사람이 서로 돌아보며 낯빛을 잃는 형편이었다. 이때에 나는 부드럽게 타일러 말하였다.

“적선이 비록 많으나 우리 배에 곧바로 쳐들어오기는 어렵다. 조금도 마음이 흔들려서는 안 된다. 다시 마음과 힘을 다하여 적을 쏘아라. 적을 쏘아라.”

그리고 여러 장수들의 배들을 돌아보니 어느새 먼 바다에 물러가 있는데 배를 돌려 군령을 내리려 해도 여러 적들이 물러섬을 보고 더 대어들 것 같아 나아가지도 물러서지도 못할 형편이 되었다. 그래서 호각을 불어 중군에게 군령을 내리는 기[令下旗]를 세우라 하고 또 여러 장수를 불러모으는 기[招搖旗]를 세우게 하니 중군장 미조항첨사 김응함(金應諴)의 배가 내 배에 가까이 오고 있는데 거제 현령 안위(安衛)의 배는 그에 앞서 도착하였다. 나는 배 위에서 직접 안위를 부르며 외쳤다. "안위야! 네가 군법에 죽고 싶으냐? 군법에 죽고 싶으냐? 도망을 간다면 어디 가서 살겠느냐?" 그러자 안위가 황망히 적선 가운데로 돌진하여 들어갔다. 또 김응함을 부르며 외쳤다.

"네가 중군으로서 멀리 도망하여 대장을 구하지 않으면 죄를 어찌 피할 것이냐? 당장 처형할 것이나 적군의 세력이 급하니 우선 공을 세우게 한다."

이렇게 하여 두 장수의 배가 적진으로 나아갈 즈음, 적장이 탄 배가 그 휘하의 배 두척을 지휘하여 일시에 안위의 배에 개미떼처럼 달라붙어 다투어 올라가려 하니 안위와 그 배에 있는 모든 사람이 모두 죽을 힘을 다하여 혹은 네모난 몽둥이로, 혹은 긴 창으로 혹은 수마석 돌덩이로 무수히 내리치며 방어하였다. 배 위의 사람들이 거의 힘이 다할 무렵에 내 배가 머리를 돌려 곧바로 돌진하여 비 오듯 화살을 쏘아대니 적선

이순신 난중일기 및 서간첩 임진장초

세 척이 거의 다 엎어지고 자빠지게 되었을 때, 녹도만호 송여종(宋汝悰)과 평산포대장 정응두(丁應斗)의 배가 뒤미처 도착하여 힘을 합쳐 활쏘고 죽이니 적은 몸을 움직이는 놈이 한 놈도 없었다. 일찍이 안골포의 적진에서 투항해 온 왜놈 준사는 내 배 위에 있다가 바다에 빠진 적을 내려다보더니 "저기 무늬 있는 붉은 비단을 입은 놈이 안골포 진영에 있던 적장 마다시(馬多時)입니다."하였다.

내가 물 긷는 군사 김돌손(金乭孫)을 시켜 갈고리로 그 자를 뱃머리에 낚아 올리니 준사가 좋아서 펄쩍 펄쩍 뛰면서 "이 놈이 마다시가 맞습니다."하므로 즉시 명령하여 토막내어 자르게 하니 적의 사기가 크게 꺾였다. 그제야 우리의 배들에게 이제는 적이 대들지 못할 것을 알고 일시에 북을 울리고 함성을 지르면서 앞으로 나아가 각기 지자 현자 총통을 쏘아대니 그 소리가 산천을 뒤흔들었고, 또 화살을 비 오듯 퍼부으며 적선 30척을 깨부수었다. 적선은 피하여 도망하며 다시는 우리 배에 가까이 오지 못하였다. 나는 싸움하던 바다에 그대로 정박하고 싶었으나 물결이 지극히 험하고 바람도 역풍으로 부는지라 형세가 외롭고 위험할 듯하기에 당사도(唐笥島)로 이동하여 밤을 지냈다. 이번 일은 참으로 하늘의 도우심이었다.

이 일기는 우리가 모두 잘 아는 바와 같이 이순신 장군이 일본 간첩의 농간으로 모함을 받아 파직되고, 원균(元均)이 그 직을 대신하였다가 그가 칠전도와 고성(固城) 앞 바다에서 대패한 후 이순신 장군이 다시 삼도수군통제사로 복귀한 뒤의 일이다. 즉 1957년 이른바 정유재란(丁酉再亂)의 막바지 사건이었다. 그때 이순신 장군은 겨우 12척의 적은 함선으로 서해로 향하는 300여 척의 적선을 명량

(鳴梁, 해남군)에서 크게 쳐부수었다. 그러나 이 기록을 보면 그때 이순신 장군은 싸움의 승패를 초월하여 죽기를 각오하고 부하 장수들을 독려하며 최선을 다한 정성의 면면이 우리의 살갗을 파고 찌른다. 장군은 그날의 승리를 단지 넉자로 담담하게 요약하고 있다. 차실천행(此實天行)—이번일은 참으로 하늘의 도우심이었다.

이러한 분이었기에 그 다음해 1958년 11월, 도망가는 왜군을 노량 앞바다에서 가로 막고, 한 명도 돌려보내지 않겠다는 결의로 독전(督戰)하다가 적탄에 맞아 쓰러지니 이 또한 장군의 마지막 모습이 아닌가!

丁酉年 九月 十六日 甲辰

晴. 早朝別進告內 賊船不知其數 鳴梁由入 直向結陣處云. 卽令諸船擧碇出海 則賊船百三十餘隻 回擁我諸船. 諸將等自度衆寡之勢 便生回避之計 右水使金億秋所騎船 已在二馬場外. 余促櫓突前 亂放地玄各樣銃筒 發如風雷. 軍官等麻立船上 如雨亂射 賊徒不能抵當 乍近乍退. 然圍之數重 勢將不測 一船之人 相顧失色. 余柔而論解曰 "賊船雖多 難可直犯 少不動心 更盡心力 射賊射賊." 見諸將船則退在遠海 欲爲回船軍令 則諸賊乘退扶陸 進退維谷. 令角立中軍令下旗 又立招搖旗 則中軍將 彌助項僉使 金應誠船 漸近我船 巨濟縣令 安衛船先至. 余立于船上 親呼安衛曰 "安衛欲死軍法乎 安衛欲死軍法乎 逃生何所耶." 安衛荒忙突入賊船中 又呼金應誠曰 "汝爲中軍而遠避 不救大將 罪安可逃 欲爲行刑 則賊勢又急 姑令立功." 兩船先登之際 賊將所騎船 指其麾下船二隻 一時蟻附安衛船 攀緣爭登, 安衛及船上之人 各盡死力 或持稜杖 或握長槍 或水磨石塊 無數亂擊. 船上之人 幾至力盡 吾船回頭 直入如雨亂射 三船之賊 幾盡顚仆 鹿島萬戶宋汝悰 平山浦代將丁應斗船繼至 合力射殺 無一賊動身. 降倭俊沙者 乃安骨賊陣投降來者也 在於我船俯視曰 "著畵文紅錦衣者 乃安骨陣賊將馬多時也." 吾使無上金乭孫要鉤釣上船頭 則俊沙踴躍曰 "是馬多時云." 故卽令寸斬 賊氣大挫. 諸船知賊不可犯 一時鼓噪齊進 各放地玄字 聲震河岳 射矢如雨 賊船三十隻撞破. 賊船避退 更不近我舟 師欲泊戰海 則水勢極險 風且逆吹 勢亦孤危 移泊唐笥島經夜. 此實天幸.

김장생(金長生)의 연석문대(筵席問對)

예학(禮學)이란 무엇인가? 상장제례(喪葬祭禮)를 중심한 전례상의 이론과 실천을 아울러 가리키는 말이다. 성리학(性理學)의 발전에 따라 여러 가지 전례(典禮)에 이론적 근거를 정밀화하면서 분파된 학문이다. 특히 왕실(王室)의 전례는 국가적 의례의 성격을 띠는 것이라 모든 예절이 합법성과 정당성을 지녀야 하였다. 따라서 왕실의 상장제례의 격식과 절차를 둘러싸고 논쟁을 일으키기도 하고 정쟁의 사단으로 번지기도 하였다. 조선조 후기 정치사의 특이한 일면이었다.

이러한 예학의 대가로 사계(沙溪) 김장생(金長生, 1548 명종 3~1631 인조 9)을 꼽는다. 사계는 31세에 학행으로 천거되어 벼슬살이를 시작하기까지 송익필(宋翼弼)의 문하에서 예학을 배우고 이이(李珥)의 문하에서 성리학을 배우면서 예론을 깊이 연구하였다. 조선유학을 서인(西人) 중심의 기호학파(畿湖學派)와 남인(南人) 중심의 영남학파(嶺南學派)로 나눌 때에 이이를 기점으로 하는 기호학파는 사계에 이르러 정비되어 그의 이들 김집(金集)과 송시열(宋時烈), 송준길(宋浚吉) 등으로 이어지면서 예학파(禮學派)의 주류를 형성하였다.

사계는 애초부터 벼슬보다는 학문에 뜻을 두었으므로 벼슬자리에 나아가서는 신명을 다해 임무에 충실하였으나 기회 있을 때마다 관직을 사퇴하고 향리에 돌아와 학문에 힘썼다. 그의 나이 55세(선조 35)에 청백리에 녹선된 것이나, 광해군 시절에 벼슬을 버리고 은신하였던 것은 사계의 인품을 말해주고도 남는다. 인조반정(仁祖反正) 이후 장령·집의·공조참의·부호군을 지냈으나 다시 낙향하였다가 특명으로 불려와 동지중추부사·행호군 등을 역임하다가 형조참판에 임명되었지만 사퇴하고 향리에서 교육에 전념하였다. 그의 저술로는 『경서변의(經書辨疑)』·『근사록석의(近思錄釋疑)』·『의례문해(疑禮問解)』·『가례집람(家禮輯覽)』·『상례비요(喪禮備要)』 등이 있는데 그 중에서 『상례비요』는 세상에 가장 널리 읽힌 책이다.

다음 글은 경연(經筵)에서 인조와 나눈 대화를 정리한 것이다. 우리 선조들은 자신의 언행이 공의(公義)에 관계되는 것일 때 그것을 사실 그대로 기록하는 철저함과 성실함을 아울러 갖추고 있었다.

경연에서 드린 말씀

계해년(1623 인조 1) 5월 일. 임금님을 뵈었을 때 일이다.

임금님께서 말씀하셨다. "서울로 올라온 후에 즉시 만나 보았어야 마땅한 일이었는데 나라에 제사가 있어서 즉시 불러보지 못하였으니 당초에 지성스럽게 기다리던 마음과는 같지 않게 되었소이다." 김장생이 대답하였다. "소신은 귀가 먹어 전하의 말씀을 자세히 듣지 못하옵니다." 그리고 또 말씀드렸다. "소신은 멀리 시골에 있었사옵고, 이제 나이도 일흔 여섯이나 되오니 비록 평상시에 벼슬자리에 있던 사람이라도 마땅히 사직하고 물러나야 할 것이온데, 하물며 소신은 들밭에 묻힌 사람으로 갑자기 중책을 맡게 되오니 결코 감당하기 어렵사옵고, 또 헌부(憲府)는 병을 휴양하는 곳이 아닌 줄 아옵니다." 임금님께서 말씀하셨다. "일찍이 과인이 여염집 잠저(潛邸)에 있을 때부터 경의 학문이 높고 맑으며 덕망이 널리 알려졌다는 말을 듣고, 항상 한 번 만나보리라 하고 있었는데 오늘에야 만나보게 되었으니 참으로 다행스럽고 또 다행스럽소이다."

장생이 사뢰었다. "성은이 거듭되어 여러번 깊은 관심을 기울여 주시는 총애를 받았삽기에 오래 전부터 사퇴하려 하였사오나 감히 쉽게 결정하지 못한 것이옵니다. 항상 탑전(榻前)에서 물러갈 것을 빌고자 하였기에 이제 감히 말씀드리옵니다." 임금님께서 말씀하셨다. "만일에 질병이 있다면 반드시 매일같이 나아와 근무할 것이 아니라 하루 걸러 근무해도 괜찮소이다."

장생이 사뢰었다. "헌부의 직분은 결코 이 늙은 신하가 감당할 것이 아니옵니다." 임금님께서 말씀하셨다. "과인은 이 직책이 오히려 경의 높은 덕에

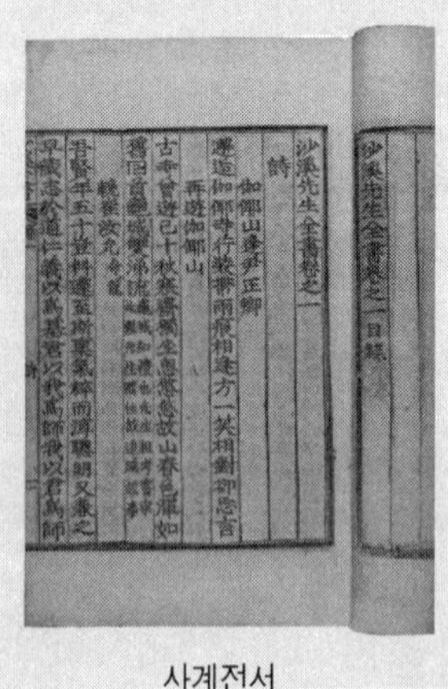

사계전서

어울리지 않는다고 생각하는데 도리어 그런 말씀을 하시는구료."
　　장생이 사뢰었다. "소신은 치아가 모두 빠지고 또 귀도 먹어서 말씀으로 계달할 수가 없사옵기에 대강 적어 놓은 것이 있사오니 〈문정전주차(文政殿奏箚)〉 그것을 보아주시기 비나이다. 그 외에 다하지 못한 말씀은 반드시 밖에 나가서 글로 적어 아뢰겠나이다." 그리고 또 장생이 말씀드렸다. "사묘(私廟)의 일은 조정과 담당한 관원이 있사오니 진실로 소신이 건방지게 논할 것이 아니오나 소신이 헌부에 속해 있는지라 감히 마음 속에 품은 바를 다하는 것이옵니다." 임금님께서 말씀하셨다. "마음 속에 품은 바를 말씀하시는 것은 아주 좋습니다. 그러나 이미 결정이 된 것이어서 부득이 따를 수밖에 없었으니 심히 미안하옵니다."

　　76세의 늙은 신하와 39세의 젊은 임금이 경연을 파한 자리에서 나누는 대화다. 받잡기 거북한 말은 귀가 먹어 알아들을 수 없다고 겸양하며 사직을 청원하지만, 사묘(私廟)문제는 소신을 굽힐 수 없다는 옹고집의 늙은 신하, 그리고 원칙론에 얽매인 늙은 신하의 주장을 존중하면서도 자신의 입지를 굳혀가는 젊은 임금. 이 짧은 대화에서 조선조 왕정문화의 진수를 느낄 수 있다.

　　🏵 [참고] 이 글에 나오는 〈사묘(私廟)〉문제는 무엇인가?
　　왕(인조)이 반정을 하였으니 가례의 원칙에 따라 그 사실을 생부 정원군(定遠君)의 사당(祠堂)에 고해야 하였다. 이때에 그 축문(祝文)에 정원군을 아버지라 쓸 수 있느냐 없느냐가 문제가 되었다. 인조와 공신을 비롯한 일부 신하들은 친자관계를 그대로 인정하여 정원군을 아버지라 부르고 스스로를 아들로 불러야 한다고 주장했다. 이것이 칭고칭자설(稱考稱子說)이다. 그러나 대부분의 유신(儒臣)들은 이것을 반대하였다. 선조(宣祖)의 왕위를 계승한 것이니 할아버지인 선조를 아버지로 불러야 하고 생부인 정원군은 백숙부(伯叔父)로 불러야 한다는 것이었다. 이것이 숙질론(叔姪論)이다. 이 숙질론을 강력히 주장한 이가 다름아닌 김장생이었다. 인조는 칭고칭자설을 따라 정원군을 아버지라 부르고, 그에 따라 추숭문제(追崇問題)가 나와 결국 정원군은 원종(元宗)으로 추존되었다.

筵席問對

癸亥五月日引見時.

上曰 上來後所當卽見 而國家有祭祀 未卽引對 有異當初至誠待之之意也.

金長生曰 小臣耳聾 未能細承天語

又曰 小臣遠在外地 年今七十有六 雖常時供職之人 猶宜致仕 況臣田野之人 遽當重任 決難堪當 且憲府非養病之地也.

上曰 曾在閭邸時 聞學業高明茂有宿德 常願一見 乃於今日得見 何幸何幸.

長生曰 聖恩重疊 屢有眷注之寵 久欲辭退 而不敢便決者此也 常欲於榻前乞退 故今敢言之耳.

上曰 如有疾病 則不須逐日供仕 間日而仕可也.

長生曰 憲府之任 決非老臣所可堪當.

上曰 此職予猶以爲不稱德 反有是辭耶.

長生曰 小臣齒牙盡落 且耳聾不能以言語啓達 略有所錄(文政殿奏箚)乞呈覽 此外未盡之言 當出外陳啓也.

長生又曰 私廟事自有朝廷與主掌該官 固非小臣所可僭越容議 而身居法憲之地 故敢盡所懷矣.

上曰 所懷之言甚好 而旣定之 故不得從 深爲未安(下略)

허봉(許篈)의 하곡조천기(荷谷朝天記)

　조선왕조 전반기는 사대모화라는 명분하에 장장 이백 년에 걸쳐 대명(對明) 굴욕외교를 펼쳐왔다. 그 외교의 대표적인 사례가 종계변무(宗系辨誣)라는 것이다. 종계변무란 무엇인가? 글자대로 풀이하면 "조종의 계통이 잘못되었으니 바로 잡아주기를 청원한다."는 말이다.

　사건의 전말은 이러하다. 태조3년(1394A.D.) 명나라의 사신이 가져온 문서에 "조선의 태조는 고려 신하 이인임(李仁任)의 아들 성계(成桂)요, 지금의 이름은 단(旦)이다."라는 구절이 있었다. 조정은 발칵 뒤집혔다. 왕실의 체통과 나라의 품격에 치명적인 불명예였다. 이인임은 고려 말에 이성계와는 반대파에 속하는 인물이었기 때문이다. 더구나 이 기록은 명나라『태조실록(太祖實錄)』·『대명회전(大明會典)』에 실려있음이 밝혀졌다. 이 기록은 고려 말에 정치적 혼미가 극심할 때, 명나라로 도망친 이성계 반대파 일당이 "이성계는 이인임의 아들이다."라고 밀고한 일에서 비롯된 것이었다. 정쟁의 혼란기에 일어난 조작극이 명나라 공식문서인 실록과 법전에 명문화하였으니 이것은 반드시 고쳐져야 할 일이었다.

명은 이것을 빌미로 기회 있을 때마다 조선을 압박하였고, 조선은 이 오류를 바로 잡기 위해 피를 말리는 외교를 펼쳤으나 그 성과는 번번이 실패로 돌아갔다. 명은 아쉬울 것이 없는 꽃놀이 패였기 때문이다. 그렇게 100여 년이 흐른 중종13년(1513)에 명나라에 사신으로 갔던 이계맹(李繼孟)이 가지고 온 '대명회전'에는 더 놀라운 내용이 들어 있었다.

"이인임과 그 아들 성계는 모두 4명의 고려 왕을 죽이고 나라를 얻었다."

중종은 즉시 주청사를 보내 종계와 시역이 모두 잘못되었으니 고쳐달라는 변무를 추진하였다. 명나라는 들어줄 듯한 호의를 보이며 세월을 보냈다. 그리고 인종·명종을 거쳐 선조대에 이르렀다. 드디어 종계변무는 선조의 제일과업이 되었다. 선조7년에 시작한 성절사·주청사의 변무사업(辨誣事業)은 선조20년(1587)에 사은사로 명에 간 유홍(俞泓)이 새로 수정한 대명회전을 받아옴으로써 장장 이백 년에 걸친 외교전을 마무리 짓는다. 여기에 실린 하곡(荷谷) 허봉(許篈)의 일기는 선조7년에 심기일전하여 새롭게 변무사업을 벌인 처음 장면을 묘사하고 있다.

허봉(許篈, 1551 명종6~1588 선조21)의 호는 하곡이요 본관은 양천이다. 동지중추부사 엽(曄)의 아들이고, 유희춘(柳希春)의 문인으로 그

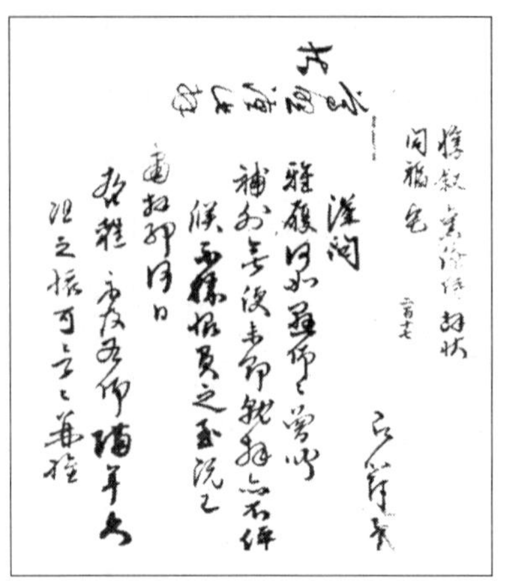

허봉 필적

의 형제들이 모두 당대를 주름잡는 문사들이었다. 맏형 성(筬)은 문장, 성리학, 글씨에 남다른 재주를 보이고 예조, 병조, 호조판서를 지낸 문신이요, 바로 밑의 아우 균(筠)은 재주가 너무 많아 탈이었던 『홍길동전(洪吉童傳)』의 저자이며, 끝의 누이 초희(楚姬)는 난설헌(蘭雪軒)으로 더 잘 알려진 조선조 대표적인 여류시인이다. 하곡은 그 사남매의 둘째였다. 22세 때에 친시문과에 급제하여 벼슬살이를 시작하였다. 그 다음해 사가독서(賜暇讀書)를 마치고 24세(선조7년)에 명나라로 가는 성절사의 서장관으로 수행하며 그 때의 일을 기록한 것이 여기 실린 하곡조천기(荷谷朝天記)이다. 팔팔한 성품탓에 잘못되었다는 것을 보면 참지 못했다. 그 무렵 병조판서 이이(李珥)의 잘못을 탄핵했다가 종성에 귀양살이를 했고, 풀려나 다시 기용되었으나 벼슬을 거절하고 천하를 주유하더니 38세에 금강산에서 병사하였다.

하곡이 명나라 황제를 만난 기록(1574년 선조 7년)

8월 18일 기미. 맑음. 오후에 비 조금 오고 천둥침.

오늘 대궐에 들어가 사은하고 또 예부에 정문(呈文: 문서제출)하였다. 우리 일행이 새벽에 동쪽 장안문 밖에 이르렀을 때에 날이 밝았

다. 대궐에 들어가 어로에 올라 하마연에 사례하고 또 상내림에도
감사하는 5배3고두례(5번 절하고 3번 머리를 조아리는 인사)를 하였다.
만상서도 와서 압연에 사례하였다. 관(館)에 돌아와 아침밥을 먹
은 후에 우리 일행은 예부에 나아가 동쪽 행랑에 앉아서 정문하려
고 먼저 왕낭중에게 보였다. 낭중이 그 글을 다 읽은 뒤에 말하기를
"올릴 만하군요."라고 말하였다. 예부를 맡은 서리와 서반이 서로
의논하고 하는 말이 "지난 날 현당(見堂: 윗사람을 알현하는 일)할 때에
마침 상서가 없어서 미처 예를 행하지 못하였으니 오늘 정문할 때
에 한꺼번에 두 번 예를 행하는 것이 좋겠소이다."라고 하였다. 느
지막하여 상서가 도착하자 새로 임명된 우시랑겸한림원시독학사
임사장이 당에 올라 좌정하였다. 우리 일행은 월대(月臺)위로 나아
가 무릎을 꿇고 앉으니 상서가 물었다. "무슨 할 말이 있느냐?" 홍
순언(洪純彦)이 정문을 들고 가 정사에게 주니 정사가 그것을 들어
보이고 외랑이 그것을 집어다가 상서의 안상에 놓았다. 그 글은 다
음과 같다.

"조선국에서 만수성절을 진하(進賀)하기 위하여 파견된 배신(陪臣)
형조참판 박희립(朴希立)은 삼가 변무(辨誣)에 관한 사실을 말씀드립
니다. 지난해 만력원년(1573년) 2月에 본국에서 종계(宗系: 이인임이 이
성계의 부라 잘못 기록된 것)와 시역(이태조가 공양왕을 죽였다고 잘못 기록된
것) 등 두 가지 사항이 잘못된 보고라고 하는 사정을 자세히 주달하
기 위하여 배신 이조판서 이후백(李後白) 등을 보내어 삼가 글월을
올렸습니다. 그 뒤에 예부의 제본(題本)을 보았사온데 거기에 〈조선
국이 처음으로 이성계를 왕으로 봉하여 고려의 왕씨(王氏)를 대신
하여 나라를 세우고 우리의 동쪽 울타리가 되어 신하의 예절을 지
켜왔다. 그리고 역대 임금들은 북경의 궁궐에 정성을 다하며 그 자

손들이 나라를 이어온 지 200년이 되었다. 근거가 문제되는 종계는 각기 관향이 달라서 이인임과는 같지 않다. 또 나라의 출발은 신하들의 추대에 말미암은 것이요, 또한 왕씨를 죽였다는 것도 사실이 아니다. 우리 황제께서 내리신 가르침은 진정으로 한 때의 전하는 소문에 따른 것이며 너희 후손들이 변명해온 사연은 한결같은 정성과 충효에서 나온 것이다. 걱정하지 않아도 좋다. 그러므로 그전처럼 예의를 지키고 충근을 도탑게 하라. 그리고 청원한 바에 따라 명이 내릴 것을 공손히 기다려라. 그러면 한림원에 행문(行文: 문서이첩)하여 내부에서 회전(會典)을 편찬할 때에 조선국 책을 새롭게 내도록 하여 장차 이송(李昖: 선조의 휘)이 배신 이후백 등을 통하여 주달한 것을 간략히 정리하여 어람하도록 편찬할 것이다. 그리고 본조목 끝에 덧붙여 선조들의 말씀과 회전을 둘 다 실어두어 믿을 것을 전한 것이나 의심스러운 것을 전한 것이나 각기 그 근거를 밝혀 놓겠다. 또 그 부조(父祖) 이역(李懌: 중종의 휘)과 이환(李峘, 명종의 휘)이 전년에 주청한 사연과 본부에서 복계한 것을 성지를 받들어 자세하게 세종황제실록(世宗皇帝實錄)에 기재하여 영구히 전하도록 하겠다. 그리고 칙지를 내리어 성의를 알리고 한편으로는 멀리 있는 신하가 그 조상들을 밝혀 깨끗하게 하려는 정성에 보답하고 또 한편으로는 성스러운 조정이 효도로 천하를 다스리는 의로움을 밝힌다는 내용을 자세히 갖추어 실어 제본하여 성지를 받들 것이다. 여기에 그 나라가 전후에 주달한 사연은 사관(史館)에서 갖추어 적어서 황조실록(皇朝實錄)안에 편찬하여 넣고 새 회전(會典)은 분부를 기다려 계속 수정을 거쳐 덧보태 기입하리라.)라고 하였습니다. 그래서 (황제께서 우리 임금께) 칙유한 것을 그 당시의 배신 이후백 등이 사본(寫本)으로 받들어 가지고 왔습니다."(이하 생략)

이 글을 읽는 우리의 심경은 참으로 불쾌하고 불편하다. 조천기(朝天記)라는 제목부터가 그러하다. 중국의 임금인 황제[天]를 알현[朝]한 글이라는 뜻이 아닌가! 국가간의 외교는 원칙적으로 대등관계라는 것이 상식이 된 오늘의 관점에서 명나라 신하와 조선 신하가 상견하는 의전절차는 굴욕적인 모습 아닌 것이 없다. 그런데 문면에 흐르는 묘사에는 그 모든 것이 너무도 당연한 것으로 그려져 있다.

그 시절로부터 오백년 가까운 세월이 흘렀다. 지금은 얼마나 달라졌는가? 착잡한 심경에 만감이 교차한다.

荷谷朝天記(甲戌宣祖七年)

八月十八日己未 晴午後小雨而雷

是日詣闕謝恩 又呈文於禮部 余等曉至東長安門外平明.

入闕上御路 謝下馬宴及欽賞 行五拜三叩頭禮. 萬尙書亦來謝押宴焉. 歸館朝飧 後余等就禮部 坐于東廊 將呈文先稟於王郎中. 郎中見畢曰"可以呈之"部該吏與序班議曰"前日見堂時 適尙書不在 未及行禮 今呈文之際 合行兩拜云"日晚尙書及新授右侍郎兼翰林院侍讀學士林士章坐堂. 余等進跪于月臺上 尙書問曰"有何稟事"洪純彦持呈文授使 使擧之以手 外郎取去置諸尙書案上. 其文曰

「朝鮮國差來進賀萬壽聖節 陪臣刑曹參判(朴希立)謹呈爲辨誣事. 先該萬曆元年貳月內 本國將宗系弑逆等兩項 被誣情節 備由具奏 差陪臣吏曹判書李後白等 齎擎奏文.(聞去後) 蒙部題稱"朝鮮國始封王李成桂 代王氏以開國 作我東藩守臣節 而來王輸忠北闕 子孫相繼垂二百年 據稱宗系各有本源 旣與李仁任不同 又謂國祚由于推戴 亦與弑王氏無與在 我皇祖之大訓 固得于一時之傳聞 在伊裔孫之辨辭 實出于一念之誠孝 合無念 其世秉禮義 克篤忠勤 依其所請恭候命 下行文翰林院 請出內府 續修會典 新書朝鮮國一册 將李昖幷陪臣李後白等 奏呈略節纂呈御覽. 附錄本條之末 庶祖訓會典 因以兩存 而傳信傳疑 各有攸據. 又將伊父祖李懌李峘 先年所奏情詞及本部議覆欽奉聖旨 備細開載于世宗皇帝實錄 垂示永世. 仍降勅 一道諭以聖意 一以答遠臣昭洗 其先世之誠 一以彰聖朝 以孝治天下之義等 因具題欽奉聖旨. 是該國前後奏詞 着史館備書 纂入皇祖實錄內 新會典候旨續修增入"」

仍寫勅諭王 欽此. 該陪臣李後白等齎捧到.

한백겸(韓百謙)의 접목설(接木說)

　벼슬은 해도 그만이요, 안 해도 그만이라는 마음 자세로 성현의 글을 읽으며, 세칸짜리 띳집에서 유유자적하던 조선조의 선비들. 그 분들은 자연을 배우고 자연과 벗하며 자연과 하나되는 것이 삶의 전부인 듯하였다. 그분들을 흔히 도학자라 부르기도 하였는데, 그런 분 가운데 화담(花潭) 서경덕(徐敬德) 같은 분도 있고, 행촌(杏村) 민순(閔純)같은 분도 있으며, 구암(久菴) 한백겸(韓百謙, 1552 명종 7~1615 광해7) 같은 분도 있다.

　구암은 행촌에게서 배웠고, 행촌은 화담에게서 배웠다. 화담을 으뜸으로 하는 학풍을 논의함직도하다. 행촌은 화담의 학문과 인품에 매료되어 화담의 주정설(主靜說)을 신봉한 나머지 자기의 아호를 습정(習靜)이라고 까지 했던 분인데 그가 구암을 가르칠 때에 "종신대법(終身大法)은 『소학(小學)』에 갖추어 있고, 정미의리(精微義理)는 『근사록(近思錄)』에 자세하다. 도를 구하고자 하거든 모름지기 이 두 책에 입문하라." 이렇게 이끌었다고 전한다.

구암 한백겸은 스승의 가르침을 따라 평생을 도학에 전념하며 세상일에는 관심하지 않았다. 참봉에 추천되었으나 원래 벼슬에 뜻이 없어 나아가지 않았는데 마침 기축옥사(己丑獄死: 정여립의 난으로 일어난 사건)가 발생하자, 여립의 조카와 친분이 있다는 이유로 옥에 갇혀 거의 죽을 뻔하였다. 그리고 겨우 목숨을 보전하여 귀양갔다가 임진난이 나자 대사(大赦)로 풀려 나왔다. 그러나 난리 통에 길이 막혀 오도 가도 못하게 되었을 때, 뜻 맞는 몇몇 동지들과 힘을 합하여 왜군(倭軍)에 붙어 이적행위하는 무리들을 잡아 죽여 백성의 기를 살리고 민족의 혼을 지켰다. 이 일이 조정에 알려져 구암은 직장·참의·파주목사를 지냈다. 저서로 『구암유고(久菴遺稿)』 두 권과 동국지리지(東國地理誌)가 전한다.

나무 접붙임에 대하여

우리 집 뒷동산에 복숭아나무가 하나 있었다. 그 꽃은 빛깔이 시원치 않고 그 열매는 맛이 없었다. 가지에도 부스럼이 돋고 잔가지는 무더기로 자라 참으로 볼 것이 없었다. 지난봄에 이웃에 박씨 성을 가진 이의 손을 빌어 홍도(紅桃)가지를 접붙여 보았다. 그랬더니 그 꽃이 아름답고 열매도 아주 튼실하였다. 애초에 한창 잘 자라는 나무를 베어 버리고 잔가지 하나를 접붙였을 때에 나는 그것을 보고 '대단히 어긋난 일을 하는구나'하고 생각하였는데 어느새 밤낮으로 싹이 나 자라고 비와 이슬이 그것을 키워 눈이 트고 가지가 뻗어 얼마 지나지 않아 울창하게 자라 제법 그늘을 드리우게 되었다. 올 봄에는 꽃이며 잎새가 많이 벌어 붉고 푸른 비단이 찬란하게 서로 어우러진 듯하니 그 경치가 진실로 볼 만하였다.

오호라, 하나의 복숭아나무, 이것이 심은 땅의 흙도 바꾸지 않고 그 뿌리의 종자도 바꾸지 않았으며 단지 접붙인 한 줄기의 기운으로 줄기도 되고 가지도 되어 아름다운 꽃이 밖으로 피어나 그 자태가 돌연히 다른 모습으로 바뀌니 보는 이로 하여금 눈을 씻게 하고 지나가는 이가 많이 찾아 오솔길을 내게 되었다. 이러한 기술을 가진 이는 그 조화의 비밀을 아는 이가 아닌가! 신기하고 또 신기하도다.

내가 여기에 이르러 느낀 바가 있었다. 사물이 변화하고 바뀌어 개혁을 하게 되는 것은 오로지 초목에 국한한 것이 아니오, 내 몸을 돌이켜 본다 하여도 그런 것이니 어찌 그 관계가 멀다 할 것인가! 악한 생각이 나는 것을 결연히 내버리는 일은 나무의 옛 가지를 잘라 내버리듯 하고 착한 마음의 실마리 싹을 끊임없이 움터 나오게 하기를 새 가지로 접붙이듯 하여, 뿌리를 북돋아 잘 기르듯 마음을 닦고 가지를 잘 자라게 하듯 깊은 진리에 이른다면 이것은 시골 사람에서 성인(聖人)에 이르기까지 나무 접붙임과

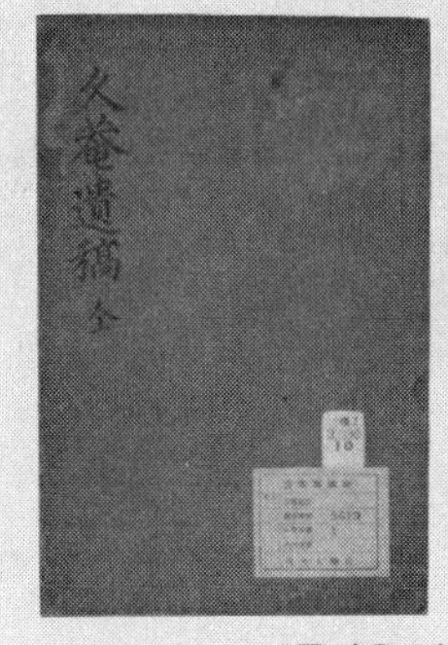

『구암유고(久菴遺稿)』

다른 것이 무엇이겠는가!

『주역』에 이르기를 "땅에서 나무가 자라나는 것은 승(升)괘이니 군자가 이로써 덕을 순하게 하여 작은 것을 쌓아 높고 크게 한다." 하였으니, 이것을 보고 어찌 스스로 힘쓰지 아니하겠는가. 그리고 또 느낀 바가 있다. 오늘부터 지난 봄을 돌이켜 보면 겨우 추위와 더위가 한 번 바뀐 것뿐인데 한 치 가지를 손으로 싸매어 놓은 것이 저토록 지붕 위로 높이 자라 꽃을 보게 되었고, 또 장차 그 열매를 먹게 되었으니 만약 앞으로 내가 몇 해를 더 살게 된다면 이 나무를 즐김이 그 얼마나 더 많을 것인가! 세상 사람들은 자기가 늙는 것만 자랑하여 팔다리를 게을리 움직이고 그 마음 씀도 별로 소용되는 바가 없다. 이로 미루어 보면 또한 어찌 마음을 분발하여 뜻을 불러 일으키기를 권하지 아니하겠는가. 이 모든 것은 다 이 늙은이를 경계함이 있으니 이렇게 글을 지어 마음에 새기노라.

사람은 세상 만물을 측량하는 잣대라고 한다. 사람 본위, 사람 중심으로 만상을 바라본다는 말이다. 그것은 사람이 자연을 배우고 따르다가 결국은 자연과 하나되는 방법인지도 모른다. 산과 강에 머리가 어디 있으며 허리가 어디 있겠는가? 그러나 사람들은 의인법을 써서 '산허리'요 '강머리'라고 말한다. 책상에 무슨 다리(脚)가 있으랴, 그러나 '책상다리'라 말하지 않는가?

이러한 의인관적 사유는 저 조선시대 도학자들에게 가면 자연의 조화로부터 드높은 인성함양의 교훈을 찾아낸다. 자연은 태고부터 인류의 위대한 스승이었기 때문이다. 구암은 나무 접붙임 하나에서 그것을 말하고 있다.

接木說

余家園中有桃樹. 其花無色 其實無味. 腫柯叢枝 無可觀者. 前春 借隣居朴姓人 接紅桃枝. 以其花美而實碩也. 當其斬斫方長之樹 附 接一小枝也, 余見之 殊用齟齬 旣而 日夜之所生 雨露之所養 茁然其 芽 挺然其條 曾未幾時 蔚然成陰. 及乎今春 花葉大暢 紅羅綠綺 燦 爛交輝 眞奇玩也.

噫 一桃樹也地不易土 根不易種 只接得一線之氣 成幹成枝 英華外 發 顏色頓變 使見者刮目 過者成蹊. 爲此術者 其知造化之妙乎. 奇 乎奇乎.

余於是有所感焉. 變化移革之功 不獨草木 爲然反顧吾身 亦豈遠 哉. 決去惡念之生 猶斬斫舊柯也 繼續善端之萌 亦猶附接新枝也, 涵 養而培其根 窮格而達其枝 自鄉人以至於聖人 亦何以異於此乎.

易曰 地中生木升 君子以順德 積小以高大, 觀於此 曷不自勖. 抑又 感焉. 自今日回視前春 纔一易寒暑耳 其所手封寸枝 已能勝巢 旣見 其花 又將食其實 如使前頭加我數年 則其享用知幾何. 人有自誇其 老 怠其四體 無所用其心者. 觀於此 亦庶幾助發而勸起也. 凡此皆有 警於主翁者 故書而志之.

이항복(李恒福)의 의구성우계혼차
(擬救成牛溪渾劄)

　조선조의 이름난 문신들은 대개 영화로운 훈위관작(勳位官爵)과 빛나는 진충보국(盡忠報國)의 행로 끝에 삭탈관직과 배소유찬(配所流竄)의 비운이 공식처럼 짝지어지는 삶을 살았다. 임진난을 전후한 선·광(宣光) 양조는 그러한 영욕교차(榮辱交叉)의 현상이 더욱 심하였다. 사류(士類)는 동서분당으로 대립하였고 군주는 영명함으로 신민(臣民)의 우러름을 받는 데 미흡하였기 때문이었다. 선조(宣祖)는 신하들의 전공조차 질투할 만큼 용렬하였고, 광해(光海)는 서자(庶子)컴플렉스로 폐모사건을 일으킬 만큼 부덕하였다.

　이러한 시기에 백사(白沙) 이항복(李恒福, 1556 명종11~1618 광해10)이 활약하였다. 그는 고려 말의 대학자 익재(益齋) 이제현(李齊賢)의 후손으로 25세에 알성문과에 급제한 이래, 저작·박사·전적·정언·수찬 등을 역임하고, 34세 때에는 예조정랑으로 정여립(鄭汝立)의 모반사건을 다스렸다. 그 후 임진난이 나자 선조를 의주(義州)로 호종하고 이조참판·병조판서·도총관을 역임하며 한음(漢陰) 이덕형(李德馨)과 함께 명나라에 건너가 원군을 청해 오는 공을 세웠다. 42세 때 병조판서에 재임 중 신병으로 사직하니 임난 중 다섯 번이나 병판(兵判)의 자리에서 신명을 바친 유일한 인물이었다. 그러나 그 이듬해에 다시 불려가 좌의정·우의정·도체찰사를 거쳐 영의정에 올라 오성부원군(鰲城府院君)에 진봉되었다.

오성부원군에 봉해진 1602년, 47세 때에 백사는 성혼(成渾)을 구하려다가 정철(鄭澈)의 일당이라는 탄핵을 받고 또다시 사직하였다. 그러나 다시 광해군의 부름으로 좌의정·우의정을 거쳐 사직소를 올리고 은거 중 폐모논의(廢母論議)가 일어나자 의연히 이에 반대하니 삭탈관작과 북청유배는 이미 정해 놓은 순서같은 것이었다. 그리고 북청(北靑)의 귀양살이 중에 배소에서 세상을 하직하니 그의 나이 예순 셋이었다.

여기에 실린 글은 우계(牛溪) 성혼(成渾)이 이미 죽은 지 4년이 되었는데 그를 죄 주자는 조정의 여론이 비등할 때에 그 부당함을 설파한 차자이다. 임금께 올리지도 못한 글이나 백사의 인품이 자구마다 묻어난다. 백사는 동서로 갈린 당쟁의 소용돌이 속에서 어느

이항복(李恒福)

붕당에도 가담하지 않고 그들의 조정에 힘을 기울인 재상이었다. 그리하여 그는 죽은 해에 바로 복관되어 청백리에 녹선되었다. 이것 또한 정해 놓은 순서인 듯하다.

성혼(成渾)을 구하려고 준비했던 글월(임인년 1602년 선조 35년)

엎드려 아뢰나이다. 신이 삼가 듣자오니 3사(사헌부, 사간원, 홍문관)에서 상소를 올렸는데 거기에서 간신들과 어울려 임금을 저버렸다는 죄목으로 성혼을 단죄하였다 하오니 신이 앓아누웠다가 이 말을 듣고 마음이 편치 않았사옵니다. 혼(渾)은 결코 죄 줄 수 없사옵고 또한 죄를 주어야할 까닭도 없사옵니다. 이제와 그가 싫어져서 마음으로 멀리한다면 그럴 수는 있겠으나 드러내어 그를 죄주는 것은 옳지 않습니다.

혼(渾)은 젊어서부터 초야에 묻혀 글을 읽었으며 늙어서는 조정에서 벼슬을 살지도 않았으므로 세상 사람들이 그를 일컬어 훌륭한 선비라 하였사온데 선비가 죄를 입었다하면 그 소문이 멀리 퍼지고 조정에서 논의되는 일을 자세히 모르는 사람들은 필경 말하기를 "성혼이 나라에서 죄를 받았다."할 것입니다. 흙 속에 묻힌 메마른 뼈가 무슨 영예와 치욕을 분별하겠습니까마는 다가올 훗날 사람들에게는 오로지 스스로 의욕을 꺾는 일이 될 것이니 나라에도 이익됨이 없고 세상 여론만 나빠질 것입니다.

하물며 성혼을 죄 주자는 자가 처음에는 '영경(永慶)을 모함하여 죽였다.'고 말하다가 그것이 먹히지 않으니 '영경이 성혼 때문에 죽었다.'하고 또는 '역적을 천거하였다.'하고 그래도 그것이 모두 통하지 않으니까 말을 멀리 빙빙 돌리고 이리저리 굴린 다음에야 겨우 지금 성혼의 죄명을 만들어낸 것이니 성혼의 죄는 무릇 몇 번이나 옮기고 몇 번이나 바뀐 것이옵니까? 이것은 사람을 정해 놓고 죄를 만들어 낸 것이지 죄 지은 것을 가지고 사람을 다스리려는 것이 아니옵니다.

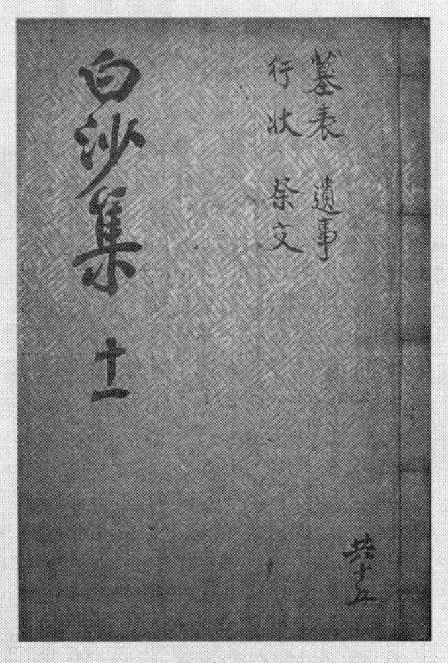

백사집(白沙集)

오늘날 신진후생들은 마음먹은 것과 실제의 사실을 맞추지도 못하고 세상 사람들의 입술만 바라보며 옳고 그름을 정하여 흔연히 팔을 걷어 부치고 "성혼을 죄 주어야 합니다.", "성혼을 죄 주어야 합니다."하고 떠드니 이것은 혼(渾)을 미워해서가 아니라 자기의 출세 길이 성혼을 공격하는 데 있기 때문이옵니다. 이것을 가지고 말씀드리자면 혼(渾)을 공격하는 공노는 오직 신하에 관계되오나 혼(渾)을 죄 주었다는 이름은 결국 임금에게로 돌아가니 이런 일을 해서는 아니 될 것이옵니다. 오직 조정에 내버려두고 관여하지 않는 것이 이일에 도움이 될 것입니다.

한낱 외로운 신하가 감히 조정의 논의에 항거하오니 그 죄는 죽어도 용서받지 못할 듯 하옵니다. 이 글월을 쓰면서도 송구하여 몸 둘 바를 모르겠습니다.

어찌하여 이 글은 임금님께 상주되지 않은 채 문집에 실려 전해

오는 것일까? 백사는 이 사건으로 파직이 되었으니 글월로는 상소하지 않았으나 조정에서는 남을 헐어 출세 길을 찾으려는 소인배들에게 대갈일성(大喝一聲)을 서슴치 않은 듯하다.

아하, 이때에 선조대왕이 조금만 중심을 잡고 사리를 꿰뚫어 볼 수 있었다면 얼마나 좋았을까? 선조도 처음에는 그렇게 용렬한 품성이 아니었을 터인데 외환에 시달리고 붕당에 부대끼며 30년 넘어 임금자리에 있게 되니 그렇게 되었는가? 애석하기 이를 데 없다.

● [참고] 최영경과 성혼은 무슨 인연이 있는가?

최영경(崔永慶, 1529 중종24~1590 선조23)은 조식(曺植)의 문인(門人)이요 동인(東人)에 속하며, 성혼(成渾, 1535 중종 30~1598 선조 31)은 율곡(栗谷) 이이(李珥)와 더불어 서인(西人)에 속하는 학자인데 두 사람이 모두 벼슬에는 뜻이 없이 학문에 전념하였는데 다른 사람의 천거로 잠시 조정에 몸을 맡긴 일이 있었다.

최영경은 56세에 교정청 낭관으로 경서훈해의 교정에 참여한 것이 벼슬살이의 전부인데 61세 때 정여립(鄭汝立)의 모반사건이 터지자 그 여립의 배후인물로 알려진 길삼봉(吉三峰)이란 의문의 인물이 바로 영경이라는 무고로 옥에 갇혔다가 서인의 우두머리 정철(鄭澈)의 국문을 받는 도중에 옥사하였다.

한편 성혼은 임난 때에 세자(광해)의 부름으로 마지못해 좌참찬의 벼슬을 하였는데 영의정 유성룡(柳成龍)과 함께 왜(倭)와의 화의를 주장하다가 선조의 미움을 받아 파직이 되어 낙향하였다. 그러므로 최영경과 성혼은 아무 관련이 없다.

그런데 선조 35년, 성우계(成牛溪)가 죽은 지 4년이 흐른 때에 수년전 유서애(柳西厓)와 더불어 화의를 상주했던 사실을 새삼스럽게 다시 들추어 논죄하게 되니 이것이 성우계(成牛溪)가 정송강(鄭松江)과 절친하였다는 이유 때문이었다. 백사는 같은 이유로 탄핵을 받고 사직하였다.

擬救成牛溪渾劄(壬寅)

伏以 臣竊聞 三司交章 以黨奸遺君 罪成渾, 臣病中聞之 於心有不安者. 夫渾不可罪也 且不必罪也. 今惡而踈之 則然矣, 擧而罪之 不可.

渾少讀書於野 老不仕於朝, 四方之人 擧指以爲儒士 儒而見罪 則遠外流聞 而未詳朝廷論議者 必將曰 成渾獲罪矣. 土中枯骨 何知榮辱 來世後生 只自摧沮 無益國家 有損瞻聆.

況論渾者 始言構殺永慶 不得則曰永慶由渾而死 曰吹噓逆賊 皆不近 則迂曲繚繞 盤廻旋轉 而後僅成今名 渾之罪 凡幾遷而幾易矣乎. 是爲人求罪 非所以因罪治人也.

今新進後生 未會心迹 仰人唇舌 定我黑白 欣然攘臂 曰渾可罪渾可罪 非憎渾也. 盖自功之道 在攻渾耳. 由此言之 攻渾之功 只關臣下 罪渾之名 終歸君上 此不可爲也. 唯幸朝廷置之而勿問焉 斯爲得也.

一介孤臣 敢抗朝議 罪死不赦 臨箚戰竦.

이덕형(李德馨)의 진왜정잉사직차
(陳倭情仍辭職箚)

우정은 진지하고 숭엄해야 하는가? 돈독하고 평탄해야 하는가? 아마도 그 두 가지를 고루 갖추어야 할 것이다. 그리고 또한 그것은 목숨과도 바꿔야 하는 준열한 선택이기도 해야 하고 허리를 휘어잡고 웃음을 참아야 하는 화사한 해학이기도 해야 할 것이다. 그러면 우리나라 역사에서 이러한 우정의 주인공을 찾을 수는 없을까? 이러한 때에 우리는 백사 이항복과 한음(漢陰) 이덕형(李德馨)을 떠올린다.

백사가 한음보다 다섯 살이 위요, 성격도 호탕하고 쾌활한 반면, 아우 격인 한음은 단아하고 청순하였으나 둘이 어울리면 천진난만과 포복절도가 교차하는 우스개 사건이 꼬리를 물고 이어졌다고 한다.

이렇듯 전설적인 죽마지정을 쌓으며 성장한 두 사람은 같은 해 과거에 급제하여 나란히 사가독서의 은전을 입고 벼슬길에 나아갔다. 때마침 나라는 임진왜란 칠년전쟁에 휘말리는 비상시국이었고 벼슬아치들은 동서로 남북으로 붕당을 지어 서로 헐뜯으며 조정을 혼탁하게 헤집던 무렵이었다. 그러나 신기하여라. 백사와 한음은 그러한 진흙탕에 물들지 않는 연꽃이요, 청솔이었다.

이덕형(李德馨)

한음(漢陰) 이덕형(李德馨, 1561 명종16~1613 광해5)은 광주(廣州)사람으로 스무 살에 별시문과에 급제하여 정자, 박사, 수찬, 교리 등을 거쳐서 31세 때, 예조참판에 대제학을 겸하였다. 바로 그해에 임진난을 맞아 동지중추부사로 일본사신과 화의를 도모하였으나 실패하였고, 백사와 함께 명나라에 가서 원군을 청해 오는 데에는 성공하였다. 그 후 명장 이여송(李如松)과 행동을 같이하며 전쟁을 승리로 이끄는 데 큰 몫을 하였다. 난이 끝나자 영의정에 올라 나라의 평화와 안정의 기틀을 잡는 일에 심혈을 기울였다.

다음 글은 한음이 세상을 하직하자, 광해군 5년 10월 9일 실록에 적힌 사관의 인물평이다. 한음의 사람됨을 짐작하기 어렵지 않다.

"전 영의정 이덕형이 죽었다. 이때 죄를 주자는 논의는 이미 중지되었는데, 덕형은 양근(陽近)에 있는 시골집에 돌아가 있다가 병으로 죽었다. 덕형은 일찍부터 정승이 되리라는 기대를 받았는데, 학문과 너그러운 도량과 재능은 이항복과 대등하였으나, 덕형이 관직에서는 가장 앞서 나이 38세에 이미 재상의 반열에 올랐다. 임진년 난리 이래 공로가 많이 드러나 중국 사람이나 왜인들도 모두 그의 명성에 복종하였다.

사람됨이 단순하고 솔직하며 까다롭지 않으며 부드러우면서도 곧았다. 또 당파를 좋아하지 않아, 장인인 이산해(李山海)가 당파 가운데에서도 평소의 주장이 가장 편벽되고 그 문하들이 모두 간악한 자들로 본받을 만하지 못하였는데, 덕형은 그들 중 어느 누구와도 친하지 않았다. 이 때문에 자주 소인들에게 곤욕을 당하였다. 그가 죽었다는 소리를 듣고 멀고 가까운 곳의 사람들이 모두 슬퍼하고 애석해 하였다."

왜의 정황을 아뢰고 사직을 청하는 글월(1602 선조30)

엎드려 아뢰나이다. 신이 삼가 듣자옵기로 비변사(備邊司)에서 왜인과 시장거래를 시작하도록 허가한 일은 깊은 원수를 잊고 나라의 큰 금령을 풀어서 뒷날에 끝없는 근심을 일으키는 것이라 하여 사헌부에서는 비변사 유사당상(종친부, 충훈부, 비변사 등의 서무를 맡은 정3품 이상의 대신)을 추고(推考: 죄과를 추궁하는 일)하고 색랑청(色郎廳: 각 관아 당하관의 총칭)은 파직하기를 청하였다 합니다. 대의가 늠름하여 세상 사람으로 하여금 감탄케 하오나 이제 그간의 이해관계를 생각하면 석연치 못한 것이 있습니다. 이 왜적들은 만세에 이르도록 반드시 원한을 갚아야 할 원수임은 삼척동자라도 모두 아는 일입니다. 하오나 이미 배척하여 거절하지 못하고 그들과 한데 묶여 어울리면서 시장거래를 어찌 막을 수 있겠습니까? 법관이 이미 허락지 않았으나 이것은 (표면의) 결과일 뿐, 별로 어려움이 없을 듯 하옵니다.(중략)

전날에 왜선이 누만금어치의 물건을 가득 싣고 와서 쌀·베와 바꾸지 않고도 모두 팔고 돌아간 일이 있는데 이것은 숨은 장사꾼이 없었다면 어떻게 다 팔아 버릴 수 있었겠습니까? 그러므로 시장거래는 허가하면서 특정물품은 금하는 것은 단지 폐단만 늘릴 뿐이니 과연 무슨 이익이 되겠습니까? 만약 이 금령을 풀어서 피차 물건을 교역하게 하고 시장거래를 자유롭게 하되 숨은 장사꾼의 불법거래를 엄격히 단속한다면 우리 백성들은 금령을 위반하려 애쓰지 않고도 떳떳하게 이득을 나눌 수 있고 왜놈들도 물건을 팔기 위해 쓸데없는 비용을 아니 쓰게 되어 각기 원하는 대로 될 것이니 어찌하여 강제로 숨은 장사를 하게 하여 무거운 죄에 빠뜨리게 할 것입니까? 숨은 장사꾼이 끊어지게 된다면 몰래몰래 장사하는 폐단도 따라서 막을 수 있을 것입니다. 본사(本司: 中樞府)에서 회답하여 계고한 것 가운데 시장거래를 허가하고 숨은 장사하는 것은 엄중히 단속하여 용서하지 않겠다고 한 것은 단지 이와 같은 이해관계를 위한 것일 뿐이었습니다.

비록 그렇사오나 장사치의 이름을 점고하여 명부에 기록하는 일이 없다면 오고가는 장사치의 수효를 올바로 파악할 수 없습니다. 그리하여 세금을 거두고자 하는 것도 또한 권리를 위해서가 아니고 파악하고자 하는 수효를 정확하게 하고자 하는 것입니다. 신이 오랫동안 선위사로 있으면서 너무도 잘 그간의 사정을 알고 있사온데 마침 본사에 찾아와 의논하여 회계하게 되었으므로 평소에 품고 있던 생각을 모두 아뢰는 것이옵니다. 그런데 뜻밖에도 당상과 낭청이 모두 논핵을 받게 되었습니다. 본사는 육조의 일반 관청과는 비교할 수 없으므로 논의한 사항에 잘못이 있으면 대간은 다만 잘못되었다고 규탄하여 바르게 시정할 뿐입니다. 그런데 당상과 낭청을 죄주고자 청하게 된 것은 오로지 신으로부터 비롯한 것이니 신이 비록 부끄러움을 모르는 자라 할지라도 어찌 감히 주획(籌畫: 나랏일을 헤아리고 계획함)하는 반열에 서서 낯을 들 수 있겠습니까? 오로지 신의 구구한 뜻은 오늘날 왜놈들을 대우하는 방책으로 이 방법을 버리고는 다른 좋은 계책이 없을 듯하기 때문입니다. 신의 직책은 파면할 수 있어도 이 논의는 버리기 어려울 듯하오니 오직 성상께오서는 재량하시어 선택하옵소서.

신은 아비의 병이 자주 생겨서 늘 근심을 안고 지내는지라 심사가 거칠기 그지없습니다. 그러니 맡은 임무를 제대로 살필 수 없나이다. 엎드려 원하오니 성상께서는 신의 직무를 급히 갈아 치워 나랏일이나 신의 집안 일이 두루 온전케 하소서. 신은 황공하옵기 그지없사오나 성상의 처분만을 간절히 비오며 삼가 아뢰기를 마치나이다.

이 글은 한음의 경륜과 사상을 단번에 짐작하게 한다. 한음은 왜가 아무리 밉더라도 그들과의 통상을 자유롭게 허락하라고 역설하고 있다. 마치 오늘날 자유무역을 주장하는 경제정책 입안자의 논설을 읽는 듯하다. 시대를 바로 보고 미래를 설계할 줄 아는 선각자는 어느 시대에나 보석처럼 빛나고 있었다.

陳倭情仍辭職劄

伏以臣伏聞 憲府以備邊司 許令與倭開市 忘深讎弛大禁 而啓他日
無窮之患 請有司堂上推考 色郎廳罷職. 大義凜然 令人起歎 第其間
利害 有未能釋然者. 此賊之爲萬世必報之讎 三尺童子所共知也. 旣
不能斥絶 而與之羈縻 則開市終可閉乎. 法官旣不許 此則果哉 末之
難矣.(中略)

前日倭船 滿載累萬物件 不換米布 盡散發還 此非潛商何由賣盡乎.
然則開市禁物 只滋弊套 果何益哉. 若弛此禁 使彼此交易之物 盡入
開市 而峻潛商之法 則我民不勞抵冒法禁 而公同得利 倭奴亦免分費
商物 而各售所欲 何苦强爲潛商而爭陷於重罪乎. 潛商旣絶 則密通
事情之弊 從可杜矣. 本司回啓中 許其開市 而重斷潛商不饒云者 但
爲此利害耳.

雖然無點名箚簿之擧 則往來名數難以譏察 其欲收稅者 亦非爲權
利也. 但要詳其譏察之數也. 臣久爲宣慰使 熟諳此間事狀 會本司來
議回啓 悉達素懷矣. 不意堂上郎廳俱被論劾 本司非六曹庶司之比
議若有失 則臺諫但糾正而已. 請罪堂上郎廳 自臣而始臣 雖無恥何
敢更抗顔於籌畫之列乎. 但臣區區之意 今日待倭恐捨此而無善處之
策 臣職可罷 此議難棄 惟聖明裁擇焉.

臣父病頻作 每抱憂悶 心思荒落 尤不能察任 伏願聖慈 亟遞臣職
以全公私. 臣無任惶恐 祈懇之至取 進止.

이수광(李晬光)의 지봉유설(芝峰類說)

임진왜란 7년의 풍랑을 헤쳐 나온 뒤에 조선조의 지식인들에게 찾아온 변화는 무엇이었을까? 그것은 조선이 더 이상 동북아지역에서 안이하게 평화를 누릴 수 있는 처지가 아니라는 위기의식이었을 것이다.

어쩌면 이러한 위기의식은 우리 민족이 만주일원과 한반도에 걸쳐 삶의 터전을 마련하고 살아온 유사이래의 자각이어야 했었다. 그러나 중원이 안정되고 왜구가 잠잠하면 위정자나 지배계층이 자칫 방심하여 태평성대로 착각하는 사례가 없지 않았다.

왜란을 겪고 난 지 꼭 40년 되던 해에 병자호란의 참화와 수모를 또다시 입게 되었던 것은 대외적으로는 만주(滿洲)의 신흥세력인 청

(淸)에 대해 올바른 인식을 하지 못한 때문이요, 대내적으로는 지도층 인사들이 당색을 떠나 치세에 임하는 단결력을 지니지 못한 때문이었다.

이렇듯 새로운 각성이 요구되는 17세기 초반에, 변모하는 시대정세에 민감하게 대처하며 거기에 맞는 시대정신과 생활양식을 갖추고자 고민하는 일군의 유학자들이 나타나기 시작하였다. 뒷날에 그들을 일컬어 실학자(實學者)라 하고 그들이 주장했던 학문을 실학(實學)이라, 실사구시(實事求是)의 학(學)이라 부른다. 이 실사구시학에 빗장을 연 분이 지봉(芝峰) 이수광(李晬光, 1563 명종 18~1628 인조 6)이다.

지봉은 조선조 3대 임금인 태종대왕의 첫째 아들 경령군(敬寧君)의 5대손이다. 13세 어린 나이에 사서삼경(四書三經)에 통달한 것으로 알려질 만큼 출중하였다. 20세에 진사과에 합격하고 23세에 별시대과에 급제하면서 벼슬길에 나아갔다. 시문에 능숙한 지봉은 사대교린의 외교문서를 다루던 승문원(承文院)에서 부정자(副正字)로 일할 때부터 국제적 감각을 키웠다. 28세 때 연경 사신의 서장관으로 첫 번째 북경을 다녀왔고, 형조참판이던 35세 때 진위사가 되어 두 번째 북경을 다녀왔다. 다시 49세 때에는 동지사행의 부사로 세 번째 북경을 살펴볼 수 있었다. 이 세 번에 걸친 연경 체험은 지봉으로 하여금 폭

이수광(李晬光)의 묘

125

넓은 세계관과 실용적인 인생관을 확립하는 계기가 되었다. 그리고 이 새로운 의식의 변화는 지봉유설(芝峰類說)이라는 백과전서풍의 기사일문집을 집필하게 하였다. 이 책 제국부(諸國部)에 우리나라 처음으로 구라파(歐羅巴)와 천주교가 소개된다. 성리학일변도의 조선사회에 유럽이라는 세상이 있고, 하느님을 믿으며 우정을 소중히 여기는 신의의 도덕관이 존재한다는 것을 알고, 또 그것을 알리는 것은 얼마나 커다란 충격이었을까?

우리는 이제 400년 전으로 돌아가 유불도(儒佛道)만을 아는 조선조의 지성이 되어 지봉유설의 제국부를 읽어보기로 하자.

먼나라 이야기

구라파 나라는 대서국(大西國)이라고도 한다. 그 대서국 사람으로 이마두(마테오 리치 Matteo Ricci)라 하는 이가 여덟해 동안 팔만 리 바닷길을 바람과 파도를 헤치며 건너와 동쪽 구석진 곳에서 십여 년을 살면서 천주실의(天主實義) 두 권을 지었다.

첫머리에는 천주 하느님이 처음으로 하늘과 땅을 지으시고 평화와 사랑의 도리로 키우고 다스리심을 논하였고, 그 다음으로는 사람의 영혼은 영원불멸하며 새나 짐승들과는 특별히 다르다는 것을 논하였고, 또 그 다음으로는 여섯 가지 세계로 윤회한다는 가르침의 잘못됨과 천당과 지옥이 선악의 응보에 따른다는 것을 설명하였고, 끝으로 사람의 성품은 원래 착하고 아름다운 것이어서 오로지 하느님을 받들어 공경하여야 한다는 것을 설파하였다. 그 나라 풍속으로 임금님을 일컬어 교화황(敎化皇)이라고 한다. 혼인하여 아내를 취하지 않으므로 세습하는 후사가 없다. 그러므로 어진 사람을 뽑아 그 뒷자리를 잇는다. 또 그 나라 풍속에는 친구를 사랑하는 우의를 매우 소중히 여기고 사사로이 재산을 저축하지 않는다. 중우론(重友論)을 지은 초굉(焦宏)은 말하기를 "서역사람 이마두는 '친구가 되는 사람은 두 번째의 나 자신'이라 했으니 이것이야말로 지극히 기특한 말이 아닌가!"하였다. 자세한 이야기는 속이담(續耳譚)에 적혀있다.

만력(萬曆) 계묘(癸卯, 1603)년, 내가 부제학이 되던 해에 북경에 다녀온 사신 이광정(李光庭) 권희(權憘) 두 사람이 여섯폭짜리 구라파국(歐羅巴國) 여지도(輿地圖) 한 건을 본관으로 보내왔다. 아마도 북경에서 얻은 것이리라. 그 지도를 보니 심히 정밀하고 교묘하였다. 서역부분은 특별히 상세하였고, 중국의 여러 지방, 우리나라의 8도, 일본의 60주에 이르기까지 지리의 멀고 가까움과 크고 작음이 매우 섬세하여 하나도 빠뜨림이 없었다. 이른바 '구라파'라는 나라는 서역의 가장 끄트머리 먼 곳에 있는데 중국에서 팔만 리나 떨어져 있다. 그 나라는 예부터 중국 조정과는 왕래가 없었는데 명(明)나라 때에 이르러 비로소 다시 입공을 시작하였다. 이 지도는 그 나라 사신 풍보보(馮寶寶)가 그린 것으로 그 끄트머리에 서문을 지어 적어놓기까지 하였다. 그런데 거기에 적힌 글자의 우아하고 세련됨이 우리나라의 글자와 다르다고 할 것이 없다. 이로 미루어 보면 의사소통으로 쓰이는 문자가 같다고 하는 것이 얼마나 귀중한지 알겠다.

생각하건대 그 나라 사람 이마두(마테오 리치)와 이응성(李應誠)이란 두 사람도 모두 산해여지전도(山海輿地全圖)를 만든 바 있는데 왕기(王沂)의 삼재도회(三才圖會) 같은 책에도 그 사람의 말을 인용하고 있다. 구라파의 땅 경계는 남으로는 지중해에 이르고 북으로는 빙해에 이르며 동쪽으로는 대내하에 이르고 서쪽으로는 대서양에 이른다. 지중해라는 말은 천지간의 한 가운데이기 때문에 그렇게 지은 것이라 한다.

지봉유설 10책 20권 25부는 지봉의 나이 53세(1615) 때에 편집이 완료되어 세상에 알려지면서 실학의 효시가 되었다. 이 책에서 주장한 실학사상은 지봉의 나이 63세 때에 임금에게 올린 만언차자(萬言箚子)에 다시 한번 구체화된다. 그 만언차자에는 임금이 해야 할 일로 권학(勸學), 정심(正心), 경천(敬天), 휼민(恤民), 납간쟁(納諫諍), 진기강(振紀綱), 임대신(任大臣), 양현재(養賢才), 소붕당(消朋黨), 칙융비(飭戎備), 후풍속(厚風俗), 명법명(明法明) 등 12가지 항목을 열거한 끝에 실심(實心)으로 실정(實政)을 행하고 실공으로 실효를 득하며 실사를 생각하면 모든 일이 성취될 것이라 하여 실사구시를 힘주어 강조하고 있다.

어느 시대나 선각자의 외침이 없었던 것은 아니었다.

芝峰類說 諸國部

歐羅巴國亦名大西國. 有利瑪竇者. 泛海八年越八萬里風濤 居東
奧十餘年. 所著天主實義二卷. 首論天主始制天地. 主宰安養之道.
次論人魂不滅. 大異禽獸. 次辨輪廻六道之謬. 天堂地獄 善惡之報.
末論人性本善 而敬奉天主之意. 其俗謂君曰敎化皇. 不婚娶 故無襲
嗣. 擇賢而立之. 又其俗重友誼. 不爲私蓄. 著重友論. 焦宏曰"西域
利君'以爲友者第二我'此言奇甚云事."詳見續耳譚.

萬曆癸卯 余忝副提學時 赴京回還使臣 李光庭 權憘 以歐羅巴國輿
地圖一件六幅 送于本館. 蓋得於京師者也. 見其圖甚精巧 於西域特
詳. 以至中國地方暨我東八道, 日本六十州 地理遠近大小 纖悉無遺.
所謂歐羅巴國 在西域最絶遠去中國八萬里 自古不通中朝 至　　大明
始再入貢 地圖乃其國使臣 馮寶寶所爲 而末端作序文記之 其文字雅
馴 與我國之文不異 始信書同文爲可貴也.
按其國人 利瑪竇 李應試者 亦俱有山海輿地全圖 王沂三才圖會等
書 頗采用其說. 歐羅巴地界 南至地中海 北至氷海 東至大乃河 西至
大西洋 地中海者 乃是天地之中故名云.

정경세(鄭經世)의 우암설(愚巖說)

  이름은 사람이나 사물을 가리켜 부르는 것이요, 사람이나 사물을 대신하는 것이다. 그러므로 실체따로, 명칭따로가 아니라, 명칭이 곧 실체를 표상한다. '호사유피(虎死留皮)요 인사유명(人死有名)'이란 말이 결코 헛말이 아니다. 그래서 우리 조상들은 이름을 매우 소중히 여겼고, 또 이름을 욕되지 않게 하려 노력하였다.

  어려서 태어나면 아명(兒名)으로 불리었고, 족보에는 본명(本名)이 실렸다. 본명은 귀한 것이라 감추어 두고 자주 쓰지 않았다. 그 대신에 호(號)와 자(字)를 썼는데, 호는 공부하는 동안에 흥취가 일면 스스로 짓기도 했고, 벗이나 스승이 붙여 주기도 하였다. 경우에 따라 자호(自號)는 한 둘이 아니요, 대 여섯, 일고여덟이 되기도 하였다. 이 무렵 본명과 아호(雅號)를 대신할 자(字)를 갖는 것은 선비가 지녀야 할 필수 품격이었다. 그리고 마지막으로 세상을 하직하면 그 사람의 평생업적을 참고하여 임금이 이름을 내리니 이것이 이른바 시호(諡號)이다. 그리고 보면, 조선시대 우리 조상들은 이름에 묻혀 살다가 시호로 마감하였다 해도 과언이 아니다.

이렇게 이름이 소중하였으니 이름짓는 일을 두고 지은 글이 없을 수 없다. 여기에는 바위에 이름 붙이는 이야기를 소개하기로 한다.

우복(愚伏) 정경세(鄭經世, 1563 명종18~1633 인조11)는 16세기 후반에서 17세기 초에 걸쳐 살다간 문신 학자이다. 20세에 진사, 24세 때에 알성문과 을과에 급제, 27세에 사가독서, 그리고 30세 때 임진난이 터지자 의병모집에 심혈을 기울이고, 36세 때에 경상도관찰사가 되었던 사람. 그러나 광해군 때에 삭직되어 그의 호(號)처럼 우복(愚伏)하기 20年 나이 60에 인조반정을 맞아 다시 전라도관찰사, 대사헌이 되고 이조판서, 대제학, 겸지춘추관사를 차례로 역임한 신실한 학자관료였다. 서애 유성룡(柳成龍)의 문인이어서 영남학파에 속한 분이지만 이기(理氣)에 관하여서는 기호학파에 속하는 율곡(栗谷)의 이기일원론(理氣一元論)에 찬동하였다. 예학(禮學)에 깊은 관심을 두었고 사후에 찬성에 추증되었다. 시호는 문장공(文莊公)이다.

'어리석은 바위' 이야기

내가 우복(愚伏)이라 이름하는 곳의 서쪽 기슭에 터잡아 살고 있었다. 그 둘레에 정자와 다락, 연못과 동굴, 그리고 바윗덩어리에 이르기까지 모두 신기하고 빼어난 것들이라 이름이 없는 것은 하나도 없었다. 그런데 바로 우리집 동북쪽 모서리, 깊은 물 속에 뿌리를 박고 있는 돌덩이 하나가 그 높이는 너댓길이나 됨직한데 오직 이것만 이름이 없었다. 어느날 밤에 이 돌이 내 꿈에 나타나 이렇게 말하였다.

"무릇 만물이 세상에 태어나 그 모습을 드러내고 숨겨지는 일에는 모두 命이 있고, 좋은 기회를 만나고 만나지 못함에는 때가 있는 법입니다. 제가 이 자리에 서 있는 지도 이미 오랜 세월이었습니다만 아직도 세상에 이름이 알려지지 않았습니다. 그렇지만 제가 한탄스러워 하지 않은 것은 참 주인을 만나지 못한 것이라 여겼기 때문었습니다. 그런데 이제 다행히 선생을 만나 주인을 삼게 되었으니 이것은 진실로 천년 세월에 한번쯤 만나는 일이요, 제 값을 인정받을 때인 듯합니다. 우리들 가운데에 선생의 좌우에 둘러선 것들은 모두 빛나는 영화를 입지 않은 것이 없고, 또 저마다 아름다운 이름이 있건만 오직 저만은 이름이 없으니 참 주인을 만났으면서도 이름을 드러내지 못한다면 어찌 유감스럽지 않다하겠습니까? 반드시 이에 관하여 해명하실 말씀이 있으실 것이니 감히 말씀해 주시기를 청합니다."

그리하여 내가 이렇게 대답하였다. "대체로 이름이라는 것은 실체의 손님이라 할 수 있는 것이니, 실체는 없는데 이름만 얻는다면 그것은 슬기로운 이는 두려워 하고 어리석은 이는 탐하

정경세 필적

는 것이요, 내가 돌에다 이름을 붙여준 것은 실로 많소.(중략) 그런데 나는 일찍이 그대에게는 이름을 붙이기를 체념하였다오. 그대는 풍모가 헌걸차고 점잖으나 험준하고 날카로운 자태가 없고, 편안하고 넉넉하나 신기하고 옛스런 형체를 지니지 않았으며, 그 얼굴이 움푹 들어가서 꽃을 장식할 수가 없고, 이마는 불쑥 튀어나와서 기대어 의지할 수가 없구료. 이처럼 그 형상이 즐길만한 것도 없고, 그 쓰임새도 취할 것이 없으면서 이름을 얻어 세상에 드러내고자 하니 슬기롭다 할 수는 없는 일이 아니겠소?"

바위가 다시 말하였다. "대저 선생께서 저를 비평하심은 매우 정교하십니다. 그러나 형상이라는 것은 겉모습이요, 쓰임새는 재주라 하겠습니다. 겉모습만 따라가면 그 속을 놓치게 되고, 쓰임새만 존중하다보면 그가 지닌 덕을 뒤로 물리게 되는 것이니, 군자가 사물을 비평하는 것이 마땅히 그러해서는 아니 될 것입니다. 이제 제가 자리한 곳은 마침 산기슭의 끄트머리에 있어서 양쪽에서 흘러내리는 물이 만나는 곳이라 바야흐로 가을철 물이 흘러 만 골짜기의 물이 다투어 쏟아질 때에 미친 듯 범람하며 씹어 삼킬 듯하여 언덕과 낭떠러지가 무너질 지경이 되어도 제가 능히 느긋하게 홀로 버텨서서 꿋꿋하여 꿈쩍도 않고 그 세력을 꺾어 물리쳐버리니, 이것이 이 산기슭이 여울 속으로 무너져 들어가지 않는 까닭이니 이 누구의 힘이겠습니까? 이 점을 살려 이름을 지으심이 옳지 않겠습니까?"

내가 또 웃으면서 대답하였다. "뽑기 힘든 단단한 뿌리도 없으면서 저렇게 성난 파도와 싸우며 지주(砥柱: 중국 황하 한가운데 있는 산)의 힘을 내려고 애쓰니 그대는 참으로 슬기롭지 못하오. 무릇 겉모습이 사람들을 즐겁게 하지 못해도 어리석은 것이요, 쓰임새가 취할 것이 없어도 어리석은 것이요, 스스로 자기 능력을 헤아리지 못하고 큰 절개만 지키려 한다 하여도 어리석은 것이라 하겠소. 이와 같이 어리석음이 어리석은 산 안에 머물면서 어리석은 사람과 이웃하여 실속없는 이름이나 탐내고 있으니, 만일에 억지로라도 이름을 붙인다면 마땅히 이름붙이기를 '어리석은 바위' 우암(愚巖)이라 하면 되겠는가?"

돌이 큰 소리를 울려 대답하였다. "좋습니다." 내가 꿈에서 깨어나니 무언가 이상하기도 하고 또 느낀바가 있어서 드디어 그 어리석을 우(愚)자를 취하여 나의 호를 삼게 되었다.

호(號)를 지을 때, 옛사람들이 즐겨 쓰던 글자는 무엇일까? 그러니까 가장 인기가 있던 글자는 무엇이었을까? 옛 어른들의 문집목록을 훑어보며 대강 눈에 많이 띄는 글자를 가나다 순으로 뽑아 보았다.

謙 耕 歸 謹 樂 蘭 老 訥
陶 獨 杜 屯 晚 蒙 無 默
石 雪 省 睡 冶 藥 漁 愚
幽 遊 笠 隱 靜 霽 竹 遲
滄 鐵 沖 恥 寒 虛 玄 晦

이것들은 모두 거처하는 장소나 지명에 의빙치 않은 글자들이었다. 우리 조상들이 무엇을 좋아하였는지 어떻게 사는 것을 사는 것이라 여겼는지 이 글자들이 말해주지 않는가? 그 중에도 어리석을 우(愚)자가 단연 돋보인다. 모름지기 바보처럼 살아갈진저.

愚巖說

余旣卜居于愚伏之西麓 其傍之亭臺潭洞以至巖石之奇秀者 莫不有名焉 直舍之東北隅有石 臨潨高可四五丈 獨未有以名之也. 有一夜石言于夢曰"凡物之生顯晦有命 遇不遇有時. 自吾之立於此 蓋已久矣 而名未顯於世. 然且不恨者 所遇非其人也. 今幸得子以爲主 則誠千載一時遇賞之秋也. 吾屬之環侍於左右者 無不衣被光榮 各有美名 而獨於吾闕焉 遇矣而未顯欲無感得乎? 必有說敢請."

余應之曰"夫名實之賓也 蔑實而得名 智者懼焉 愚者貪焉 余之名石固多矣.(中略) 余嘗諦夫汝矣 頎然長矣 而無峭峻之姿, 胖然大矣 而無奇古之形 其面窪然 無卉之飾 其顚隆然 不可得以憑依焉 狀非可悅 用無所取 而欲其名之顯 無乃不智耶."

曰"凡子之評吾者審矣. 然狀者貌也 用者才也 徇貌者遺其內 尚才者後其德 君子之評物 宜不若是也 今吾所處適當山麓之尾 兩水之交 方其秋水時 至萬壑爭流狂瀾之所 吞噬崖岸崩摧 而吾能挺然獨立確乎 不動折其勢而排之 是麓之不入於崩湍 誰之力歟 取此以名之 不亦可乎?"

余笑而應之曰"無難拔之根柢 而戰方戲之波濤 欲效力於砥柱 汝於是爲眞不智矣. 夫狀非可悅則愚 用無所取則愚 不自量而當大節則愚 以若是之愚居愚山之內 爲愚人所隣 而貪無實之名 如欲强名之 則當目之 曰愚巖可乎?"

石響應曰"可"余覺而異且感焉 遂取而自號云.

이정구(李廷龜)의 청유병주(請留兵奏)

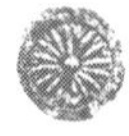

　누천년을 헤아리는 우리 민족사에는 영광과 환희의 자취만 있는 것이 아니라, 굴욕과 수치도 또한 점철되어 있다. 우리는 그 치욕의 역사도 면밀히 살피어 그것이 어떻게 극복되었는지도 소상히 알아야 한다. 그 부끄러움의 역사 속에 이른바 임진왜란이라는 수모의 전화(戰禍)가 있다. 선조25년에서 31년에 이르는 장장 7년의 세월이었다. 삼천리 전국토에 걸쳐 유린되지 않은 지역이 없고 파괴되지 않은 건물이 없었다. 쓸만한 기명과 서책들은 모조리 쓸어갔고 선량한 백성들은 남녀노소 가릴 것 없이 닥치는 대로 잡아갔다. 남은 것이라곤 손상된 우리 민족의 자존심뿐이었다. 그러나 우리는 그 자존심을 딛고 다시 일어설 수 있었다.

자존심의 뿌리에는 크게 두 가닥이 있었다. 하나는 팔도각처에서 일어난 의병이요, 또 하나는 이순신을 중핵으로 한 수군이었다. 여기에 또 하나의 보조장치가 있었으니 그것은 명나라의 원군이었다. 그때까지만 해도 중원을 지배하는 강력한 세력이었던 명나라는 무방비나 다름없던 조선 조정의 든든한 배후였다. 이제 7년간의 긴 전운이 걷히고 왜구는 현해탄을 건너 제 고장으로 돌아갔다. 해가 바뀌고 1600년(선조33년)이 되었다. 명나라 군대는 철군준비에 들어갔으나 우리 조정은 불안하기 그지없었다. 한편으로는 민심을 수습하여 피폐한 사직을 복구하고 행정질서를 정비하면서 또 한편으로는 행여나 다시 돌아설지도 모르는 왜구의 재침에도 경계를 늦출 수 없었기 때문이었다. 이런 형편에 명군(明軍)은 철수를 서두르고 있다 그래서 조정은 한결같이 명군이 좀 더 머물러 있어야 한다고 생각하게 되었다.

그 무렵 병조참지와 승문원 부제조를 겸직하고 있던 이정구에게 명군의 주류연장을 청하는 외교문서 작성의 임무가 떨어졌다.

월사(月沙) 이정구(李廷龜, 1564 명종 19년~1635 인조 13)는 연안인으로 세조 때 명신 이석정(李石亭)의 현손이요, 현령 계(啓)의 아들이다. 문벌 좋은 집안에서 태어나 가학으로 성장했는데 8세에 시를 지을 만큼 탁월한 재능으로 세인의 주목을 받았다고 한다. 27세 때 문과에 급제하여 승문원에 등용되었는데 임진란이 터지자 행재소(行在所)에서 임금을 모셨다. 그는 당시 관료로서는 드물게 중국어에 능통한 인재였고 또 명문장이었다. 1598년 명나라의 병부주사 정응태(丁應泰)란 자가 임진왜란이 조선측에서 왜군을 끌어들여 명나라를 치려했다는 무고사건이 나자, 월사는 변무주문(辨誣奏文)을 직접 작성하여 진주부사로 명의 신종(神宗)에게 상주하여 정응태를 파직시킨 공로가 있었다. 따라서 명나라 군사가 우리 땅에 좀 더 머물러 있어 주기를 청하는 외교문서도 당연히 월사의 몫이 된 것이다. 이제 그 상주문을 읽어보자

명군이 계속하여 머무를 것을 청하는 글
경자년(1600년 선조 33년) 봄

조선국왕 臣(李昖)은 삼가 아뢰나이다. 왜적이 분탕질할 틈을 노리는 흉악한 계책은 헤아리기 어렵사옵고 대군이 장차 철수한다면 인심이 매우 위태롭기 때문이옵니다. 간절히 바라옵니다. 성명(聖明: 황제폐하의 밝은 헤아림)께오서는 우리나라를 불쌍히 여기시는 은혜를 베푸시어 수군(水軍)의 일부를 머무르게 하시어 뒤처리를 깨끗이 마치도록 하여 주소서.

병조의 장계에 의하면, 포로로 잡혔던 본국 사람들이 저마다 말하기를 적의 괴수 풍신수길이 죽은 후에 그의 아들이 뒤를 이었고, 덕천가강이라 일컫는 자가 나라 일을 관장한다 하는데, 포악하기가 수길과 다름이 없고 낮과 밤으로 병사들을 조련시키며 군량미를 비축하면서 명나라 군사가 모두 철수하기를 기다려 장차 본국을 또 침범하려 한다 하옵니다. 우리는 지난번에 적의 정세가 지극히 위험한 지경임을 간파하였습니다. 또한 뒷날의 일도 어떻게 처리할지 염려되옵니다.

요즈음 소문에 듣자오니 뒤처리를 위하여 머물러 있던 각 진영의 관병들이 금년 4월안에 모두 다 철수하기로 정하였다 하옵니다. 이제 전라도 경상도 연해 일대에 있는 수군과 육군의 병사는

만명도 되지 않사옵고 방비가 매우 소홀하여 말할 것이 못되옵니다. 청컨대 수군 3천과 아울러 필요한 물자도 모두 공급해 주소서. 존망(存亡)에 관계되는 일이라 조금도 늦출 수가 없나이다. 여러 곳에서 잇달아 올린 장계에 의하면 신이 살펴보건대 저 도적들이 흉악하여 사납고 모진 뜻이 진실로 적지 않사옵니다. 다행스럽게도 황상의 위엄이 멀리까지 미치고 하늘이 늙은 도적[풍신수길]을 죽였으므로, 이제 저들이 잠시 저들의 소굴로 돌아갔으나 짐승처럼 모진 것이 오히려 저들의 마음이옵니다. 남은 무리들이 죽지 아니하고 역적의 뜻을 이어받아 열 갈래로 협력하여 사나움을 키우고 덕천가강의 영웅심을 실현코자하여 바야흐로 병사들을 쉬게 하고 병장기를 비축하여 다시 한번 침략할 계획을 하고 있으나 감히 덤비지 못하는 것은 오로지 명나라 군사들이 아직도 머무르고 있기 때문이옵니다.

바닷물결은 막힘이 없고, 정탐하는 배는 멀리 명나라 군사들이 떠나는지 머무는지를 매일같이 살피면서 저들이 병력 동원을 늦출 것인지 당길 것인지를 생각합니다. 그리고 이제는 또 노인과 어린이들만 돌려보내고는 (포로들을 모두) 쇄환(刷還: 돌려보냄)하였다고 말하며, 은근한 말로 화약을 청하며 우리나라의 깊고 얕은 곳을 탐지하면서, 이번 가을에 침략해 들어오겠다고 하기도 하고 혹은 내년 봄에 대거 침입하기로 했다고 하는 등 공갈하며 드러냈다 감췄다하는 행위가 더욱 이르지 않음이 없습니다. 지금 만약 명나라의 큰 군대가 모두 철수한다는 것을 정탐하여 알게 된다면 저들이 또한 무엇을 꺼리며 그 흉포한 짓을 어찌 지체하겠습니까?

남쪽 해안에 사는 백성들은 모두 말하기를 명나라 군사가 만약 철수한다면 도적들은 반드시 뒤미처 들어올 것이라 합니다. 새처럼 놀라고 이리처럼 무서워하면서 (우리는) 지고 이고 뚝 위에 올라서서 막아낸다 한들 백가지도 의지할 수 없음은 이미 지난 일로 충분히 징험이 되었으니 그 정경이 가히 근심스럽습니다. 더구나 왜적에 대한 근심은 비단 오늘에 국한된 것이 아니고 금년 가을의 근심이 오늘보다 더 심하고, 내년의 근심이 금년 가을보다 더 심하여, 날이 가고 해가 갈수록 이 도적들이 멸망하기 전에는 도무지 근심스런 날이 있을 뿐입니다.

명나라 군사가 이미 이 작은 나라에 오래 주둔할 수 없사옵고, 이 작은 나라도 역시 명나라에 매번 신세만 질 수는 없습니다. 신하의 나라로서 어찌 스스로 도모하고자 하지 아니하겠습니까? (하오나) 여러 번 밀리고 밀린 나머지 근근히 숨만 헐떡이고 겨우 정신을 차렸으나 만사가 다 어그러져 준비할 겨를이 없습니다. 비록 나머지 장정들을 상처투성이 골짜기에서 불러 모은다 해도 지치고 쇠잔하고 숫자도 적어서 부대를 편성할 수 없고 사기도 떨어져 먼저 겁을 먹고 싸우기보다는 흩어질 생각만 할 것입니다. 모름지기 명나라 군사들이 협동하여 지키고 평정케 하여 해안연변 일대가 믿음을 지니어, 두려움이 없어진 연후에야 몇 해 동안은 무사하여 생업과 훈련으로 스스로 강한 나라의 기초를 마련할 수 있겠습니다.

하오나 신은 다만 3천명만 (주시기를) 청하옵니다. 그 3천명이 적다고 근심하지 않는 것은 3천명으로 가히 흉적의 공격을 막을 수 있어서

이정구 필적

가 아니옵니다. 중국의 위엄이 미치면 넉넉히 도적의 간계를 끊어 움직일 수 없고 흩어지는 군정을 진정시킬 수 있습니다. 그러나 작은 우리나라의 식량사정으로는 그 수효를 넘으면 지탱하여 이어나가기가 어렵기 때문입니다. 완전 철수한다면 의지할 바가 없고 많이 머물면 식량을 댈 수가 없습니다. 작은 나라의 오늘의 형편이 진실로 이처럼 슬프옵니다. (하략)

예나 지금이나 한 나라의 운명이 그 나라 국민의 단합된 의지만으로 해결되지는 않는다. 언제나 국제적 역학관계의 긴장된 균형 속에서 평화와 번영이 모색되는 것 아니겠는가! 그러나 오늘의 시점에서 월사의 이 청유병주를 읽는 우리의 심정은 착잡하기 이를 데 없다. 명나라의 은혜를 입고 있을 뿐 아니라 존명사대를 국책으로 삼던 당시의 정황으로 보아 월사의 글에 우리가 무엇을 용훼하랴. 그러나 마음이 편치 않은 것만은 숨길 수 없다.

더구나 400여 년의 세월이 흐른 오늘날에도 우리는 여전히 자주국방이란 이상이 공산명월처럼 멀리 떠 있고 전시작전통제권이란 군사용어가 나라를 근심하는 이들의 중심화두로 남아 있으니…….

朝鮮國王 臣姓諱(李昖)謹奏 爲倭賊伺釁兇謀叵測 大軍將撤 人心危懼 懇乞聖明曲垂矜念量 留一枝水兵 以畢善後事.

據兵曹狀啓 本國被擄人 各供稱 賊酋秀吉死後 其子嗣立 有稱家康者 攝伊國事 威暴如秀吉 日夜練兵蓄糧 等待天兵盡撤 將要再犯本國. 臣等看得 前項賊情 極爲叵測 日後之事 委係可慮.

茲者聽得 各營善後官兵 定於本年四月內 盡行撤回 目下全慶沿海一帶 水陸軍兵不滿萬數 防備百分疏虞合無題 請水兵三千 幷乞全給折餉 存亡所係 不容少緩. 各等因具啓據 此臣爲照伊賊兇狂 桀逆其志 固不在小. 幸而皇威遠暢 天斃老賊 今雖暫還巢窟 猘然稔惡 猶夫其心也. 遺孽不殄 繼纂逆緒 協以十道之强悍 濟以家康之梟桀 方且休兵蓄銳 以爲再搶之圖 其不敢唐突者 徒以天兵尙在耳.

海波無阻 偵船相望 日覘王師去留 以爲動兵遲速 而今又撤送老弱名以刷還 婉辭求款 探試淺深 或聲言乘秋進搶 或期以明春大擧 其所以恐喝開闔 益無不至. 今若偵知大營盡撤 則彼亦何憚 而不逞其兇乎 南邊沿海之民 咸謂天兵若撤 賊必隨至. 鳥駭狼顧 荷擔而立 隄防控扼 百無可倚 已事足徵 景象可憂 況賊之可憂 非獨今日 今秋之憂 甚於今日 來歲之憂 又甚於今秋 日復一日 歲復一歲 此賊未滅之前 都是可憂之日.

天兵旣不可長戍於小邦 小邦亦不可每藉於天朝 以臣之國 寧不欲自爲圖耶. 惟是積敗之餘 喘息纔定 萬事瓦裂 措設未遑. 雖抯拾遺丁 於瘡痍溝壑之中 而凋殘寡弱 不成部伍 士氣先怯 不戰思潰 須得王師 協守鎭服 使沿邊一帶 恃而無恐然後 庶得數年無事 生聚訓鍊 以爲自强之基矣.

然臣之只請三千 不慮其少者 非以三千之兵 爲可以捍禦兇鋒也. 天威所及 猶足以折奸謀於未動 鎭軍情於將渙 而小邦措糧之勢 過此則難乎支繼也. 盡徹則國無所倚 多留則糧不可繼 小邦今日之勢 誠可悲矣.(下略)

신흠(申欽)의 야언삼락(野言三樂)

냇ᄀ에 히오라바 므스일 셔잇ᄂ다
무심ᄒᆞᆫ 져 고기를 여어 므슴 ᄒᆞ려ᄂ다
아마도 ᄒᆞᆫ믈에 잇거니 니저신들 엇ᄃ리

조정에서 벌어지는 암투와 모략을 은근히 빗대어 풍자하고 경
계하였다고 풀이되는 이 시조는 붕당과 병란으로 영일이 없던 선
조·광해군 그리고 인조 대에 걸쳐 벼슬살이한 상촌(象村) 신흠(申
欽, 1566 명종21~1628 인조6)의 작품이다. 이 시조의 간절한 뜻이 이미
밝히고 있거니와, 같은 배를 타고 있는 공동운명체의 조정 벼슬아

치들이 서로 헐뜯으며 기회를 보아 상대방을 깎아 내리는 조정의 풍토를 상촌(象村)은 깊이 가슴 아파하였다. 당연히 그의 벼슬살이는 바른 길을 걷는 외로움의 여정이었을 것이다.

상촌은 스무살에 진사, 그 다음해 별시문과에 급제하면서 벼슬살이를 시작하였다. 27세 때 임진난이 일어나자

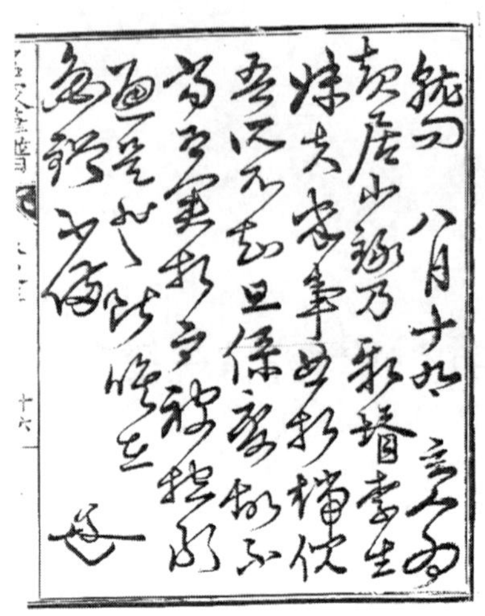
신흠 필적

양재도찰방으로 신립(申砬) 장군을 따라 조령(鳥嶺)전투에 참가하였다가, 신립이 패하자 체찰사 정철(鄭澈)의 종사관으로 활약하였다. 그후 지평, 사성, 대사간, 부제학, 도승지, 병조판서 등을 거쳐 광해군 5년 계축옥사(인목대비를 폐위하고 영창대군을 죽이고 반대파를 숙청한 사건) 후에 파직되어 유배되었다가 인조반정으로 다시 조정에 들어가 이조판서, 대제학, 우의정, 영의정을 역임하였다.

그러나 상촌은 관료이기 보다는 정주학(程朱學)에 심취한 학자이었고, 학자이기 보다는 조선중기 한문학의 거봉이었다. 그렇지만 또한 그는 오늘날 31수나 되는 시조를 전해주고 있는 시조시인으로 우리 문학사에 그 이름을 빛내고 있다.

여기에 실린 글은 그의 저서 『야언구정록(野言求正錄)』에 실린 몇 개의 시적 산문을 발췌한 것이다. 산문으로 보자니 시같고 시로 보자니 산문같은 수상문(隨想文)이다.

시골생활이야기 — 세 가지 즐거움

◎ 마음이 통하는 친구와 함께 산에 올라 편안히 도사리고 앉아
서 즐겁게 이야기를 나누다가 그것도 싫증이 나면 바위에 벌렁
드러누워 바위 끝의 푸른 하늘을 바라보니 흰구름이 날아와 허
공 가운데 감아 돈다. 문득 기분이 좋아져 흐뭇한 행복감에 젖
는다.

◎ 서리 내리고 나뭇잎 모두 떨어진 날
　엉성한 숲속에 들어가 나무등걸에 앉으니
　바람에 흩날리는 누른 잎이 옷소매에 떨어진다
　들새는 나뭇가지 끝에서 날아와
　쓸쓸한 땅 위에 사람모습 훔쳐보는구나
　그러나 나는 오히려 마음 후련하고 상쾌하다

◎ 문 닫고 들어앉아 읽고 싶은 책을 펴는 일
　문 열고 반갑게 그리운 친구 맞는 일
　문밖으로 나서서 자연의 아름다움 찾는 일
　이것이 사람사는 세상의 세 가지 즐거움이다

◎ 서리내린 산에는 돌만 비죽 솟았고
　고요한 연못에는 물 맑기가 그지없다
　깎아지른 바위에 아슬아슬 높은 절벽
　천년 묵은 고목에 감아오른 담쟁이들
　이 모든 것 물속에 거꾸로 비치는데

지팡이 의지하여 한가하게 걷노라니
아하 이 마음 어찌 이리 상쾌한가!

◎ 깊은 밤 고요히 마음잡고 앉아서
등불아래 정성껏 차를 달이니
온 새상 모든 만물 한결같이 고요하고
시냇물만 제 홀로 소리내어 흐른다
침상에는 이부자리 펴지 않은 채
잠시나마 책보는 것 첫째 즐거움

비바람에 마을길이 온통 질척이니
사립문 닫아걸고 집안이나 청소하고
서가에 가득 쌓인 경사자집(經史子集) 정리하다
기분대로 이것저것 뽑아내어 읽어본다
찾아오는 사람의 발길은 끊겼는데
그윽한 방 고요한 것 둘째 즐거움

텅 비어 적막한 산에 금년도 저무는데
하늘가득 눈이 내려 온 천지에 흩뿌리고
메마른 가지 끝에 하늬바람 몰아치니
겨울산새 들판에서 구슬피 우짖는다
따뜻한 방안에 화로 끼고 들어앉아
차와 술에 취하는 것 셋째 즐거움

위의 다섯 편을 한 마디로 묶을 수 있는 시조가 없을까 하고 31수
의 시조를 훑어보다가 다음 시조에 눈길이 멎었다.

산촌(山村)에 눈이 오니 돌길이 무쳐세라
시비(柴扉)를 여지 마라 날 츠즈리 뉘 이시리
밤즁만 일편명월(一片明月)이 긔 벗인가 흐노라

이런 노래의 주인공들에게 벼슬살이는 과연 무슨 의미를 갖는 것
이었을까? 그러나 양립할 수 없는 두 길에 모두 정당성을 부여하는
것, 그것이 조선조 선비들의 존재이유인 듯하다.

野言三樂

◎ 同會心友 登山趺坐 浪談 談倦 仰臥巖際見靑天 白雲飛繞半空中 便欣然自適.

◎ 霜降木落時 入疏林中 坐樹根上 飄飄黃葉點衣袖 野鳥從樹梢飛來 窺人荒涼之地 乃反淸曠.

◎ 閉門閱會心書 開門迎會心客 出門尋會心境 此乃人間三樂.

◎ 霜降石出 潭水澄定 懸岩峭壁 古木垂蘿 皆倒影水中 策杖臨之 心境俱淸.

◎ 良宵宴坐 篝燈煮茗 萬籟俱寂 溪水自韻 衾枕不御 簡編乍親 一樂也.
風雨載途 掩關却掃 圖史滿前 隨興抽檢 絶人往還 境幽室寂 二樂也.
空山歲晏 密雪微霰 枯條振風 寒禽號野 一室擁爐 茗香酒熟 三樂也.

강항(姜沆)의 적중봉소(敵中封疏)

　우리나라 성리학 중흥의 태두로 퇴계 이황을 손꼽는 것처럼, 일본 성리학의 중흥조로 등원성와(藤原惺窩)라 하는 이를 손꼽는다. 그런데 등원성와는 원래 묘수원(妙壽院)이란 절에서 순수좌(舜首座)란 이름으로 불리던 선승이었는데 정유재란 때 조선에서 붙잡혀간 강항이란 분과 교유하면서 그로부터 크게 영향을 받아 1600년 드디어 가사를 벗고 유복을 입었다고 한다. 임진난을 전후로 한 400여 년 전, 일본의 학술과 문화에 조선의 학자·문신·도공 등 지식인과 기술자가 끼친 공적이 대체로 이와 같다. 그러면 강항은 어떤 분인가?

　수은(睡隱) 강항(姜沆, 1567 명종22~1618 광해군10)은 진주인으로 조선

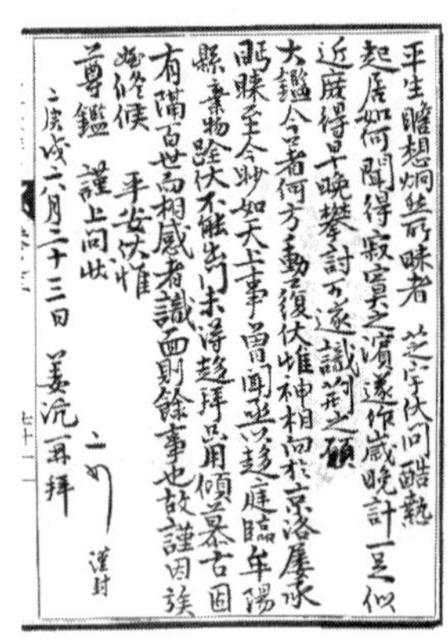

강항 필적

초의 문신 강희맹(姜希孟)의 5대손이
다. 영광에서 태어나 우계 성혼(成渾)
을 스승으로 모시고 공부하였으니 그
의 학통은 퇴계 - 우계 - 수은에서 일
본의 등원으로 이어간 셈이다.

21세에 진사가 되고 26세에 별시문
과에 급제하여 교서관박사, 전적을
거쳐 29세에 공조·형조좌랑을 지냈
다. 30세 되던 1597년 정유재란 때 분
호조판서 이광정(李光庭)의 종사관으

로 남원에서 군량보급에 힘쓰다가 군세가 불리해지자 통제사 이순
신(李舜臣)의 휘하에 들어가기 위해 서해상으로 빠져 남행하려 하였
으나 도중에 왜적에게 포로가 되어 일본 대판으로 끌려가 거기서 4
년간 억류생활을 하였다. 비록 억류된 처지였으나 그곳에서 학식
높은 중들과 교유하며 조선유학을 일본에 뿌리내리게 하는 한편,
일본의 지리·군사시설·인물 등 적정을 상세히 적은 글을 인편을
통하여 고국에 보고하였다.

이러한 글 묶음은 『간양록(看羊錄)』이란 이름으로 그의 문집인
『수은집(睡隱集)』의 별책부록으로 간행되었는데 여기에 실린 적중
봉소는 그 『간양록』의 첫 번째 글이다.

그는 34세 되던 1600년 포로생활에서 풀려 귀국하였다. 그 후
1602년에 대구교수(大邱敎授)에 임명되었으나 스스로 죄인이라 자
처하고 사임하였으며, 1608년에 순천교수에 임명되었지만 역시 취
임하지 않고 향리에 은수하며 후학을 양성하였다. 이제 포로의 신
세에서도 나라를 사랑하는 마음이 어떠했는가를 살펴보기로 하자.

적의 나라에서 임금님께 드리는 글

선무랑 전수 형조좌랑 신 강항은 목욕재계하고 백번 절하옵고 서쪽을 향하여 통곡하면서 삼가 정륜입극 위덕홍렬 대왕 주상전하께 엎드려 아뢰나이다.(중략)

아하! 전쟁에 패한 장수라면 차마 용사의 이야기를 할 수 없사옵니다. 하물며 신은 포로의 신세로 도둑의 소굴에서 겨우 목숨을 건져 살아가는 처지에 어찌 문득 붓을 들어 감히 나라가 이길 수 있는 득실을 논할 수 있으리이까? 건방지고 외람되어 그 죄에서 벗어날 수 없는 줄을 잘 알고 있나이다. 하오나 엎드려 간절히 아뢰나이다. 옛사람을 생각해 보면 죽음을 무릅쓰고 충간하는 사람도 있었고 숨질 때까지 나라를 위한 정책을 건의한 사람도 있었사오니 진실로 나라를 위하여 적으나마 이로운 일이라면 그가 죄인이라 하여도 내칠 수는 없을 것이옵니다.

고래가 넘실대는 만리밖 바다나라의 일이라 구중궁궐 안에서 잘못된 정보를 들으시며 행여나 놈들의 간사한 속임수를 바로 헤아리지 못할까 염려되옵니다. (경계선을) 앞뒤로 넘나들며 드나드는 일은 가고 오는데 신속해야 할 뿐 아니라 경계가 삼엄하여 얻는 정보가 자세치 않을 수 있사오며, 잡혀왔다가 도망쳐 가는 자는 또한 무식한 무리들이어서 보리 귀리도 분간치 못하는 자들이옵니다. 그들이 보고 들은 것은 지엽말단의 단편적인 것뿐입니다. 그리하여 이제 감히 어리석음을 무릅쓰고 적어 아뢰나이다. 왜중이 준 책 가운데에서 왜국의 가나(カ+)로 쓴 곳은 신이 우리나라 한글로 고쳐 적고 주석을 붙였습니다. 왜놈첩자를 찾아내고 투항하는 왜놈을 심문하실 때에 도움이 될 것이옵니다.(중략)

151

그러하오나 포로가 되어 뒷일을 도모한 사람으로, 옛날의 충신열사라 일컫는 문천상(文天祥)[1] 주서(朱序)[2] 같은 이가 있었사온데, 그들도 어쩔 수 없이 당한 것이라 지난날의 역사에서도 그들을 잘못했다 하지 않고 충절을 온전히 지킨 사람으로 여기었나이다. 진실로 몸은 비록 포로가 되었으나 정말로 포로가 되지 않은 자가 있을 수 있사옵니다.

신은 비루하고 용렬하여 비록 옛사람의 만 분의 일에도 미치지 못하오나 충성을 다하겠다는 뜻만은 옛사람 어느 누구에게도 지고 싶지 않사옵니다. 땅강아지 개미와 같은 목숨이오나 숨이 붙어있는 한 견마(犬馬)의 충성을 꺾을 수는 없을 것이옵니다. 이제 마땅히 만난을 헤치고 도망쳐와서 고국의 서울 밖에서 포로된 허물을 물어 머리가 잘리고 몸이 찢기는 형벌을 받는다 해도 오랑캐의 땅에서 죽는 것보다 오히려 좋을 것이옵니다.

더구나 추한 저 왜놈의 정상(情狀)이 이미 소신의 손안에 있으니 이때에 만일에 하늘이 허락하여 기회를 주신다면 죽음이 두렵겠습니까? 이 몸이 부족하오나 삼군을 이끌고 나라의 엄위로운 조상의 혼령을 의지하여 위로는 종묘사직의 부끄러움을 씻고, 아래로는 백성들의 억울한 죽음의 분을 풀어 준 다음에 엎드려 죽음으로써 오늘까지 구차히 목숨을 붙이고 살아온 죄를 용서받고 싶사옵니다. (그러므로 이제) 소신은 밤새도록 칼자루를 쓰다듬으며 하루에도

---

1. 문천상(文天祥, 1236~1282) : 13세기 중국 남송의 정치가, 시인. 송나라(남송)가 원나라에 항복하자 저항하다 체포되었고 쿠빌라이칸이 그의 재능을 아껴 몽고에 전향을 권유받았지만 거절하고 죽음을 택했다.
2. 주서(朱序 : 전 진(秦)의 부견(符堅)은 378년 동진(東晉)의 양양(襄陽)을 공격하게 하였는데, 양양을 수비하던 양주자사 주서는 1년간 성을 지켰으나 379년 2월 성을 열고 항복하여 포로가 되었다. 부견은 그를 용서하고 도지상서란 지위를 내렸다.

아홉 번 돌아보며 생각하고 생각하였나이다.

아하, 멀리 남의 나라에서 죽어간 옛사람의 슬픔은 진실로 말문이 막히는 것이옵니다. 이 몸이 남은 목숨을 부지하고 감히 벼슬하여 위의를 갖추자는 것이 아니옵니다. 그저 살아서 대마도를 지나 부산의 한 쪽 끝이라도 바라볼 수 있다면 아침에 보고 저녁에 죽는다 해도 아무 여한이 없겠나이다.

이제 왜놈의 정상을 적은 것과 적의 괴수가 죽은 후의 놈들의 간계를 적어 함께 올리나이다. 엎드려 원하나이다. 전하께서는 소신이 못나게 목숨을 부지하고 살아 있었다하여 소신의 글월까지 버리지는 마시옵소서. 밤낮이 바뀌고 비바람이 몰아칠 때에 틈틈이 이 글을 읽으시고 일을 처결하신다면 참작하시어 후회할 일이 없고 나라에는 적지않이 도움이 될 것이옵니다. 엎드려 바라나이다. 전하께서는 유념하여 잘 살펴주시옵소서. 소신의 애통하고 절박한 마음이 헛되지 않기를 길이길이 엎드려 비오며 삼가 이 글월을 올리나이다.

만력27년(1599년 선조33년) 4월 10일(기해)

이 글을 읽는 동안 내내 머릿속을 맴도는 『논어』의 한 구절이 있다. "자왈 삼군은 가탈수야나 필부는 불가탈지야니라."(子曰三軍可奪帥也匹夫不可奪志也: 선생님께서 말씀하셨다. 삼군이나 되는 큰 무리의 군대에서 대장을 빼앗을 수는 있다. 그러나 하찮은 사나이일지언정 그의 가슴속에 품은 뜻은 빼앗을 수 없느니라.)

그렇다. 강항 선생은 이미 400여 년 전에 등원성와를 개종시키시듯, 오늘날 우리들 필부의 마음 속에 뿌리박힌 애국애족의 충정이 어떤 것인가를 우리에게 가르치시고 계셨던 것이다.

敵中封疏

宣務郎 前守刑曹佐郎 臣姜沆 齋沐百拜 西向慟哭 謹上言于 正倫
立極 盛德弘烈大王 主上殿下.(中略)

嗚呼 敗軍之將 尙不可以語勇 況臣被擄偸生於賊窟中 輒敢饒筆論
廟勝之得失 極知濫越 無所逃罪, 然竊伏惟 念昔人 有以尸諫者 臨死
而不忘獻策者, 苟有利於國家涓分 則亦不可以罪人而逐已也.

萬里鯨海之外 九重獸闥之上 或未洞燭此奴之奸僞 前後使蓋之出
入 不但往還恩遽 戒禁嚴密 所得或未詳備 被擄脫歸之人 又多氓隷之
徒 不分菽麥者 所聞見 或末端的, 玆敢冒昧陳錄 倭僧題判中 以倭諺
書塡處 臣卽以我國諺書謄註, 以便於諜人之探間 降倭之推問.(中略)

況被擄而圖後者 在昔忠臣烈士之 如文天祥朱序者 俱不得免, 前史
不以爲非 而予其全節者. 良以身雖被擄 而所未嘗被擄者 猶在也.

臣之陋劣 雖下古人萬分 而願忠之志 不讓古人一頭 螻蟻之命 一息
尙存 則犬馬之誠 萬折不已. 卽當百計逃還 就顯戮於王府之外 縱令
身首橫分 猶勝死葬蠻夷. 況醜奴情狀 已落臣阿堵中 萬一天假其便
釁有可乘 則卽當以不費之身 首三軍之路 憑國家之威靈 上雪山陵廟
社之恥 下洒秦臺燕獄之痛, 然後伏首司敗 以謝今日偸生苟活之罪.
此臣之按劍中夜 腸一日而九回者也.

嗚呼 遠托異國昔人所悲 眞箇歇後語也. 此生餘年 不敢望復覩漢官
威儀 而生過對馬島 望釜山一枝 而朝以至夕以死 更無絲髮餘憾矣.

其倭情所錄 及擬上賊魁死後 奸僞幷錄如左. 伏願 殿下勿以小臣之
偸活無狀 而竝棄其言. 陽開陰闔 雷厲風飛 間以此書從事 則於折衝
禦侮之 廟筭不無少補矣. 伏惟 殿下試留神澄省焉.

臣無任兢惶隕越 哀痛迫切之至 謹奉疏以聞.

萬曆二十七年四月十日(己亥)

허균(許筠)의 도문대작(屠門大嚼)

　사람이란 원래 착한 행실만 하는 것도 아니고 또 좋지 못한 행실만 하는 것도 아니지만, 그래도 한 사람의 일생을 두고 보면 옳게 살려고 애쓴 자취가 밝혀지는 법이어서 그것을 보고 그 사람을 추모하고 그의 행적을 현양하는 것이다.

　그런데 홍길동전(洪吉童傳)을 지었다고 알려진 허균(許筠, 1569 선조 2~ 1618 광해군 10)의 일생을 보면 그가 정말로 무엇을 옳다고 생각하며 살았는지 도무지 종잡을 수가 없다. 동지중추부사를 지낸 그의 아버지 허엽(許曄)은 사류의 사범으로 추앙을 받았으며, 예판・이판을 지낸 그의 맏형 허성(許筬)은 충직한 성품과 예의를 갖춘 행실로 당대 선비들의 촉망을 받는 인재였다. 그의 둘째 형 허봉(許篈)은 비록 일찍 요절하였으나 인품과 문장으로 세상의 아낌을 받았고 허난설헌(許蘭雪軒)은 그의 손위 누이로 당대 일류의 여류문사였다. 이렇게 좋은 집안에서 태어나 유복하게 성장한 허균은 과거에 급제하여 벼슬길에 나아가기까지는 순탄한 삶을 살았다.

그러나 1597년 문과중시에 장원급제하면서부터 1618년 모역죄로 사형에 처해지기까지 20여 년의 벼슬생활은 혼잡한 기행과 범법의 연속이었다. 비록 좌참찬이란 높은 벼슬자리까지 올랐으나 그의 사람됨은 면종복배, 책임전가, 험사간망(險邪奸妄), 요악첨부(妖惡諂附), 반간모략, 시험부정, 공금사취 등 온갖 못된 짓은 골라가며 저지른 것으로 되어 있고 오직 좋은 점이라면 대단히 명석한 머리와 민첩한 행동, 그리고 전고(典故)에 밝을 뿐만 아니라 기가 막히게 글을 잘 지은 것으로 되어 있다. 또 그는 우리나라에 천주교(天主敎)를 최초로 소개한 사람으로도 알려져 있다. 그가 1610년(광해군 2)에 진주부사로 명(明)나라에 갔다가 천주교의 기도문인 십이단을 얻어 왔기 때문인데 그는 늘 이렇게 새로운 지식과 사상에 열린 마음을 가지고 신명나는 세상을 만들겠다는 부푼 꿈을 가진 환상적 혁명아이었던 것 같다.

이 도문대작(屠門大嚼)도 우리나라의 육해산(陸海産) 음식명(飮食名)을 모두 정리해 보겠다는 분방하고 기발한 착상의 글이다. 그렇다면 결국 글과 사람은 같은 것인가?

푸줏간 앞에서 크게 입맛 다시며

우리 집은 비록 가난하기는 하였으나 아버님이 생존해 계실 때에는 사방에서 나오는 맛있는 음식을 예물로 바치는 사람이 많았다. 그래서 나의 어린 시절에는 온갖 진귀한 음식을 갖추어 먹을 수 있었고, 성장하여서도 그런 대로 집안이 커져서 육지나 바다에서 나오는 맛있는 음식을 두루 찾아 먹을 수 있었다. 임진년 난리에 병화를 피하여 북쪽에서 강릉으로 돌아오니 생업이 아주 다르고 사는 것이 엉망이 되어 아무것이나 닥치는 대로 먹게 되었다. 그 무렵 북관 남철익(南徹益)은 죽으로 끼니를 때우는 것을 보았다. 그래서 그 후로 우리나라에서 나오는 것으로 고기라면 먹지 못할 것이 없고 풀이라면 씹지 못할 것이 없다고 여기게 되었다.

식욕과 성욕은 인간의 타고난 본성이요, 더구나 먹는 것은 목숨을 부지하는 데 꼭 필요한 것이다. 옛날에 성현들이 음식을 천하다고 말씀하신 것은 그것을 너무 밝혀 탐하는 것을 지적한 것이지 어찌 먹는 것과 씹는 것을 그만두라고 한 것이겠는가. 그렇지 않다면 여덟 가지 진귀한 음식이라는 것을 어찌하여 예기(禮記)와 경서(經書)에 적었을 것이며, 또한 맹자는 물고기와 곰발바닥을 나누어주었겠는가. 내가 일찍이 하씨식경(何氏食經)과 순공식단(郇公食單)을 읽어보니 두 분이 모두 천하의 맛있는 음식을 찾았을 뿐만 아니라 풍부하고 사치함이 극에 이르렀으므로 그 종류가 심히 많아 만 가지나 헤아릴 정도였다. 그것을 간추려 보니 어떤 것은 단지 이름만 아름답게 지어 으리으리한 것처럼 눈부시게 할 뿐이었다.

우리나라는 비록 편벽된 곳에 자리하였으나 넓은 바다로 둘러싸이고 높은 산이 솟아 있어 물

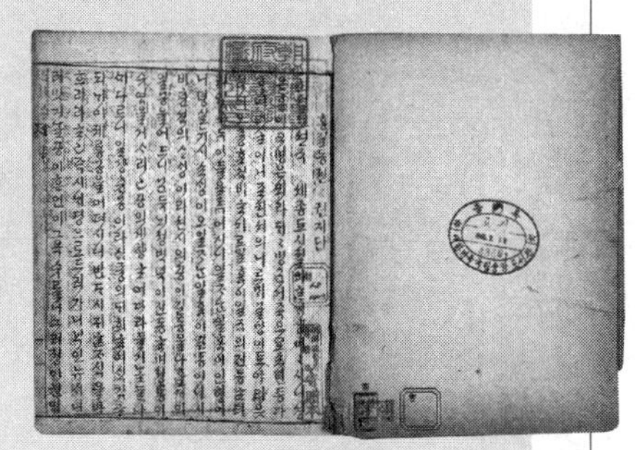

홍길동전

산이 풍요하다. 만일 앞의 두 분이 우리나라 물산을 예로 들어 구별한다면 그것 역시 만 가지는 헤아렸을 것이다. 내가 나라에 죄를 지어 바닷가에 귀양살이 할 때에 겨죽도 얻어먹지 못할 지경이었다. 음식을 담당한 사람이 겨우 썩은 고기, 상한 생선, 쇠비름, 들미나리 같은 것을 가져다 주었는데 그것마저 하루 한 끼니 뿐이었다. 그래서 나는 온종일 배를 어루만지며 지난 날에 산해진미도 먹기 싫어하던 것을 생각하면서 입으로는 군침을 질질 흘리곤 하였다. 비록 내가 맛보고자 하나 그것은 아득히 멀리 있는 천왕모의 복숭아와 같으니 내 몸이 동방삭(東方朔)이 아닌 바에야 어찌 그것을 훔쳐낼 수 있을 것인가. 내가 할 일이란 고작 음식의 종류를 나열하여 적어 놓았다가 때때로 그것을 보며 고기산적 한 점을 먹는 것처럼 하는 것이리라.

쓰기를 마치고 이 글을 이름하여 "푸줏간 앞에서 크게 입맛 다시며"라고 하였다. 무릇 세상에 공명을 얻은 사람들이 입에 맞는 좋은 음식으로 사치하려는 것을 경계하고자 함이다. 사치가 지나쳐 절도를 잃고 부귀영화를 누린다한들 (그것이 무슨 소용이랴) 영원할 수 없다는 것이 오로지 이와 같을 뿐이다.

신해년(1611) 4월 21일 성성거사 지음

다시 한번 글과 사람이 같은가 다른가를 생각하게 한다. 허균은 분명히 〈절도를 잃은 부귀영화는 오래가지 않음〉을 경계하기 위하여 이 글을 짓는다고 끝마무리 말을 하고 있다. 그렇다면 허균의 생애도 〈절도를 잃지 않은 선비의 삶〉을 보여주었어야 옳은 것 아닌가?

진정으로 글과 사람이 같은 것인가?

屠門大嚼

余家雖寒素 而先大夫存時 四方異味 禮饋者多 故幼日備食珍羞 及長贅豪家 又窮陸海之味. 亂日避兵于北方歸江陵 外業殊方 奇錯因得 歷嘗而釋褐浚 南北官轍盆 以餬其口 故我國所産無不嚌 其後而嚼其英焉.

食色性也 而食尤軀命之關 先賢以飲食爲賤者 指其饕而徇利也. 何嘗廢食而不啖乎. 不然則八珍之品 何以記諸禮經 而孟軻有魚熊之分耶. 余嘗見何氏食經及郇公食單 二公皆窮天下之味 極其豐侈 故品類甚夥 以萬爲計 締看之 則只是互作美名 爲眩耀之具已.

我國雖僻 環以巨浸 阻以崇山 故物産亦豐饒 若用何韋二氏 例換號而區別之 殆亦可萬數也. 余罪徙海濱 糠粃不給 飣案者 唯腐饅腥鱗 馬齒莧野芹 而日兼食 終日抿腹 每念昔日所食 山珍海錯飯 而斥不御者 口津津流饞涎 雖欲更嘗 邈若天上王母桃 身非方朔 安得偸摘也. 遂列類而錄之 時看之 以當一嚼焉.

旣訖名之 曰屠門大嚼 以戒夫世之達者 窮侈於口 殄不節 而榮貴之 不可常也 如是已.

辛亥四月二十一日 惺惺居士 題

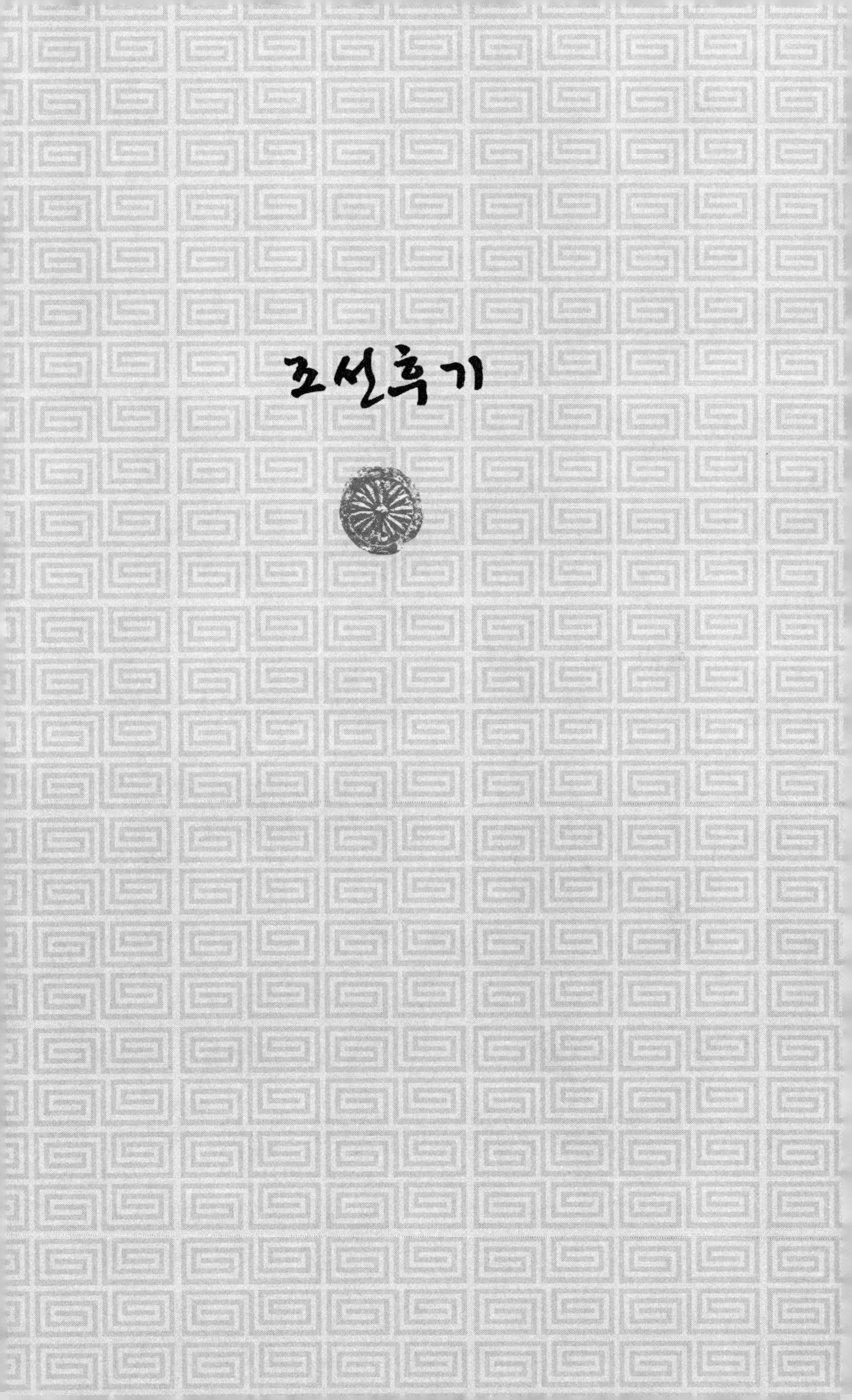

조선후기

김상헌(金尙憲)의 군옥소기(群玉所記)

가노라 삼각산아 다시보쟈 한강수야
고국산천을 써나고쟈 ᄒ랴마ᄂᆞᆫ
시절이 하 수상ᄒᆞ니 올동말동 ᄒᆞ여라

청음(淸陰) 김상헌(金尙憲, 1570 선조3~1652 효종3)이 이 시조를 읊으며 청나라로 잡혀가던 해는 1637년 병자호란이 일어난 다음해, 그의 나이 이미 예순 일곱에 이른 노인이었다.

그는 스물일곱 살 때 정시문과에, 서른아홉 살 때 문과중시에 급제하면서 벼슬살이를 하였다. 그는 서인(西人)에 속하였으나 인조반정에는 가담하지 않은 청서파의 영수였다. 초년에는 정언, 교리, 직제학 등을 지내다가 광해군 7년(1615) 46세 때 왕의 뜻에 거슬리는 전문을 지은 죄로 파직되어 양근의 석실로 돌아가 전원생활을 하였다. 10년만인 인조2년(1624) 55세 때에 다시 등용되어 대사간, 대사헌, 대사성, 대제학 등을 거쳐 예공형리의 각조판서를 두루 역임하면서, 시사에 임하여 공평치 않음이 없고 시무를 논함에 정명(正明)치 않음이 없었다. 정묘호란(1627) 이후에는 양관(兩館) 대제학, 이조판서의 자리에 있으면서 한결같이 척화(斥和)를 주장하다가 또다시 양근서재(陽根書齋) 석실선인(石室仙人)의 주인노릇을 하였다.

드디어 병자호란(1636)이 터졌다. 청음은 분연히 남한산성에 갇혀 지내는 인조(仁祖)를 찾아뵙고 어떠한 일이 있어도 척화(斥和)를 지켜나가자고 진언하였다. 지천(遲川) 최명길(崔鳴吉)은 그때 주화(主和)를 주장하면서 청나라에 화의를 도모하자는 취지의 「대청국서(對淸國書)」를 초(草)하고 있었는데 그 글을 본 청음은 격분을 이기지 못하고 통곡하며 그 국서를 찢어버리며 척화를 상주하였다.

그러나 대세는 이미 청(淸)과의 강화가 피할 수 없는 길이었다. 임금이 산성을 나와 치욕의 발길을 떼자 청음은 망배통곡하며 안동 땅 학가산(鶴駕山)으로 들어가 묻혀 지내다가 드디어는 심양(瀋陽)으로 잡혀갔다. 위의 시조는 그때 읊은 것으로 전해온다.

심양 북관(瀋陽北館)에 갇혀 있을 때, 청음과 지천은 시를 창수하며 서로 마음을 나누다가 서로서로 주화(主和)와 척화(斥和)의 참뜻을 알고 나라 사랑의 우의를 더욱 돈독히 하였다고 한다. 그렇지만 심양에서 풀려나 고국으로 돌아오게 되었을 때, 청음은 청제(淸帝)에게 배례(拜禮)하는 것을 끝내 거부함으로써 초지일관 수경(守經)의 길을 굳게 지켰다. 효종(孝宗)이 등극하자 그에게 북벌의 의지를 굳히도록 진언했음은 두말할 필요도 없다. 효종의 묘정에 배향되었다.

　여기에 석실주인 시절에 한유한 마음으로 쓴 옥인장(玉印章) 사랑의 이야기를 옮긴다.

군옥소(群玉所)이야기

　청음거사(淸陰居士, 김상헌)는 도장 수십 개를 가지고 있다. 그것들은 모두 옥(玉)에 새긴 것인데 도장함에 차곡차곡 쌓여 눈부신 옥빛을 뿜어내고 있다. 나는 그것을 수건으로 깨끗이 닦고 싸서 금대산(金臺山) 석실(石室)안에 넣어 놓고 이름짓기를 군옥지소(群玉之所)라 하였다.

　나의 천성이 원래 소박하고 어리무던하여 평생토록 특별히 보배처럼 아끼고 좋아하는 것도 감추어 쌓아두는 것도 없으나, 오로지 이 옥도장들만은 즐기고 좋아하였는데 마치 바람둥이가 여색을 좋아하는 듯이 하였다.

그러므로 이 세상에 달리 좋아하는 것이 있다 하여도 나는 결코 내 뜻을 바꾸고 싶지 않다.

　그 도장들은 하나하나가 (특별하다) 옥의 재질에 따라 형태가 다르고 형태에

김상헌 유허비각

따라 전자(篆字) 글씨가 다르며 전자글씨에 따라 필세(筆勢)가 다르다. 그러나 다르다고 해도 다르지 않음이 있고, 같다고 해도 같지 않음이 있다. 네모진 것은 구법(矩法: 굽은 것을 재는 원리와 기술)에 맞지 않음이 없고, 둥근 것은 규법(規法: 둥근 것을 재는 원리와 기술)의 원칙을 충실히 따랐다.

긴 것은 조붓하면서도 가느다랗고자 하였고, 큰 것은 씩씩하면서도 의젓하려 하였으며, 메말랐다하여도 엉성하지는 않고 풍만하다 하여도 빽빽하지는 않으며 굽었다고 하여도 곧곧한 맛을 버리지 않았고, 조금 이상스럽다 해도 반듯한 느낌을 해치지 않았으니 이것이 모두 도장의 법도를 지킨 것이다. 그 형상 모양에 따라 제 각기 고유한 품격이 있으니 흠집과 어여쁨이 갖추어 드러나고 하품 옥인지 상품 옥인지를 감추려하지 않는다. 언제나 맑게 갠 날 햇볕이 따뜻할 때에는 앉은자리 주변을 깨끗이 쓸고 책상도 정갈하게 닦은 다음, (그 도장들을) 좌우에 늘어놓고 손으로 쓸고 어루만지며 감상하노라면 (이것이야말로) 진실로 예술을 사랑하는 사람의 맑은 감상이요, 문사가 거처하는 방안에 갖추어 놓은 비장의 보배가 아니겠는가.

그 첫 번째는 김상헌인(金尙憲印)이라 새긴 것인데 곧 거사의 성명이다. 그 모양은 네모 반듯하고 거기에 쓰인 전자체(篆字體)는 여러 가지를 고루 섞었으며 그 글자의 획은 양각이고 네 글자 가운데 세 글자는 크고 한 글자는 가늘게 되었는데 그 모양이 검을 현(玄)자를 연상시킨다. 이것이 모두 가득 찬 것은 변하여 모자란 것을 채우는 대지 자연의 원리 곧 지도의 운용을 그리려 한 것이다.

그 다음에는 숙도(叔度)라 새긴 것인데 곧 거사의 자(字)이다. 그 모양은 첫 번째 것과 같으며 글씨는 대전체(大篆體)이고 글자의 획은 음각인데 아주 고풍스러워서 화려한 맛이 없다. 마치 강도에서 벼슬한 동중서(董仲舒)의 학문이 순정하지 않은 것은 아니나 정밀한 맛은 다소 떨어지는 것을 연상시킨다. 또 그 다음 것은 청음(淸陰)이라 새긴 것인데 곧 거사의 호(號)이다. 네모형이고 힘줄 같은 옥인데 양각이다. 그 모양은 두 명의 어린이가 나란히 짝지어 밭갈이하고 그 중간에 옥자루 도끼가 있는 듯. 주상(周庠: 주나라 때 학교)에서 작무(勺舞: 어린이 춤)를 추고 있는 듯도 하여 그 어린이의 모습이 그럴 듯 볼만하다.(중략)

이러한 것들이 드러내어 말할 수 있는 것이요, 이 외에도 몇 개의 도장이 있는데 그것들 하나 하나가 매우 섬세하고 보기 좋다. 마치 왕사가(王謝家: 중국 진(晉)나라의 명문가, 왕가와 사가)의 정원에 들어간 듯하여 보이는 것마다 고귀한 난초[芝蘭] 아닌 것이 없고, 고귀한 나무[玉樹]가 아닌 것이 없는 듯하니 그 모양을 이루다 묘사할 길이 없다. 아하, 그림과 글씨의 오묘한 이치를 모두 통달하지 않은 사람이라면 누가 능히 나의 이러한 보물에 대하여 언급할 수 있으랴. 무료함을 달래는 뜻으로 이 글을 적어 도장 즐기는 이들과 함께 기쁨을 나누고자 한다.

옛날 선비들은 무슨 취미가 있었을까? 지필묵연과 관련된 선비의 향기는 어떤 것이었을까? 그 궁금증을 청음(淸陰)의 이 인장(印章)이야기에서 해소하게 되었다. 선비의 혹애가 어찌 인장 하나 뿐이랴마는 어쩌면 인장이 그 전부라해도 과언이 아닐 듯싶다. 선비의 벗이 시서화일진대 또한 낙관없는 시서화가 없을 것이니 인장은 선비가 사랑하는 처음이요 마지막이 아닐런가? 이런 수필을 더 찾아 읽을 일이다.

群玉所記

清陰居士有章數十枚 欹厥次玉 纍纍滿函 燦然爛然 巾之襲之閣之
于金臺之山石室之內 命曰群玉之所.

居士性樸拙 平生無玩好無藏畜 獨於此嗜之 若淫者之好好色 雖有
他好 不與易也. 每章隨質異形 隨形異篆 隨篆異勢 異有不異 同有不
同 方以盡矩 圓以盡規 長者欲其狹而細 大者欲其莊而儼 瘦不失之
疏 豐不失之密 曲而不畔於直 奇而不害於正 皆法也. 依形肖貌 各有
題品 疵美具著 珉瑜不掩 常遇晴簷暖日 掃席拂几 陳列左右 摩挲手
弄 眞藝苑之清玩 文房之祕珍也.

其一曰某印者 居士姓名也. 厥形方 厥篆錯 厥畫陽 四字之中 三字
大一字細 而狀類之玄 有地道變盈流謙之象.

次曰叔度者 居士字也. 厥形同上 厥書大篆 厥畫陰 古而不華 如董
江都學問 非不純正而少精采. 曰清陰者 居士號也 方形也 玉筋也 陽
畫也 其象如二童子綴耦 間植玉戚周庠舞勺 幼儀可觀.(中略)

茲其表表可述者 此外若干枚 箇箇精好 如入王謝家階庭 所見無非
芝蘭玉樹 不可殫狀. 嗚呼 非盡圖書之妙者 其孰能與論於此乎 聊記
之 與同好者共之.

김육(金堉)의 해동명신록(海東名臣錄)

　대동법(大同法)이란 조선왕조 후기에 시행되었던 가장 합리적인 세법이었다. 1608년(광해군원년) 경기도에 처음 실시한 이래 1708년(숙종 34年)에 황해도에 마지막으로 시행하기까지 장장 100년에 걸쳐 전국8도에 점진적으로 확대실시된 이 제도는 토지 1결당 백미 12두만을 납부케 하는 세제였다. 이 제도로 말미암아 공물(貢物)·진상(進上)·관수(官需)·쇄마(刷馬) 등 각종 명목으로 잡다하게 거두어들이던 여러 가지 세목이 단일화 되어 세제상의 일대개혁을 이룩함으로써 그 동안에 자행되던 여러 가지 폐단을 씻어낼 수 있었다. 이 대동법은 1894년(고종 31년) 근대화된 세제개혁으로 지세(地稅)에 병합될 때까지 조선조 후기를 지탱한 납세 및 재정의 근간이었다.

　이러한 대동법의 시행에 공헌을 한 분은 누구일까? 곧 잠곡(潛谷) 김육(金堉, 1580 선조 13 ~ 1658 효종 9)이다.

　잠곡(潛谷)은 인조 즉위년(1623)에 금오랑에 임명되어 벼슬살이를 시작하였고, 성균관 대사성, 홍문관 부제학, 승정원 도승지, 사헌부 대사헌 등을 거쳐 효종 즉위년(1649)에 우의정에 오른 후 은퇴하기까지 좌의정·영의정을 차례로 역임하였다. 잠곡은 무엇보다도 경세에 뛰어난 인물이었다. 그는 인조·효종 양대 중에 네 차례에 걸쳐 청(淸)나라에 다녀오면서 화폐(상평통보)의 주조이용(1644~51), 마차 및 수차의 제조·보급(1644~49) 시헌력(時憲曆)의 수용실시(1649~53) 등을 강력히 추진하였고, 특히 대동법의 시행을 위해서는 필생의 사업으로 심혈을 기울였다. 운명의 자리에서도 전라도의 대동법안을 유언으로 상소할만큼 강한 의지와 집념을 보였다. 그의 사후에 "평생에 경제를 스스로의 임무로 삼았으며 대동법의 실시를 위한 논쟁으로 인하여 수명을 단축시켰다."고 적은 사관(史官)의 졸기(卒記)는 잠곡(潛谷)이 얼마나 대동법을 위해 노심초사하였는가를 말해준다.

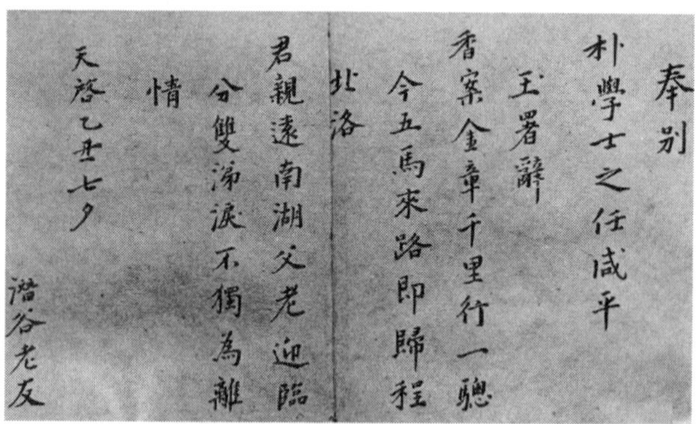

김육 필적

그러나 이와 같은 잠곡의 경세관(經世觀)은 폭넓은 인문학적 기반과 투철한 역사의식이 밑받침되었기에 가능한 것이었다. 잠곡필담(潛谷筆談), 잠곡유고(潛谷遺稿) 등 그의 저서가 이러한 사실(史實)을 입증하거니와 해동명신록(海東名臣錄) 같은 책은 잠곡이 선대의 인물에 대해서도 얼마나 깊이 있는 이해와 애정을 지니고 있었는가를 알 수 있다.

해동명신록은 나려이대(羅麗二代)에 설총(薛聰), 최치원(崔致遠), 최충(崔沖), 안유(安裕), 정몽주(鄭夢周), 길재(吉再) 등 여섯 분을 포함하여 조선조 중엽에 이르기까지 총 321분의 인물을 소개하고 있다. 이 책을 통하여 우리는 역사를 공부한다는 것과 선대의 인물을 배운다는 것이 둘이 아니요 하나임을 깨닫게 된다.

이제 해동명신록의 첫머리를 장식한 설총이 어떻게 소개되었는가를 살펴보기로 하자.

설총(薛聰).

설총공은 원효대사의 아들이다. 태어나면서부터 총명하고 민첩하였다. 자라면서 널리 배워 익혔고 글짓기와 글 쓰기를 모두 잘하였다. 우리말로 아홉 가지 경서(經書)를 쉽게 풀이하여 후배들을 가르쳤다. 또 우리말로 읽을 수 있는 이두문(吏讀文)을 지어 관청에서 사용하게 하였다. 일찍이 신문왕(神文王)께서 한가로움을 즐기실 때에 설총을 불러 말씀하시기를 "오늘은 마침 장마 비도 그치고 바람도 시원하게 부니 이런 때에 재미있는 이야기로 답답한 기분을 풀어버리면 좋겠구료. 그대는 필경 특별한 얘기가 있을 것이니 나를 위해 들려주지 않겠소.”하였다. 이에 설총이 대답하기를 “신은 다만 들은 얘기일 뿐이옵니다.”하고 다음과 같은 이야기를 하였다.

〈옛날 옛날에 화왕(花王, 모란꽃)이 처음 왔을 때의 일이옵니다. 향원에 심어 푸른 장막으로 감싸 키웠더니 춘삼월이 되자 화왕은 예쁘게 피어났습니다. 온갖 다른 꽃들과는 비교가 안되게 아름다웠습니다. 그러자 아름답고 요염한 꽃들이 다투어 화왕을 찾아와 뵙고자 하였습니다. 이때에 한 아름다운 여인이 있는데 이름은 장미라 하였습니다. 발그레한 얼굴과 옥같이 흰 이(齒)에 예쁘게 꾸민 단정한 옷을 입고 맵시 있는 걸음걸이로 걸어나와 날아갈 듯한 모습으로 절하며 말하였습니다. “신첩은 임금님의 드높으신 덕망을 들자옵고 찾아왔습니다. 원컨대 향기로운 장막 안에서 잠자리를 모시고자 하나이다. 임금님께서는 신첩을 거두어 주시겠습니까?” 그러자 한 사나이가 나서는데 이름은 백두옹(白頭翁, 할미꽃)이라 하였습니다. 베옷에 가죽띠를 두르고 흰머리에 지팡이를 짚고 초라한 모습으로 어슬렁거리며 걸어나와 말하였습니다. “소신은 서울성 바깥 큰길가에 살고 있습니다. 상감 좌우에서 맛있는 음식을 공궤하고 또 그것을 풍족하게 갈무리해 둔다 하여도 반드시 좋은 약이 있어야 합니다. 그러므로 옛글에 이르기를 ‘비록 좋은 베옷이 있다하여 골풀로 짠 나쁜 옷을 버려서는 아니 된다.’고 한 것입니다. 상감께오서는 이 말이 가르치는 바를 짐작치 못하십니까?” 이 말에 화왕은 대답하였습니다. “장부의 말에도 역시 합당한 도리가 있구료. 허나 아름다운 여인은 만나기가 쉽지 않으니 장차 어찌하면 좋겠소?” 그러자 장부가 다시 말하였습니다. “무릇 임금 노릇하는 분은 노성한 이를 가까이하면 흥하는 것이고, 요염한 여인을 좋아하면 망하는 것인데, 요염한 여인과는 어울리기 쉽고 노성한 이와는 친하기가 어려운 법입니다. 이런 까닭에 하희(夏姬)가 진(陳)나라를 망하게 하였고, 서시(西施)가 오나라를 멸망시켰으며 맹가(孟軻)가 불우하게 세상을 마쳤고, 풍당(馮唐)이 낭관(郎官)으로 늙었소이다. 예부터 이와 같았으니 소신은 달리 드릴 말씀이 없소이다." 이 말에 화왕은 드디어 사과하며 "내가 잘못하였소." 하였습니다.〉

이렇게 이야기를 마치자 신문왕께서는 추연히 낯빛을 고치며 말씀하시기를 "그대의 말에는 풍자의 뜻이 깊고 간절하구료. 그 이야기를 글로 써 주오. 내가 경계의 글로 삼겠소." 하였다.

설총공은 벼슬이 한림(翰林)에까지 이르렀고, 고려 현종 때에는 홍유후(弘儒侯)로 추봉되고 문묘에 배향하게 되었다.

시대의 변화는 우리로 하여금 해동명신록의 후속편을 짓도록 요구하고 있다. 잡곡이 세상을 떠난 17세기 후반에서 20세기 초까지는 해동명신록 후편을 지어 나라에 벼슬살이한 관료들을 헤아릴 것이려나와, 1910년 이래 현재에 이르기까지는 무슨 제목으로 지어야 할까? 일제기간 중에는 항일열사전(抗日烈士傳)이라 할 수 있겠으나 1945년 이후에는 또 무엇이라고 할 것인가? 새 시대의 새로운 군신은 분명히 정부 관료의 범위를 넘는 것이니 나라를 이끌어 간 명사(名士)들에 관한 책은 그에 합당한 제목이 붙여져야 하리라. 함께 생각해 보아야 할 것이다.

海東名臣錄 卷之一 薛聰

公元曉之子 生而明銳 旣長博學 善屬文能書 以方言解九經義 訓導後生 又以俚語製吏札 行於官府 神文王嘗燕居 引聰謂曰 "今日 宿雨初歇 薰風微凉 高談善謔 可以舒鬱 子必有異聞 蓋爲我陳之." 聰曰 "唯臣聞"

〈昔花王之始來也, 植之香園, 護以翠幕, 當三春而發艶凌百花而獨出於是. 艶艶之靈, 夭夭之英, 無不奔走上謁. 忽有一佳人, 名曰薔薇 朱顔玉齒, 鮮粧靚服, 伶俜而來, 綽約而前曰 '妾聞王之令德, 願薦枕於香帷, 王其容我乎!' 又有一丈夫, 名曰白頭翁 布衣韋帶, 戴白持杖, 龍鍾而步, 傴僂而來曰 '僕在京城之外, 居大道之旁, 竊謂左右供給膏粱 雖足巾衍儲藏, 須有良藥. 故曰雖有絲麻, 無棄菅蒯, 不識王亦有意乎.' 王曰 '丈夫之言, 亦有道理, 而佳人難得, 將如之何.' 丈夫曰 '凡爲君者, 莫不親近老成而興 呢比夭艶而亡 然而夭艶易合 老成難親 是以夏姬亡陳 西施滅吳 孟軻不遇以終身, 馮唐郎潛而皓首, 自古如此, 吾其奈何' 花王謝曰 '吾過矣'〉

於是, 王愀然作色曰 "子之言, 諷諭深切, 請書之, 以爲戒." 官至翰林 高麗顯宗時 贈弘儒候 從祀文廟.

장유(張維)의 계곡만필(谿谷漫筆)

16세기말 임진왜란(1592~1598)의 7년전쟁을 치르고 숨도 고르기 전에 정묘(丁卯, 1627)와 병자호란(丙子胡亂, 1636)의 소용돌이를 겪게 된 조선조 사회는 새로운 국제질서에 적응하기 위한 몸 가누기가 시작되었다. 선조 후반과 광해군10년 그리고 인조 전반에 걸친 약 반백년의 세월이었다.

정치·경제·군사·문화 등 제분야의 전범(典範)이라고 믿었던 중화의 명나라가 오랑캐 족속의 하나였던 청나라에 여지없이 무너지고 사대모화(事大慕華)의 명분과 현실외교의 실리 사이에서 머뭇거리던 인조조정은 청태종의 공격에 무참하게 깨지어, 삼전도(三田渡)에서 삼배구고두(三拜九叩頭)의 예를 올리는 치욕을 감내하였다.

다시 말하여 청이 새로운 화(華)의 위치를 차지하게 된 것이다.

이러한 시대에 계곡(谿谷) 장유(張維, 1587 선조 20~1638 인조 16)가 살았다. 관향(貫鄕)이 덕수(德水)인 그는 흥미롭게도 아랍계 귀화인의 후손이다. 덕수 장씨의 시조 백창(伯昌)은 원나라 세조 때 원(元)의 벼슬아치로서 고려에 시집오는 노국공주(魯國公主)를 배행하여 우리나라에 와서 정착한 아랍인이다. 그로부터 400년 세월에 그 집안은 서인계 유학자의 계통을 이으며 명문(名門)으로 성장하였다.

계곡은 사마시를 거쳐 광해군 1년 23세 때 문과에 급제하여 주서, 검열 등을 지내다가 광해군 4년에 무옥(誣獄)에 연루되어 파직을 당하였다. 그 뒤 인조반정에 가담하여 정사공신이 됨으로써 다시 벼슬길이 트이었다. 대사간, 대사헌, 대사성 및 예조·이조판서를 역임하였다. 1631년 45세 때 그 딸이 봉림대군에게 시집가니 뒷날 그는 효종의 국구가 되었다. 시·서·화, 천문·지리·의약·병술 등 다방면에 거칠 것이 없는 다재다능의 박학이었다. 자연히 성리학 일변도가 아니어서 양명과 도불에도 일가견을 지닌 이른바 변혁기에 균형감각을 지닌 조선조 지식인이었다. 많은 글을 남겼으나 불행하게도 정묘호란 때 산일(散逸)되어 남아 있는 것이 많지 않다. 여기에는 만필(漫筆) 속에 들어 있는 한 편의 글 남초설(南草說)을 옮겨본다.

남초(南草: 담배)에 대하여

남령초(南靈草)의 연기를 피워 마시는 법은 본래 일본에서 건너온 것이다. 일본사람들은 그것을 담박괴(淡泊塊)라고 부르는데 그 풀이

생산되는 남양 여러 나라에서 그렇게 부르기 때문에 생긴 말이다. 우리나라에서는 20년 전쯤부터 피우기 시작했는데 오늘에 이르러 위로는 공경대부(公卿大夫)로부터 아래로는 상여 메고 꼴 베는 초동(草童)에 이르기까지 피우지 않는 이가 없게 되었다.

그 풀은 『본초강목(本草綱目)』에도 보이지 않고 그 밖의 다른 책에도 알려져 있지 않으나 그 성질과 기본특징은 그저 맛이 매우 쓰고 약간

장유(張維)

의 독성이 있다. 사람들은 그것을 씹거나 먹지는 않고 태워서 연기를 마실 뿐이다. 그 연기를 많이 마시면 정신이 어질어질하고 쓰러질듯 하기도 하는데 오래 피운 사람은 반드시 그렇지도 않다. 요즈음 세상에서는 (그 풀을) 피우지 않는 사람이 천명이나 백명 가운데 한 명이 될까 말까할 정도가 되었다.

얼마 전에 중국사람 절강성 자계 출신의 주좌(朱佐)라 하는 이를 만난 적이 있었다. 그가 말하기를 중국에서는 이 남초(南草)를 연주(烟酒)라 부르기도 하고 연다(烟茶)라 부르기도 하는데 백년 전에 이미 민중(閩中: 복건성 민후현 북쪽의 군) 땅에 퍼져 있었고, 오늘에 와서는 온 천하에 두루 퍼졌는데 붉은 코[赤鼻]를 치료하는 데에 매우 효험이 있다고 하였다. 내가 묻기를 이 물건이 메마르고 열이 많아

서 반드시 肺를 상하게 할 터인데 어찌 코를 치료할 수 있겠느냐 하였더니, 주씨가 말하기를 능히 체증을 풀어낼 수 있기 때문이라고 하였다. 그 말에도 역시 일리가 있는 듯하였다.

　내가 말하였다. "남초가 이렇게 세상에 널리 쓰이는 것으로 보아 머지않아 중국의 차(茶)와 같이 될 것이다. 차는 위진(魏晉)시대부터 널리 퍼지기 시작하여 당송(唐宋)시대에 이르러 두루 유행하고 오늘날에 와서는 드디어 온 천하 모든 사람들이 매일같이 일용하는바 되어 모름지기 벼곡식과 함께 쓰이게 되니 나라에서 전매하여 이익을 거두어들이게 되었다. 이제 남초의 유행도 어느덧 수십 년이 되었을 뿐 아니라, 그 번성함이 이미 차(茶)와 같이 되었으니 백년 뒤에는 차와 더불어 利를 다투게 될 것이다."

　옛날 남방 사람들은 빈랑(檳榔: 종려나무과의 키큰나무 및 그 열매)을 소중히 여겼는데 (그 빈랑을 먹으면) 취한 사람은 능히 깨어나고, 깨어있는 사람은 능히 취하며, 배고픈 사람은 배부르고, 배부른 사람은 배고프게 한다고 일컬었다. 대개 지극히 좋아하는 기호품이라 그 좋은 점을 칭찬함이 그렇게까지 말하게 되었을 것이다. 이제 세상에서 남초를 좋아하는 것도 역시 배고픈 사람은 능히 배부르게 하고, 배부른 사람은 능히 배고프게 하며, 추운 사람은 따뜻하게 하고, 더위를 느끼는 사람은 능히 서늘하게 한다고 말하니, 그 찬양이 저 빈랑을 칭찬하는 것을 능가하는 듯하니 그 또한 한갓 웃음거리가 될 만하다.

　세상에서 남초를 공격하여 말하는 이는 그것이 남쪽 오랑캐 지역에서 나온 것이요,『본초강목』에 기록되지 않았음을 구실로 삼으나 그것은 정당한 논의라 할 수 없다. 본초(本草)는 송나라 휘종(徽宗, 1100~1125) 때 편찬된 것으로 거기에 신농(神農)씨가 맛보았다고 하는 것도 (세상 약초 가운데에) 겨우 10분의 1 정도 밖에 아니 된다. 그 나머지는 모두 그 후에 발견된 것이며 당송(唐宋) 이래로 남만(南蠻)으로부터 선박을 통하여 들어온 것이 상당히 많다.

파고지(破故紙: 식물의 열매, 통증치료 및 정력제) 같은 것은 약 중에도 매우 요긴한 품목인데 이것도 남만의 배에서 들어온 것이다. 파고지라고 부르는 것은(음차표기이므로) 거기에는 아무런 뜻도 없다. 담박괴도 꼭 그와 같은 것이다. 대저 이 남초가 능히 사람에게 이익이 된다고 하나 나는 (그에 관하여) 아는 바가 없다. 그러나 과연 이익이 있다고 한다면 그것이 어디에서 왔는가를 굳이 따져 물을 필요는 없을 것이다.

우리나라에 담배가 퍼지기 시작한 것은 임진난이 끝난 1600년 여름, 그러니까 계곡(谿谷)의 나이 스무살 전후인 듯싶다. 그로부터 20여 년이 흐른 40대 후반에 계곡은 나라 안에 널리 퍼진 끽연의 실상을 보고 이 글을 쓴 듯하다. 21세기인 지금 '담배설'을 쓴다 해도 그 전래, 특성, 효능의 득실, 전매성 여부 등을 이 글처럼 간결하고 요령있게 설파할 수 있을까? 계곡의 혜안이 놀랍기 그지없다. 그런데 그가 회회아비의 후손이라니! 우리가 단일민족이라고 주장하는 것은 오로지 민족적 정체성을 확립하기 위한 정신무장의 촉매임을 거듭 깨달을 뿐이다.

南草說

南靈草吸煙之法 本出日本 日本人謂之淡泊塊 言其草出自南洋諸
國云 我國自二十年前始有之 今則上自公卿下至輿臺蕘牧 無不服之.
其草不見於本草 諸書未知 性氣及主治 但味辛似有小毒 人未嘗茹服
但燒煙吸之 吸多則亦令人暈倒 久服者不必然 世之不服者 僅僅千百
之一耳.

頃見華人朱佐浙江慈溪人也 言中國稱南草爲煙酒或稱煙茶 百年前
閩中已有之 今則幾遍天下 治赤鼻最有效 余問此物燥熱必傷肺 何能
治鼻 朱曰 能散滯氣故耳 其言亦有理.

余謂南草之用於世 殆將如中國之茶 茶自魏晉始著盛 行於唐宋 至
於今日 遂爲天下生民日用之 須與水穀同用 國家至榷賣收利 今南草
之行 甫數十年耳 其盛已如此 百年之後 將必與茶爭利矣.

古者南人重檳榔 謂醉能使之醒 醒能使之醉 飢能使之飽 飽能使之
飢 蓋酷嗜而稱美之耳 今世嗜南草者 亦言飢能使之飽 飽能使之飢
寒能使之煖 熱能使之冷 其稱之絶類檳榔 亦可一笑.

世之攻南草者 以出於蠻夷 非本草所載爲口實 此非通論也, 本草
宋徽宗時所纂 其經神農所嘗者 僅僅什之一 其餘皆後出者 而唐宋以
來 從蠻舶來者居多 如破故紙 是藥中要品 而出自蠻舶 破故紙之稱
絶無意義 政類淡泊塊 夫南草之能利益人 吾所未知果能有之 不當問
其所從來也.

김시양(金時讓)의 자해필담(紫海筆談)

　조선조 문신의 이상형은 어떤 인물일까? 첫째로 전적(典籍)과 경사(經史)에 밝은 선비이어야 할 것이다. 거기에 시문에 능한 문장가라면 금상첨화일 것이다. 둘째로 국난에 처하여 출장(出將)의 자세를 갖춘 선비이어야 할 것이다. 이런 분을 흔히 문무겸전이라 하였다. 그리고 셋째로 무엇보다 공사가 분명하여 끝내는 자신을 위하여는 삼간모옥(三間茅屋)으로 떳떳한 청백리이어야 할 것이다. 조선조는 농업을 기반으로 한 전근대의 경제체제이었으므로 원천적으로 재화가 부족하였다. 따라서 관리가 된다는 것은 청백리가 되는 길만이 바른길을 걷는 참 모습이었다. 사실 조선조 오백년은 이러한 청백리가 이끌어 왔다고 해도 과언이 아니다.

조선중기 선조·광해·인조 대에 걸쳐 활동한 문신 중에 위에 검토한 세 가지 조건에 부합하는 분에 하담(荷潭) 김시양(金時讓, 1581, 선조 14~1643, 인조 21)이 있다. 김시양은 초명(初名)은 시언(時言), 자는 자중(子中), 호는 하담이라 하였다 경주인으로 비안현감 인갑(仁甲)의 아들이다. 25세 때(1605, 선조 38) 정시문과의 병과에 급제하면서 벼슬살이를 시작하였다. 세자시강원의 여러 벼슬을 거쳐 31세 때 (1611, 광해 3) 전라도도사가 되어 향시를 주관하였을 때 시제(詩題)에 임금의 실정(失政)을 암시하는 내용이 들어있다는 혐의로 종성에 유배되었다.

그 후 43세 때 인조반정으로 풀려나 예조좌랑·병조정랑·수찬·교리 등을 역임하고 경상도와 평안도의 관찰사를 거쳐 51세에 병조판서에 올라 팔도도원수, 사도체찰사를 겸임하며 강력하게 척화를 주장하였다. 61세에 이르러 판중추부사 겸 판춘추관사가 되어 선조실록을 개찬하는 일에 참여했으나 안질로 실명에 이르자 부득이 사직하고 낙향하여 지내다가 세상을 하직하였다.

다음 글은 하담이 어떻게 운명에 순응하며 겸허한 인생을 살았는지, 그리고 얼마나 뚜렷한 역사의식의 소유자이었는지를 짐작하게 하는 짧은 글 두 편이다. 공교롭게도 자해필담의 제일 처음과 마지막 부분이다.

자해필담

◎ 만력 임자년(1612, 광해군 5)에 내가 시제 때문에 죄를 얻어 종성 (鍾城)에 귀양을 가게 되었다. 10월달이 되어 귀양지 종성에 도착하

였는데 한 달 남짓 지난 어느 날 꿈에 남쪽지방으로 유배지가 옮겨 진다는 꿈을 꾸었다. 읍의 이름은 아래 글자에 바다 해(海)자 있는데 평해(平海)같기도 하고 흥해(興海)같기도 하였으나 분명하지는 않았다. 그래서 나는 시 한 수를 지어 적어 놓았다.

외로운 신하 죄지은 이 몸 만번 죽어 마땅한데
하늘처럼 높고 땅처럼 넓은 임금님의 사랑으로
북녘 땅 변방의 모래바람을 떠나게 되었네
영남 땅 어느 곳, 매화꽃 대나무 밭에 돌아간 듯하여라

임금님의 은혜가 태산처럼 크고 무거운데
산넘고 물건너는 먼 길을 어찌 탓하랴
사람 사는 만가지 일이 도무지 꿈길이니
좋은 소식 꿈과 같기를 우두커니 기다리네

그로부터 일곱 해가 지난 무오년(1618, 광해군 11)에 북방 오랑캐의 난이 있어서 서북 지방에 귀양간 사람들을 남쪽 지방으로 옮기라는 명이 있었다. 나는 영해로 유배지를 옮겼다. 이에 이르러 꿈이 비로소 징험되었다. 길하고 흉하고 영화롭고 치욕스러움은 모두 미리 정하여지지 않은 것이 없는데 저 (부질없이) 경영하고 계획하고 도모하여 노력하는 이들이 생각하지 못함이 매우 심하구나.

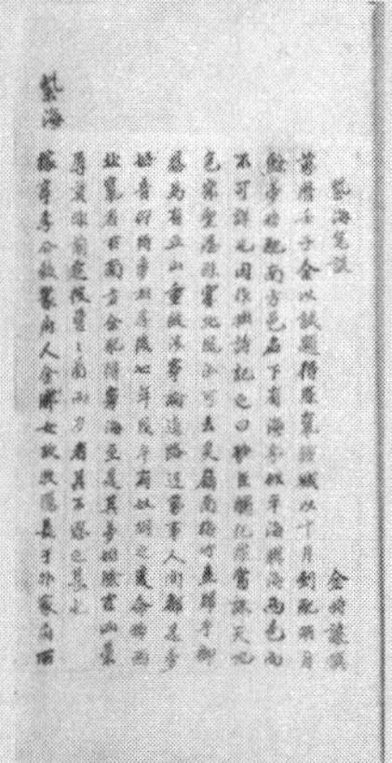

자해필담

183

◎ 한서(漢書) 무제기(武帝紀, B.C.141~B.C.88)를 고구해 보면 "조선이 항복하자 (그곳에) 진번 임둔 낙랑 현토의 사군을 설치하였다. 그리고 성제(B.C.33~B.C.8)초에 석현(石顯: 한나라 제남인)이 패하자 그와 교류하던 모든 사람을 모두 파직하고 오록충종(五鹿充宗)은 좌천시켜 현토태수를 시켰다."고 되어 있다. 또 한서 지리지에는 기록하기를 "현토군의 속현에 고구려가 있고 낙랑군의 속현에 조선 패수 대방현 등이 있다."고 하였다. 또 강목(綱目: 자치통감강목: 송나라 주자가 펴낸 사서)을 고구해 보면 "송나라 원가9년(A.D. 432) 가을에 위왕(魏王) 도(燾)가 연(燕)나라를 정벌하여 깨뜨리고 군대를 인솔하여 서쪽으로 돌아가면서 영구, 성주, 요동, 낙랑, 현토, 대방의 여섯 군민 3만호를 유주로 옮겼다."고 되어 있다.

이제 우리나라 역사를 (위의 기록과 관련하여) 살펴보기로 하자.

한(漢)나라 무제 때에 사군(四郡)을 설치하였다는 것은 근거가 있다. 그러나 만약 석현(石顯)이 무리를 쪼개어 배반하였다는 기록은 (문제가 있다.) 성제(成帝) 때는 고구려가 엄연히 나라를 이루고 있었으니 어찌 무제가 사군을 설치한 후에 또다시 동쪽의 땅을 다시 찾아 그 군읍에 중국 교민이 붙어살면서 다스리는 고을이 되었겠는가? 한 무제 때에는 고구려가 바야흐로 강성하여 풍홍암(馮弘庵)을 죽이고 요동으로 진출하여 그곳을 영토로 삼았으니 연나라 백성이 들어오고 옮겨가고 했을 리가 없다. 이것을 미루어 살펴보면 낙랑·현토·대방은 모두 요동에 있었고 처음부터 압록강 동쪽 땅에 있었던 것이 아니었다. 또 고구려, 조선은 나라이름인데 어째서 지리지에는 현토와 낙랑의 속현이라 하였는가? 이것을 미루어 보면 중국인들은 외국의 일을 자세히 알지도 못하고 들은 대로 적은 듯하다. 그러니 사실과 다른 일이 이렇게 많은 것이다.

　한 세상을 살다보면 어쩌다 꾼 꿈이 현실에서 절묘하게 들어맞는 경험을 한다. 꿈과 현실 사이에 보이지 않는 끈이 분명히 존재하는 것 같다. 이러한 체험을 근거로 하여 자신의 의식세계를 냉철하게 반성하고 분석하면서 세상살이를 이지적으로 대처할 것인가? 아니면 무력한 운명론에 빠져 의지와 희망을 상실할 것인가? 이 문제는 오로지 꿈을 꾸며 사는 우리들 각자의 몫일 것이다. 꿈이 그저 허황한 꿈으로 끝나지 않으려면 우리는 매일 매순간 조물주와 마주하여 그분의 음성에 귀 기울여야 할 것이다.

　그리고 우리가 윗 글 한사군(漢四郡)과 관련한 중국측의 글을 읽으며 꼭 알아두어야 할 것 한가지. 중국이 오늘날 동북공정을 벌이는 행위는 어제오늘에 국한하지 않다는 사실이다. 또 우리는 요동을 경영했던 웅혼한 기백을 지금도 지니고 있다는 사실이다.

紫海筆談

◎ 萬曆壬子 余以試題得罪竄鍾城. 以十月到配所 月餘夢移配南方 邑名下有海字 似平海興海兩邑 而不可詳也. 因作拙詩記之曰

孤臣觸犯罪當誅	御恩爲有丘山重
天地包容聖渥殊	跋涉寧論道路迂
塞北風沙可去矣	萬事人間都是夢
嶺南梅竹盍歸乎.	好音佇待夢相孚.

後七年戊午 有奴胡之變 命移西北竄者於南方 余配得寧海. 至是其夢始驗 吉凶榮辱 莫非前定 彼營營圖 而力者其不思之甚也.

◎ 按漢書武帝紀“朝鮮降 置眞藩臨屯樂浪玄菟郡. 成帝初石顯敗 諸所交結 皆廢罷 五鹿充宗左遷玄菟郡太守”地理志云“玄菟郡屬縣 有高句麗 樂浪郡屬縣 有朝鮮浿水帶方等縣.”

又按綱目“宋元嘉九年秋 魏主燾伐燕破之 引兵西還 徙營丘成周遼東樂浪玄菟帶方 六郡民三萬戶於幽州.”考之東國史 武帝之建置有據 而若石顯黨分背之事 成帝時高句麗境土固自如 豈武帝建置之後 旋復爲東土 而郡邑爲僑寓寄治之所耶. 太武時 高句麗方盛 殺馮弘庵 遼東而有之地 無入燕被徙之理. 由是觀之 樂浪玄菟帶方皆在遼東 初非鴨綠江以東之地. 且高句麗朝鮮乃國號 而地理志以爲玄菟樂浪屬縣. 以此觀之 中國之人 不能詳知外國事 隨所聞而記之 故事多失實如此.

이식(李植)의
독서당남루기(讀書堂南樓記)

　여조(麗朝)이래 국가경영의 인재를 발탁하는 수단으로 과거제도
가 활용되었음은 누구나 다 아는 일이다. 그런데 이렇게 선발되어
의욕적으로 일하는 젊은 문신들에게 세종대왕은 일정기간 특별휴
가를 주어 글을 읽게 함으로써 지친 심신을 다스리고 단련하여 새
로운 안목과 활력을 키우는 기회를 갖게 하였다. 사가독서(賜暇讀書)
는 이렇게 탄생한 것인데, 처음에는 산사독서제(山寺讀書制)였으나
산사는 불가의 영향을 받기 쉽고 재가(在家)는 내방객의 방해가 염
려되어 성종대 말에 남호독서당(南湖讀書堂)을 설치하게 되었다. 이
때부터 독서당(일명 호당)이 상설기구로 정착된 것이다. 그러므로 독
서당은 요즈음 용어로 바꾸면 '고급공무원 특별연수원'쯤으로 이해

하면 좋을 것이다.

이 글에 나오는 독서당 이야기는 원래 중종대 한강변 용산에 동호독서당을 세운 적이 있었는데, 이것이 임진란에 소실되었으므로 그 강변에 있던 별영자리를 독서당으로 전용하게 되었다는 사연을 담고 있다.

택당(澤堂) 이식(李植, 1584 선조17~1647 인조25)은 덕수인으로 좌의정 행(荇)의 현손이요, 안성(安性)의 아들이다. 자는 여고(汝固)요, 택당은 그의 아호이다. 어려서부터 폐문독서를 즐기고 전적에 묻혀 기쁨을 구하는 생활을 사랑하였다 한다. 27세(광해 2) 때에 별시문과에 병과로 급제하고, 30세에 설서가 되고, 그 뒤에 북평사를 거쳐 선전관이 되었으나 35세 때(1610 광해 10) 인목대비 폐모론이 대두되자 은퇴하여 여강에 칩거하고 있었다. 인조반정 이후에 이조좌랑에 기용되면서 다시 벼슬길에 나아갔다.

그 후 승차를 거듭하여 대사간, 대사성, 대제학, 예조·이조의 참판을 지냈고, 59세(인조 19) 때 김상헌(金尙憲)과 함께 척화를 주장하다가 심양에 잡혀갔으나 탈출하여 돌아왔다. 그리하여 또 다시 대사헌, 형조·이조·예조판서를 두루 거쳤다.

그러나 택당의 진면목은 벼슬살이에 있는 것이 아니라, 그가 남긴 글월에 있다. 당대문장에 계택상월(谿澤象月)이라 하여 사대가(四大家)를 일컫는데 곧 계곡 장유(張維), 택당 이식(李植), 상촌 신흠(申欽), 월사 이정구(李廷龜)가 그들이다. 그 중에서도 택당은 척화의 기개를 굽히지 않는 신실한 의리의 선비요, 노석(老釋)을 철저히 배격하는 정통 성리학에 충실한 유생이었다.

다음 그의 글 독서당남루기를 읽어보자.

독서당 남루기

호당(湖堂: 독서당의 별칭)이 왜란 중에 불에 타 없어지자 독서당에 들어가 글 읽을 사람을 뽑는 일도 폐지되었다가 만력 무신년(1608, 선조 41)부터 다시 한강의 옛날 군영터를 얻어 호당으로 삼았다. 군영은 마땅히 군사적 요충지에 있는 것이므로 자연경관이 옛날 독서당보다 못하지 않았다.

그런데 그 남쪽 누각은 원래 조망 정찰을 위해 세웠던 것이라 올라가 원근을 바라보기엔 더욱 좋았다. 그러나 독서당 수직이 없어진 뒤로 우리들은 부질없이 헛된 이름만 지니고 있었으니 곧 호당이 비록 개설되어 있다고는 하나 거기에 드는 관료가 한 해에 세 사람이 되기도 힘드니 자연히 수직이 소홀해져서 비바람이 몰아치면 담장이 무너지고 기왓장이 떨어져 누각이 무너질 지경에 이르렀다. 지난 신미년(1571, 선조 5)에 우리 동료 만사(晩沙) 이경의(李景義)[1] 군이 크게 느낀 바 있어 그 누각을 새롭게 하였으니 즉 약간의 재목과 일꾼을 얻어 수리 작업에 들어가 썩은 것은 갈아내고 기운 것은 바로 세우며 단청까지 곱게 입히어 환하게 되었다. 여러 선생들이 일찍이 한가한 날에 술자리를 마련하고

독서당남루기

---

1. 이경의(李景義, 1590~1640) : 자는 자방(子方), 호는 만사(晩沙), 연안인. 벼슬은 이조참판을 지냈다.

한 바탕 즐겼는데 모두들 말하기를 이 공사는 어려운 때에 시작하였는데 비록 작은 시설에 지나지 않는 독서당의 누각일지라도 그 또한 '기(記)'가 없을 수 없으니 기를 지어 연혁을 알려야 한다하고, 이어서 나(植)에게 그 글짓기를 부탁하였다.

나는 이 호당의 흥폐를 지켜보며 일찍이 문운의 성쇠에 대하여 느낀 바가 있었다. 나라 초기에는 고려의 폐습을 이어받아 승방과 니원이 도성 바깥에 널리 퍼져 있었다. 우리 독서당은 세월이 지나면서 차례로 허물어지기도 하고 옮겨다니기를 어느새 세 번이나 하였는데 그 모두가 범패를 부르던 절터였다. 그런즉 그 무렵 글을 숭상하고 이단을 배척한 아름다움을 이제야 생각하게 된다. (돌이켜 보자) 나라가 중흥하게 된지 수십 년 동안에 나라안에는 실로 무기를 잡아야할 근심거리가 없어서 퇴락한 군 시설을 빌어 등영(벼슬길에 오르는 일)[2]의 장소로 삼게 되었으니 이 또한 재빨리 무(武)를 버리고 문(文)을 연마하는 한 가지 모습이라, 어찌하여 서쪽 오랑캐가 다시 날뛰어 날마다 군량미 걱정 때문에 호당으로 하여금 지난날의 번성하던 경관을 회복치 못하게 하랴. 돌이켜보면 이군이 한 때 수리했던 일을 매우 다행으로 여기고 슬퍼해야 할 뿐인가!

비록 그렇다고는 하나, 기울어지지 않으면 평탄하게 되지 않고 극심한 괴란이 있은 뒤에야 새로운 질서가 잡히는 법이다. 바야흐로 지금은 문사가 극심한 피폐에 처했으니 그 극에 이르러 마땅히 변화가 올 것이라 성상께서도 (문운)진작에 뜻을 두셨으나 특별히 때가 어려워 미쳐 시행치 못하였을 뿐이었다. 앞으로는 부정한 기운을 깨끗이 치우고 문단을 크게 진흥시킬 것이니 이러한 문학의

---

2. 등영(登瀛) : 등영주의 준말로 당태종이 개설한 문학관에 들어감을 선계에 올랐다고 비유한 것.

발전이 반드시 이 독서당에서 시작될 것이다. 그런즉 이군의 이 공사가 장래에 옛 규범을 회복시킬 조짐이 되리라는 것을 어찌 모른다 할 것인가? 그래서 이 기를 적는다.

이 글을 읽으면서 우리는 진실로 서글픈 감회를 억누를 길이 없다. 국가예산으로 풍족하게 운영되어야 할 특별연수원(호당)이 별영 자리를 빌어, 그것도 한 개인의 사재를 털어 궁색한 연명을 하게 되었는데 그것을 일컬어 문운진작(文運振作)의 새로운 조짐이라고 택당은 한껏 자위하고 있다.

그러나 그 시절의 모든 지식인들은 택당의 심정과 다르지 않았을 것이다. 임진·병자의 양란에서 지칠 대로 지친 심신이 작은 독서당의 중수에도 희망을 걸어야 하는 처지이었기 때문에.

讀書堂南樓記

湖堂燼於倭亂 堂選亦廢 自萬曆戊申 復權寓漢江故軍營爲堂. 營當襟帶之要 形勝不減舊堂 而其南樓本爲瞭候設 故尤於登覽遠近爲宜 然自番廩之停 吾儕徒備虛號 卽堂雖設而官僚歲不數三 至 守直疏簡 風雨萃之 垣頹瓦落 樓亦將圮.

頃歲辛未間 僚友晚沙李君景義 慨然思有以新之 需得若干材力 就加葺治 易腐起傾 丹堊煥焉 諸先生嘗以暇日 置酒一暢 咸謂斯役出於時詘 雖小架書樓 亦不可無記 以識沿革 仍屬筆於植.

植於斯堂之興廢 蓋嘗有感於文運之盛衰矣. 國初 承麗氏之弊 僧坊尼院 郭外殆遍 其後次第毀移書堂凡三徙 皆直梵唄之墟 卽當時崇文闢異之美 今可想見 卽中興數十年間 內地實無兵革之虞 乃以廢軍府借爲登瀛之所 蓋亦駸駸乎偃武修文之一端 卽奈何西戎復猖 日事兵糧 使斯堂也 不復前代之盛觀 顧以李君一時修葺爲厚幸 其亦可悲也已.

雖然 無陂不平 有蠱卽新[3] 方今文事之廢極矣 極則當變 聖上留意振作 特以時艱未遑耳行 且廓淸氛棱 增輝奎璧[4] 斯文之興 必自書堂始 則安知李君此役 不爲將來復舊規之先兆也耶. 是爲記.

---

3. 유고즉신(有蠱卽新) : 고괘(蠱卦)는 괴란이 극심한 뒤에 사물이 새로워지는 상. 즉 혼란 뒤에 질서가 잡힘을 뜻함.

4. 규벽(奎璧) : 28숙 중 규숙(奎宿)와 벽숙(碧宿). 둘 다 문단을 뜻함.

홍익한(洪翼漢)의 청불긍참호이참사소
(請不肯僭號而斬使疏)

　역설적인 이야기가 될지 모르겠으나 인조반정은 병자호란을 자초하는 서막이었다. 광해군 치세 15년의 대북정권이 대내적으로는 폐모살제(廢母殺弟)와 같은 숙청의 회오리를 연속하였으나, 대외적으로는 중원의 중심세력이 명에서 후금(後金: 淸)으로 옮겨가는 것을 예의주시하며 슬기로운 균형외교로 전화(戰禍)를 피하고 있었다. 그러나 인조반정으로 집권한 서인계 반정공신들은 의리와 명분만을 내세우고 친명배금정책(親明排金政策)으로 급선회하자, 후금은 정묘년(1627)과 병자년(1636), 두 차례에 걸쳐 침공을 감행하여 병자년에는 이른바 삼전도항복(三田渡降伏)을 받아냈다. 그 과정에서 조정은 척화파(斥和派)와 주화파(主和派)로 갈려 정책의 혼선을 빚었고 나라의 체모는 크게 손상되었다.

세월이 흐른 뒤에 혹자는 주화파가 있어서 그나마 실리를 거두었고, 척화파가 있어서 민족정기를 현양하였다고 말하기도 한다. 오늘의 시점에서 보면 존명사대의 명분이 과연 민족정기의 참다운 실현이었는지는 두고두고 생각할 문제로 남아 있다. 그래도 적지에서 목숨을 내놓고 항거한 삼학사(三學士)의 이야기는 그 또한 두고두고 후손들에게 자랑스런 귀감이 아니겠는가!

화포(花浦) 홍익한(洪翼漢, 1586 선조19~1637 인조 15)은 그 삼학사의 한 사람이다. 남양인으로 진사 이성(以成)의 아들이다. 인조2년, 39세 때 공주행재 정시문과에 장원하자 예에 따라 전적이 되고, 사서를 거쳐 장령이 되었다. 장령이 된 이듬해(1636)에 청이 사신을 보내어 칭제할 것을 의논하게 되자 상소하여 그 부당함을 역설하였다.

여기에 실린 글이 바로 그 상소문이다. 그러나 결국 화의가 성립되자 극렬하게 반대했던 홍익한은 교리 윤집(尹集), 수찬 오달제(吳達濟)와 함께 청나라 심양으로 끌려가서 끝내는 청의 회유에 응하지 않고 살해되었다.

이 상소문은 우암 송시열(宋時烈)이 지은 「삼학사전(三學士傳)」에 인용된 부분을 뽑아 놓은 것이다.

칭제(稱帝)를 반대하고 사자(使者) 죽이기를 청하는 글

신이 며칠 전 의주부윤 이준(李浚)이 올린 장계를 보았습니다. 거기에 금나라 임금을 황제로 일컫자는 문제가 있었는데 준(浚)이 당당히 하늘에는 두 해가 없다는 말로 그것을 물리쳤다 합니다. 신은

(기뻐서) 가로 뛰고 세로 뛰어 춤추기를 삼백 번이나 한 것을 깨닫지 못하였습니다. 더더욱이나 분명히 알 수 있는 것은 우리 조정에 예의명분이 밝고 밝아 어둡지 않사온지라, 활 잡은 군사도 능히 스스로 지킬 줄을 알아 힘써 항거하며 굽히지 않음이 이처럼 늠름하온데, 하물며 성상을 모시고 있는 조정의 여러 신하들이

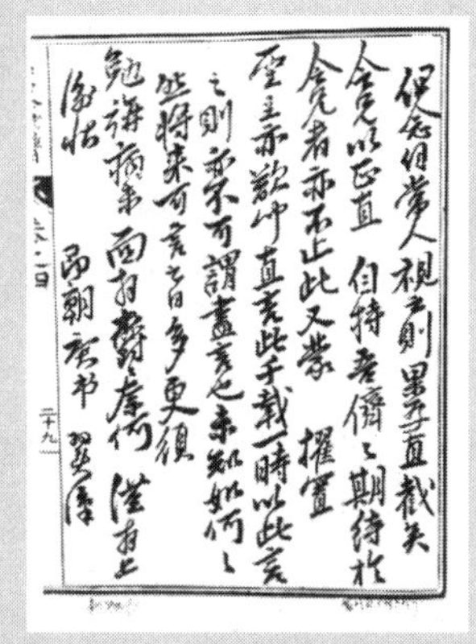

홍익한 필적

어찌 (변방의) 한 명 군사보다 못하겠습니까? 신은 세상에 태어나서부터 오직 큰 명나라에 천자가 있다는 말만 들었사온데 이제 이 오랑캐의 말이 어찌하여 나오게 되었나이까? 지난날에 적신(賊臣: 강홍립(姜弘立)을 가리킴)이 도적을 이끌고 졸지에 이르니 전하의 수레가 도성을 떠나게 되어 강화를 구하게 되었었습니다. 비록 그것은 부득이한 일이었사오나 진실로 그때에 먼저 홍립의 머리를 베어 달아서, 우리의 당당한 대의를 해와 별처럼 밝게 드높였다면 오랑캐들이 비록 이리떼와 같을지라도 우리 나라 예의의 아름다움에 감동하며 두려워하여 공경하며 부러워하지 않았겠습니까? 계교가 여기에 근거하지 않고 오직 홍립을 얻은 것만을 다행으로 여겨 안보를 지키는 기회로 삼았으니 저들이 우리를 좌임(左衽, 왼쪽 소매, 곧 보좌하는 사람)으로 삼고 신첩으로 삼고자 하는 것은 실로 여기에 말미암는다 하겠습니다.

　신은 오랑캐가 황제라 참칭한다는 소리를 듣고부터 담이 찢어지고 숨이 끊어지는 듯하여 차라리 노중련(魯仲連)처럼 죽을지언정 그 말을 듣고 귀를 더럽힐 수 없었나이다. 우리나라는 비록 바다 한

195

쪽에 치우쳐 있으나 원래 예의가 천하에 잘 알려져 온 세상이 소중화라 일컬었사오며 열성조가 서로 대를 이어 번직(藩職, 제후의 나라)을 닦아서 큰 나라를 한 마음으로 섬김이 각별하고 정성스러웠나이다. 이제 오랑캐를 섬겨 구차하게 편안하여 일시적인 해결을 본다하여도 그것으로 조종에게 어찌하며 천하 후세에 어찌하리이까? 또 들자오니 오랑캐 차사가 데리고 온 자가 반은 새로 복속된 서달(西㺚)이라 하옵니다. 저 서달로 말하면 우리하고는 일찍이 교빙의 예절을 가진 바가 없으니 어찌 손님으로 대접할 수 있겠습니까? 거절하고 받아들이지 않는 것이 옳은 일이온데 우리나라에 들어온 지 여러 날이 되어도 묘당(조정)에서 한 마디 말이 없으니 신은 그 까닭을 모르겠습니다. 묘당에 있는 자는 어떤 사람들입니까? 이미 평안하던 지난날에는 놀며 즐기다가 이제 화가 조석에 닥칠 날에도 오히려 편안히 움직이지 않고 임금이 수모당하는 것을 오나라 월나라 사람의 심상한 일로 여겨 보고만 있으니 그러므로 오랑캐가 우리를 업신여기는 것은 진실로 묘당이 자초한 것이옵니다.

아하 슬프옵니다. 일이 이미 급해졌습니다. 무릇 혈기 있는 자는 팔을 걷어 부치고 분한 마음으로 떨지 않는 이가 없사온데 원융(군사령관)은 한가하게 산릉에 앉아 있고, 성명(임금님)께서는 침묵하시고 깊이 계시며 한 가지 일도 결정하고 계획하시는 것이 없으니 신은 그 까닭을 알 수 없나이다. 신이 가만히 오랑캐의 뜻을 헤아리건대 헛되어 뽐내며 기세를 부리고 협박하며 강제로 몰아대는 데 지나지 않습니다. 저자가 진실로 천자라 일컫고 대위에 나서고자 한다면 오직 저의 나라에서 황제라 칭하고 저의 백성에게나 호령할 것이지 어째서 우리에게 묻는단 말입니까? 맹약을 어기고 혼란을 일으키어 우리의 입을 빙자하는 까닭은 장차 천하에 일컬어 말하기를 "조선이 우리를 존중하여 천자로 삼았다"하려는 것이니 전하께서는 무슨 면목으로 세상에 서시겠습니까? 신은 청하옵건대, 그 사신을 붙잡아서 맹약을 어기고 황제로 참칭한 책임을 물어 죽이고 예의의 위대함과 윤리를 아는 나라의 길을 밝게 보이소서. 그런 다음 그 머리를 함에 넣어 그 사실을 아뢰는 글과 함께 황조(명나라)에 보고하소서. 그러면 의기가 더욱 넓어지고 더욱 펼쳐질 것이옵니다. 만일에 그렇게 하지 않으시고 신의 말을 망령되이 여기신다면 청컨대 먼저 신의 머리를 베어 오랑캐에게 사례하소서. 신이 차마 어버이 임금[君父]으로 하여금 욕을 당하게 하고 구차하게 살겠나이까?

아하, 신은 비록 잔약하오나 그래도 말을 타고 한 번 싸우다가 오랑캐의 칼날에 죽을 것을 생각하는데 동쪽 땅(우리나라)을 둘러싼 수천 리에 어찌 한 사람의 의사(의로운 선비 또는 군사)가 없겠습니까? 오늘날 양서의 백성들이 지난날을 징계하여 이를 갈고 마음을 태우며 이 도적들과 더불어 함께 살려하지 않으니 이는 진실로 의기를 자극하고 용기를 북돋아 바람으로 불을 지필 때이옵니다. 강하냐 약하냐 하는 것도 여기에 있사오며, 사느냐 죽느냐 하는 것도 여기에 있사옵니다. 오직 전하께서는 애통한 교지를 속히 내리시어 온 나라의 선비를 격문을 띄워 불러 친히 말고삐를 잡으시고 그들을 마주하여 대의를 말씀하신다면 그들이 전하의 신하라 하는 자들이라면 누구나 앞서거니 뒤서거니 뛰어나와 다투어 죽음을 마다하지 않는 충성을 다하지 않으리이까.

　이 상소문을 읽으시고 인조대왕은 어떤 비답을 내리셨을까? 우암의 「삼학사전」에는 이렇게 적혀 있다. "나라를 위하는 너의 충성은 심히 가상하게 생각한다. 그러나 사자(使者)를 죽이는 일은 너무 이른 것 같구나. 서서히 사태의 흐름을 보아서 조치하여도 늦지 않으리라."

　이러한 분위기를 감지한 사자는 도망쳐 달아났고 조정은 여전히 화의를 주장하는 최명길(崔鳴吉) 등의 목소리가 높았다. 만일에 우리가 그 시대 그 상황에 처하면 최명길을 따를까 홍익한을 따를까? 이상과 명분을 생각하는 사람들은 현실을 돌아보지 않고 즐겨 화포 홍익한을 따를 것이다.

請不肯僭號而斬使疏

臣日接 義州府尹 李浚狀啓 卽金汗稱帝事也. 浚能以天無二日等
語 攘却之. 臣不覺 曲踊距躍者三百 而益知我朝 禮義名分 炳炳不
昧, 猶使操弓武夫 能知自守 而抗勵不撓 若是凜凜, 況於聖上廟堂諸
臣 豈下於一武弁哉. 臣自墮地之初 只聞有大明天子耳, 今此虜言 奚
爲而至哉. 向者 賊臣引寇猝至 乘輿播越 乞和爲好, 雖出於不得已
而苟於其時 先梟弘立之首 使我堂堂大義 昭揭如日星 則戎狄雖豺狼
豈無感聳欽艶 我禮義之美乎 計不出此 惟以得弘立爲幸 而倚以爲安
危之機 彼其欲左袒我 臣妾我者 實由是耳.

臣自聞僭帝之說 膽欲裂而氣欲短 寧爲魯連之死 而不忍使其言污
耳也. 我國雖僻在海隅 素以禮義聞於天下 天下稱以小中華 而列聖
相承 世修藩職 事大一心 恪且勤矣. 今以奉虜偸安 縱得晷刻之淹 其
於祖宗何 天下後世何, 且聞胡差所帶者 半是新附之西㺚 夫西㺚之
於我 旣無交聘之禮 則奚有儐接之道 拒而不受可也. 而入境有日 訖
無廟堂之一言 臣未知其處. 廟堂者何人也 旣已恬嬉於平昔 而今此
朝夕禍迫之日 猶且晏然不動 其視君父之受侮 不翅吳越人之尋常 然
則虜人之侮我 實是廟堂之所召也.

嗚呼 事已急矣, 凡有血氣者 莫不扼腕顫膽 而元戎閒坐於山陵 聖
明淵黙 而深居寂 無一事之規畫 臣不識其所以然也. 臣竊觀虜人之
意 不過矜張誇耀迫脅驅驅耳 渠苟欲稱天子莅大位 惟當自帝其國 號令
其俗 何必稟問於我哉. 所以渝盟開釁嚇藉我口者 將以稱於天下曰
"朝鮮尊我爲天子矣" 殿下何面目 立於天下乎. 臣請 亟執其使 責其

背約僭號而戮之 以明示禮義之大 隣國之道, 然後函其首 竝書奏聞
于皇朝 則義益伸 而氣益張矣. 如其不然 以臣言爲妄 則請先斬臣頭
以謝虜人焉 臣忍使君父受辱 而苟生哉.

噫 臣雖孱弱 猶思乘一障 而隕身於虜鋒矣. 環東土數千里 寧無一
人義士哉. 卽今兩西人民 懲創往日 而切齒腐心 矢不與此賊俱生 是
誠激義鼓勇 因風吹火之秋也. 可强可弱者 在於斯, 其存其亡者 在於
斯, 惟殿下速下哀痛之敎 檄召八方之士 躬御六轡 面論大義 其爲殿
下之臣子者 孰不踊躍 後先爭 效死綏之忠哉.

최명길(崔鳴吉)의 병자봉사(丙子封事)

전쟁은 승리를 거둔다 해도 회한이 남는 법이다. 싸움을 치르는 과정에서 어쩔 수 없이 희생과 손실, 격정과 과오가 발생하기 때문이다. 더구나 치욕으로 얼룩진 패전이라면 그 유한은 얼마나 길고 깊은 것인가! 우리 역사에서 이처럼 길고 깊고 깊은 한을 남긴 전쟁에 병자호란(丙子胡亂)이 있다.

전쟁이란 원래 하루아침에 갑자기 발발하는 것이 아니다. 나라와 나라사이에 걸고 트는 힘 겨루기 현상이 지속되다가 힘이 세다고 판단한 쪽에서 드디어 빌미를 만들어 침공해 옴으로써 전쟁은 일어나는 것이기 때문이다.

1636년(인조 14) 12월 8일에 청군이 압록강을 넘음으로써 시작되어 50여일만인 그 다음해 정월 30일에 남한산성을 나온 인조대왕이 삼전도에서 청태종에게 삼배구고두(三拜九叩頭)의 예를 올리는 것으로 종결지은 병자호란. 이 전란도 우리 조정이 당시의 국제정세에 민첩하고도 현명하게 대처하는 외교역량을 발휘했더라면 피해도 입지 않고 국위도 손상되지 않았을 것이라는 부질없는 가정을 하게 한다. 병자호란의 징후는 이미 10년전 정묘호란에서 싹트고 자란 것이었다. 그때는 형제의 의를 맺는 것으로 일단락됐으나 계속하여 힘을 키운 후금(後金)은 10년이 지난 병자년 봄 4월에 국호(國號)를 '청(淸)'이라 바꾸고 군주를 황제(皇帝)라 고쳐 부르며 우리 조선에 대하여 군신의 관계를 맺자고 강요할 만큼 큰 나라로 성장하였다. 이렇듯 기세등등한 후금(청)의 압박외교가 병자년 초에 이르면 우리 조정이 가부간에 결단을 내려야 할 계제에 이르렀었다. 이 무렵 지천 최명길은 다음과 같은 병자 봉사를 임금께 올린다. 아마도 한성부판윤을 지낸 시절이었을 것이다. 점점 조여오는 후금의 압박을 생각하며 곱씹어 읽어보자.

지천(遲川) 최명길(崔鳴吉, 1586 선조 19~1647 인조 25)은 전주인으로 영흥부사 기남(起南)의 아들이다. 자는 자겸(子謙)이요, 호를 지천 또는 창랑(滄浪)이라 하였다. 이항복·신흠의 문하에서 공부하여 26세에 성균관 유생이 되고 30세에 사마시를 거쳐 증광문과에 급제하면서 벼슬살이를 시작하였다.

최명길 필적

전적, 공조좌랑, 병조정

랑을 거쳐 인조반정에 가담하여 정사공신 일등으로 완성군에 봉해지면서 승진을 거듭, 이조정랑, 참의, 이조참판, 경기도관찰사, 병조참판, 우참찬, 호조판서, 판의금부사, 병조판서를 역임했다. 1636년(인조 14) 한성부판윤을 거쳐 이조판서가 되었을 때 병자호란이 일어나자 명분중시의 척화론(斥和論)은 나라를 구하는 데 도움이 안 된다는 신념으로 현실적응의 주화론(主和論)을 펴며 항복이 결정되자 항서의 초안을 작성하였다.

병자년에 밀봉하여 올린 글(인조 14년, 1636년 2월)

엎드려 아뢰나이다. 신이 병들어 집안에 누워 있었기에 조정의 회의에 참석할 수 없었사온데 항간에 떠도는 말을 듣자오니 이번 금나라 사신의 말이 몹시 거만스럽고 흉칙하여 차마 들을 수 없다고 하옵니다. 무릇 혈기가 있는 사람이라면 분통함을 이기지 못하고 죽으려 하지 않겠습니까?

가만히 듣자오니 구관당상(句管堂上: 비변사의 팔도 별 담당 당상관)들의 문답이나 조정의 계획은 말인즉 바른 말이요, 이치로는 온당하여 충분히 읽을 만하기는 하옵니다. 그러나 신의 마음에는 아무래도 염려되고도 남는 바가 있사옵니다. 처음 화친을 맺을 때에 우리 조정이 군신의 대의로 거듭거듭 설명하니 저들이 비록 짐승 같은 오랑캐이기는 하지만 그들도 역시 지각이 있는지라 감히 우리에게 의롭지 않은 것을 강요하지는 않고 이웃나라의 의리로 약속하여 하늘에 맹세한 지 10여년 동안 다른 말이 없었는데 지금 갑자기 이런 말을 하는 것은 무엇입니까?

또 저 오랑캐(後金)는 이미 넓은 한(漢)나라 땅을 차지하였으니 제약을 받는 일이 없습니다. 그러니 황제라 칭한다 해도 누가 금지하겠습니까? 그런데도 꼭 우리나라에 구실을 대어 핑계를 삼으려 하는 것은 그 심보를 알 수 없습니다. 우리가 만약 입으로만 답변을 한다면 그 사실이 감추어져서 증거를 댈 수 없습니다. 만일에 저 교활한 오랑캐가 그 대답한 말을 뒤집어 온 천하에 우리를 거짓으로 떠들면 장차 우리는 무엇으로 스스로를 해명할 것입니까?

신의 어리석은 생각으로는 의례적인 답서 외에 별도로 한 편의 글월을 마련하여 거짓된 칭호(후금의 칭제 야욕)의 온당치 않다는 것, 신하의 절개를 바꿀 수 없다는 것, 높고 낮음의 등차를 어지럽힐 수 없는 것 등을 갖추어 설명하여 대의를 밝히고 나라의 체통을 바로 세워야 하겠습니다. 그리고 오랑캐의 국서와 우리나라의 답서를 명나라 독부(대장의 군막)에 보내어 그들이 천자께 아뢰게 하며, 한편으로는 8도에 교유하시어 병마를 훈련하여 앞으로의 변란에 대비하서야 하옵니다.

온 천하 백성으로 하여금 조정에서 처리한 일이 명백하다는 것을 소상하게 알게 한 연후에야 오랑캐의 흉한 계책을 꺾고 사기도 진작시킬 수 있으며 역사책에 기록하는 데에도 부끄러운 내용이 없을 것이옵니다.

또 듣자오니 용골대(龍骨大: 후금 태종의 신하)가 온 것은 춘신사(정묘호란 뒤에 춘추로 심양에 보내어 조공하던 사신)와 제사에 조문하는 일만을 명분으로 하였고 한(태종)의 글월에도 특별한 말은 없었다고 하오니 이른바 패서(도리에 어긋나는 글, 여기서는 용골대 등이 후금 곧 청의 태종에게 황제의 칭호를 올리자는 내용으로 우리나라에 가져온 글)라고 하는 것은 팔고산(부족장)과 몽고 왕자의 글입니다. 금나라의 의례적인 글월에는 답서를 보내시고 도리에 어긋나는 말에는 거절하셔야 군신의 의로움과 이웃나라 사이의 도리가 모두 온전하게 되고 계책으로도 마땅할 것이옵니다. 더구나 산릉의 일(인조의 생부 원종(추존)의 능역을 가리킴)도 끝나지 않았고 수비도 완전치 않사오니 형편에 맞추어 화를 늦추어 보려는 계책도 어찌 전혀 생각해 볼 수 없겠다고 하겠습니까? 금나라의 사신을 불러보시는 것은 괜찮을 것이옵고 불러보시지 않아야 할 자는 서달(西㺚: 몽고의 부족장)이옵니다. 서달을 박대할 필요는 없으나 마땅히 엄하게 끊어야 할 것은 그 못된 패서입니다.

신이 가만히 살펴보오니 오늘날 오랑캐의 정세에 머지않아 특별한 일이 있을 듯합니다. 병화를 입고 어물어물 대처할 수는 없사오니 그들에게 매수되어 병화를 재촉하는 것보다 낫지 않겠습니까. 성문을 닫아걸고 언로를 개방하여 잘못된 단서를 찾아내더라도 일이 해결되지는 않을 것이오니 오늘의 형세가 진실로 다급하옵니다. 당장 눈앞에 병화를 입는 일이 일어나지 않으면 다행이겠습니다.

삼가 원하옵건대 전하께옵서는 더욱 더 분발하시고 먼저 큰 뜻을 세우시옵소서. 지난날 충간하는 신하, 경연에 관여한 신하의 말을 많이 받아들이시고 언관들을 받아들여 서용(재임용)하시고 백성을 괴롭히는 정치를 과감히 개혁하시며 널리 인재를 등용하시고 장군과 사졸들을 격려하시어 신하와 백성의 바람에 어긋나지 않게 하시면 세상 인심이 모두 기뻐하고 나라의 형세가 저절로 회복되어 비록 외환이 있더라도 크게 무너지는 사태에는 이르지 아니할 것이옵니다.

신은 천한 몸의 질병이 오래도록 낫지 않아 정신이 혼미하여 바깥일은 전혀 보살피지 못하오나 갈피갈피 나라를 근심하는 정성스러움을 참아 이기지 못하옵고 감히 마음에 품은 바를 여쭈었사오니 오로지 밝은 임금께오서는 이를 재결하여 주시옵소서. 처분만 기다리나이다.

　어느 시대나 나라 경영을 위한 정책방향에는 두 가지 큰 흐름이 존재한다. 하나는 기존체제와 가치를 존중하는 전통적 보수성향이고, 또 하나는 새로운 체계와 질서를 탐색하는 개혁적 진보성향이다. 세상을 이끌어가기 위해서는 이 두 가지 길의 어느 것이 좋고 어느 것이 나쁘다고 말할 수 없다. 그 시대여건과 환경에 따라 이 두 가지 성향이 절묘한 조화를 이루었을 때에 그 사회는 발전할 것이기 때문이다. 17세기 중반 인조년간도 팽창하는 청의 세력으로 말미암아 동북아의 국제정세가 새로운 판도로 재편되고 있었다.

　만일 우리가 1636년초에 살고 있다면 우리는 지천(遲川)의 생각에 동조할 것인가? 화이론(華夷論)의 명분과 의리에 얽매어 존명사대만 외치고 신흥하는 청을 계속하여 오랑캐라고 업신여길 것인가? 윗글은 끊임없이 우리에게 이러한 질문을 던지고 있다.

伏以 臣病伏私室 不與朝廷之議 聞諸道路之傳 今此金差之言 悖慢
凶狡 有不忍聞 凡有血氣 孰不憤惋欲死.

竊聞 句管問答 廟堂籌劃 辭直理當 有足可觀, 然於臣心 有不得不
爲過慮者焉. 當初約和時 朝廷以君臣大義 反覆開陳 彼雖犬羊 亦有
知覺 故不敢强我以非義 約爲隣國 告天立誓 十餘年間 未有他說 今
忽發爲此言者何也. 且虜既據大漢 無所受制肆, 然稱帝 誰復禁止 而
必欲藉口於我國者 其心或難知. 我若只以口語答之 則事跡晻昧 無
可據證 如使驕虜 反其辭說 而誣我於天下 其將何以自解乎.

臣之愚意 例答之外 別爲一書 備陳僞號之不可僭 臣節之不可易 尊
卑之等不可紊 以明大義 而存國體. 仍將虜書及我國所答 移咨督府
轉奏皇朝 一面下諭八方 訓飭兵馬 以待其變. 使天下之人 曉然知朝
廷處置之明白 然後 可以折虜謀 而壯士氣 書之史册 無愧辭矣.

且聞 龍胡之行 唯以春信 弔祭爲名 而汗書亦無別語 其所謂悖書者
乃八高山及蒙古王子書也. 答其循例之書 而拒其悖理之言 君臣之義
隣國之道 得以兩全於計爲宜. 況今山陵未畢 守備未完 權宜緩禍之
策 亦何可全然不思 金差不妨招見 所不可見者 西㺚耳, 西㺚不必薄
待 所當嚴斥者 悖書耳.

臣竊觀 今日虜情 特有早晚等是 被兵 但不可朦朧處置 以致見賣
過於落莫以促其兵耳. 城門閉言路開 雖有悔端 亦不濟事 今日之勢
可謂急矣. 而幸未至於目前被兵伏. 願殿下益加憤發 先立大志, 如頃
日諫臣筵臣之言 多所採納, 收敍言事之臣 勇革病民之政 振拔人才
激勵將士 以慰臣民之望 則人心旣悅 國勢自固, 雖有外患 亦不至大
段顚沛矣.

臣之賤疾 一向沈綿 精神昏憒 全不省外事 而竊不任區區憂國之誠
冒陳所懷 唯明主裁之 取進止.

윤선도(尹善道)의 논예소(論禮疏)

조선조 17대 임금 효종대왕은 우리에게 여러 가지로 감회를 갖게 한다. 우선 인생의 행·불행을 극적으로 극명하게 보여준다는 점에서 그러하고 또 조선후기 왕조정치의 특징이라 할 예송(禮訟)의 단초가 된 분이라는 점에서 그러하다.

효종은 원래 둘째 아들로 태어나 처음부터 임금이 될 생각은 꿈에도 가져본 적이 없었는데, 맏형인 소현세자(昭顯世子)의 갑작스런 죽음으로 세자가 되고 임금이 되었으니 행운의 전범(典範)이 되었다. 그러나 10년에 걸쳐 절치부심하던 북벌책도 한 조각 뜬구름으로 남기고 겨우 나이 마흔에 의문의 죽음을 맞이하였으니 이것은 또한 비운의 주인공이 아닌가?

그런데 그 죽음이 곧 예송이라는 명분논쟁의 핵심에 서게 하였다. 효종이 승하했을 때, 부왕 인조의 계비 자의대비(慈懿大妃) 조씨가 생존해 있었다. 그러자 그 분은 어머니의 신분과 자격으로 아들 효종의 복상을 어떻게 입어야 하느냐 하는 것이 기해예송(己亥禮訟)의 발단이었다. 자의대비는 소현세자가 죽었을 때 이미 참최삼년복(斬衰3年服)을 입었었다. 그리고 아들 효종이 죽으니 또다시 똑같이 참최삼년복을 입어야 하느

윤선도(尹善道)

냐 하는 문제에 봉착한 것이다. 효종은 임금이 되었으니 맏아들로 보아 삼년복을 입어야 한다는 것이 허목(許穆)을 위시한 남인(南人)들의 주장이었고 송시열(宋時烈)을 위시한 서인(西人)은 효종을 중자(衆子)로 보아 기년복(朞年服)을 입어야 한다는 것이었다.

이러한 논쟁의 와중에 벼슬을 떠나 향리에 머물던 74세의 늙은 선비 고산(孤山) 윤선도(尹善道, 1587 선조20~1671 현종11)가 서인의 기년설에 반기를 드는 소를 올렸다. 여기에 소개하는 글이 바로 그것이다. 그 당시 조정은 서인의 세가 막강하고 새로 임금이 된 현종은 제대로 힘을 쓰지 못하고 있었다. 자의대비의 복상(服喪)은 서인들의 주장대로 기년으로 낙착되었고 고산은 삼년 동안 삼수(三水)에 유배생활을 하였다.

　　조선조의 선비들에게 법도와 기강이라는 것이 이렇듯 성리학적 이념에 따른 철저한 명분주의였다. 그 명분을 지키기 위해 즐겁게 목숨을 내놓았다. 고산 윤선도는 해남인으로 호를 고산, 해옹(海翁), 자를 약이(約而)라 하였다. 부정 유심(唯深)의 아들인데 관찰사 유기(唯幾)에 입양하고 25세 때 진사가 되고 41세 때 별시문과에 장원하여 봉림대군(효종)의 사부(師傅)가 되었다. 그 후 여러 벼슬을 거쳤으나 벼슬살이보다는 유배생활이 더 많은 생애였다. 불의라 생각되는 것은 참지 못하고 상소하는 데에 주저함이 없었기 때문이었다. 벼슬은 첨지중추부사 동부승지에 이르렀다.

예(禮)를 논(論)하며 올린 글
현종 원년 경자 1660년 4월 고산에서 올린 소

　　엎드려 사뢰나이다. 신이 듣자오니 송나라 신하 주희(朱熹)의 말에 "나라가 위태로워 망할 형편이라고 판단되는 일이 생기면 벼슬하지 않은 선비라도 말하지 않을 수 없다."고 하였습니다. 하물며 신은 과거에 급제하여 벼슬살이 한 지 오래되었으니 진정코 벼슬살이 한 적이 없는 위포의 무리는 아니옵니다. 더구나 신은 인조와 효종 두분 임금님 시절에 백가지로 특별대우를 받은 것이 모두 성심(임금님의 마음)의 정성스러움에서 나온 것이라 털끝만큼의 겉치레가 없었습니다. 그래서 신이 감격하여 은혜에 보답할 것을 생각하오니 이 또한 보통 신하의 행동에 비교할 것이 아니옵니다. 신은 비록 보잘것없으나 전하께 충성하고 선왕께 보답하겠다는 뜻은 가슴에 불타옵고 머리를 부수어 결초보은하려는 마음은 어느 때고 잠시인들 잊었겠습니까? 비록 초야에 묻혀 살며 늙고 병들어 비실거리오나 이제 나라의 안위의 문제에 이르러 감히 집안에 있어 알지 못했다하고 한마디 말도 아니할 수 있겠습니까? 지금 맞고 있는 안위의 고비는 아침저녁으로 급박하여 신은 길쌈하는 홀어미의 근심과 기나라 사람의 두려움을 이겨내지 못하고 감히 미치광이 장님의 정성으로 성총의 밝으심에 도움이 되기를 바라오니 엎드려 원컨대 전하께서는 진실로 마음을 쓰시어 세밀하게 살펴주시옵소서.

신이 고요히 생각해보오니 3대의 길흉에 관한 예법은 모두 천리(天理)에 근거하여 성인에게서 나온 것입니다. 천리를 알지 못하면 어찌 성인이 만든 예경의 깊은 뜻을 알겠습니까? 후세에 예가의 논의가 여러 이설이 분분하여 송사하는 것 같음은 대체로 천리를 알지 못하는 까닭이옵니다. 아하, 성인의 상례에 오복(五服)을 마련한 것이 어찌 우연이라 하겠습니까? 친소와 후박은 이것이 아니면 구별할 수 없사옵고 경중과 대소는 이것이 아니면 결정할 수 없사옵니다. 한 가정에 적용하면 부자간의 윤리가 밝아지고 나라에 적용하면 군신간의 명분이 엄정하게 됩니다. 천지간에 높고 낮음과 종사의 보존과 멸망이 여기에 연관되지 않는 것이 없사옵니다. 이것이 중대하고도 중대하여 털끝만큼도 어긋나거나 착오가 있어서는 아니 되는 까닭이옵니다.

계통을 잇는 아들이 할아비와 더불어 한 몸이 되므로 아비가 적자의 상을 당했을 때는 그 복제를 반드시 참최(斬衰) 3년으로 하는데 이것은 아들을 위한 것이 아니라 조종(祖宗)의 계통을 잇는 것이기 때문입니다. 사삿집도 오히려 이와 같거늘 하물며 나라에서이겠습니까? 삼대의 태평한 시대에도 이와 같았는데 하물며 말세의 위태롭고 의심스러운 시절에야 어떻겠습니까? 그런즉 신민의 마음을 안정시키시고 불평을 품은 자들의 넘보는 바를 끊어버리는 것도 진실로 여기에 있사옵니다. 그러하다면 나라 있는 자가 이 예에 그 어찌 부지런하지 않으며 그 어찌 엄정하지 않겠사옵니까? 어찌 가히 잠깐인들 소홀히 여겨 내버려 둘 수 있겠사옵니까?

신이 들자오니 선왕 효종대왕의 상에 대왕대비의 복제는 모든 예경을 참고하였다 합니다. 성인이 만든 것은 실제로 (계통을 잇는 아들이) 할아비와 더불어 한 몸이 된다는 데 그 뜻이 있고, 성인이 예를 제정한 것도 진실로 천리에 바탕을 두고 종통(宗統)을 바로 잡는다는 데 그 뜻이 있사온 즉 마땅히 제최(齊衰) 3년으로 하는 것이 확연하고도 분명합니다. (이처럼) 의심할 바가 없는 것인데 당초에 예관(禮官)의 의주(儀注)에 기년복으로 정하여 놓으니 조야의 신민(臣民) 가운데에 식견이 있는 사람들은 괴이하게 여겨 놀라지 않는 이가 없고 그 뜻이 어디에 있는지 이해하지 못하였사옵니다. 그러니 국가의 종통이 이로 인하여 분명치 않게 되고 백성 또한 안정되지 않는 듯하옵니다. 이것이 어찌 대통을 밝히며 백성의 뜻을 안정시키고 종사(宗社)의 예를 공고히 하는 것이라 하겠습니까? 생각이 여기에 미치니 뼈가 놀라고 가슴이 서늘하옵니다. 이것은 진정코 다시 의논하여 고치지 않을 수 없사온데 소상(小祥) 때가 가까워 오는데도 조용하기만 하고 한 사람도 나라를 위하여 이 말씀을 아뢰는 이가 없으니 신이 편안히 시골에 머물며 깊이깊이 생각하다가 나라를 위한 근심을 떨쳐버릴 수 없었습니다. 들자오니 얼마 전에 전 장령 허목이 예경을 근거로 연구하여 상소문 하나를 올렸다 하오니 신은 진실로 나라에 사람이 있음을 크게 기뻐하였나이다.

아하, 허목의 말은 예를 논의한 커다란 경륜일 뿐 아니라, 진실로 나라를 도모한 지극한 계책이옵니다. 천리(天理)의 절문(節文)을 밝게 알지 못한다면 그리고 또 신하로서의 충성스러운 마음이 순수하지 않다면 그 어찌 능히 그런 말을 하겠사옵니까? 어찌 감히 이런 말씀을 올리겠사옵니까? 이 말을 듣지 않으면 후회막급할 것이옵니다. 전하께서는 마음 속 깊이 스스로 결단하시고 즉시 예관에게 명하여 성경에 따라 잘못을 바로 잡아 원상을 회복하시옵소서.

이 상소문을 읽으면서 우리의 뇌리를 떠나지 않는 시조가 한 수 있다.

> 내 버디 몃치나ᄒ니 水石과 松竹이라
> 東山애 ᄃᆞᆯ 오르니 그 더욱 반갑고야
> 두어라 이 다숫 밧긔 ᄯᅩ 더ᄒᆞ야 무엇ᄒᆞ리

고산의 연시조 '오우가(五友歌)'의 첫 수가 아니던가! 이 '오우가'를 비롯하여 '어부사시가(漁夫四時歌)', '산중별곡(山中別曲)' 등 주옥같은 시조 77수는 우리나라 시가문학사 속에 보배 중에 보배들이다. 이런 노래를 부르는 가인과 서슬 푸른 상소문을 올리는 백발백두(白髮白頭)의 늙은 선비, 이것이 조선시대 지식인의 참 모습이었다.

◉ [참고]

- 이부지우(嫠婦之憂) : 옛날 중국 주(周)나라 시절에, 길쌈하는 한 홀어미가 길쌈하는 일은 걱정하지 않고 나라가 망할까 염려했다는 고사. 대장부는 마땅히 나랏일을 근심하여야 한다는 뜻으로 쓰이는 말이 됨.
- 기인지구(杞人之懼) : 옛날 중국 기(杞)나라의 어떤 사람이 '하늘이 무

너지면 어디로 피해 가나'하고 걱정하였다는 고사. 부질없는 걱정을 한다는 뜻으로 쓰임.

- 상례제위오복(喪禮制爲五服) : 보통은 참최(斬衰) 3년, 재최(齊衰) 1년, 대공(大功) 9개월, 소공 5개월, 시마(緦麻) 3개월로 구분함.

- 참최(斬衰) : 거친 베로 아랫단을 튼 채로 지은 상복을 3년간 입는 일. 고인의 아들, (미혼의) 딸, 아내, (그리고 고인이 장가간 맏아들일 경우는 그 아버지)가 해당됨.

- 재최(齊衰) : 조금 굵은 생베로 아랫단을 좁게 접어 꿰맨 상복. 부모상에는 3년, 조부모상에는 1년, 증조부모상에는 5개월, 고조부모상에는 3개월을 입고 처상에는 1년을 입었음.

- 대공(大功) : 대공친(大功親)의 상사에 8개월간 입는 복제. 대공친은 출가전의 종자매, 중자부, 중손, 중손녀, 질부, 남편의 조부모, 남편의 백숙부모, 남편의 질부 등.

- 소공(小功) : 소공친의 상사에 5개월간 입는 복제. 소공친은 종조부모, 재종형제, 종질, 종손 등.

- 시마(緦麻) : 시마친은 종증조 삼종형제, 중현손, 외손, 내외종 등.

論禮疏

彰孝大王元年庚子四月公在孤山時疏.

伏以臣聞 宋臣朱熹有言曰 國家危亡判斷之事 則雖在韋布 不可不言 況臣策名爲臣久矣 則固非韋布之類也. 況臣受知於仁祖孝宗兩朝 凡百殊遇皆出於聖心之誠恫 無一毫外貌文具 則臣之所以感激恩報 亦非凡臣之比也. 臣雖無狀忠殿下報先王之意 耿耿于中 隕首結草之心 何時而少忘也. 雖屛伏草野衰病牢落 其於國家之安危 其敢曰在家不知而不一言乎 卽今安危之機 迫在朝夕 臣不勝嫠婦之憂 杞人之懼 敢輸狂瞽之忱 冀補聖聰之明 伏願殿下實留神而細垂察焉.

臣竊念三代吉凶之禮 皆原於天理而出於聖人也 不知天理 則安知聖人禮經之奧旨也 後世禮家之論 有同聚訟者 蓋由於不知天理故也. 噫 聖人於喪禮 制爲五服 豈偶然也. 親疏厚薄 非此則無以別焉 輕重大小 非此則無以定焉 用之於家 而父子之倫乃明 用之於國 而君臣之分乃嚴 天地之尊卑 宗社之存亡 無不係於此矣. 此所以莫重莫大而不可以毫髮僭差者也.

承統之子 與祖爲體 父之於嫡子之喪 其爲服制 必以斬衰三年者 非爲子也 乃爲承祖宗之統也. 私家尙如此 況國家乎. 三代太平之世尙如此 況於末世危疑之際乎. 然則定臣民之心志 絶不逞之覬覦 寘在於此矣. 夫然則 有國家者之於此禮也 其可不謹乎 其可不嚴乎 其可斯須有忽面置之也.

臣聞先王孝宗大王之喪 大王大妃之服 考諸禮經. 聖人之所爲者 實在於與祖爲體之義 及聖人之制禮 實在於原天理定宗統之義 則當爲齊衰三年昭然明矣. 無可疑者 而當初禮官儀注定爲期年之服 朝野臣民之有識者 莫不爲怪爲駁 未曉其義之所在, 而國家宗統 因此而有

所不明 抑亦似有所不定, 此豈明大統定民志 固宗社之禮也. 思之至
此 則骨驚心寒. 此誠不可不卽議釐正 而練期將迫寥寥 無一人爲國
家進此言者 臣宴居深念 不勝宗社之憂 頃聞前掌令臣許穆考據禮經
投進一疏 臣誠失喜 國家之有人也.

　嗚呼 許穆之言 非徒議禮之大經 實是謀國之至計 如非明於天理之
節文 而純於臣子之忠諒 則其能爲此言乎 其敢進此言乎 此厥不聽
後悔莫及. 殿下所當斷自宸衷 卽令禮官依聖經釐正 而其所以復.

허목(許穆)의 미수기언(眉叟記言)

  평균 수명이 60에도 미치지 못하던 시절에 학문과 덕행에 이름이 알려지면서 63세에 사헌부 지평(정5품)을 시작으로 85세에 우의정이 되기까지 23년간 벼슬살이를 하고 88세에 세상을 떠난 현종 숙종대의 문신 학자로 허목(許穆, 1595 선조28 ~ 1682 숙종8)이란 분이 있었다.

  허목(許穆)의 20여 년에 걸친 환로는 이른바 예송(禮訟)이라는 복상논쟁(服喪論爭)의 승패를 반영하고 있다는 점에서 흥미를 자아낸다. 임진·병자의 양란을 거치고 대내외적으로 소강상태를 유지하던 17세기 후반, 현종·숙종 년간에 나라를 새롭게 부흥시키기 위한 정책변화가 있었다면 얼마나 좋았을까? 그러나 조정은 두 차레에 걸친 복상논쟁으로 세월을 허비하였다. 첫 번째는 현종 1년(1660)에 일어난 기해예송(己亥禮訟)이요, 두 번째는 현종 15년(1674)에 일어난 갑인예송(甲寅禮訟)이다.

기해예송은 효종이 승하하자 인조의 계비(繼妃)인 자의대비(慈懿大妃)가 효종의 복상(服喪)을 장자(長子)의 예우로 3년을 입느냐, 중자(衆子)로 보아 1년만 입느냐 하는 문제였고, 갑인예송은 효종비 인선왕후(仁宣王后)가 서거하면서 그때까지도 살아있던 자의왕대비 조씨(趙氏)가 인선왕후를 다시금 장자부(長子婦, 맏며느리)로 보아 기년(朞年, 1년)복상을 하느냐, 중자부(衆子婦, 둘째 이하의 며느리)로 보아 대공(大功, 9개월)복상을 하느냐 하는 문제였다.

이 두 번의 예송에서 허목은 한결같이 효종을 장자로, 인선왕후를 장자부로 보아 기해예송에서는 최년설(衰年說, 3년상)을 주장했고, 갑인예송에서는 기년설(1년상)을 주장하였다. 첫 번째 예송에서는 패하여 낙향했었으나, 갑인년에는 기년설이 채택되어 허목은 일약 대사헌으로 특진되고 그 후 승승장구하여 참판·판서·우의정에까지 이른다.

허목은 미수(眉叟)라는 아호를 제목으로 한 미수기언(眉叟記言)이란 책을 세상에 남겼는데, 그 대부분이 차자(箚子), 상소문, 서찰 등이지만, 그 중에는 당대 지식인의 세계관과 인생관을 엿볼 수 있는 몇 편의 사변적 논설이 들어있다. 「천

허목(許穆)

지변화」라는 첫 구절로 시작한 세 편의 글은 논지 전개의 방향을 달리하면서 천명을 예찬하고, 교인(敎人)·공용(功用)을 주장하기도 하며, 성인(聖人)의 기정(氣正)을 강조하기도 한다. 그 시절 지식인들이 지니고 있던 사상의 기본 틀을 짐작해 볼 수 있는 글이다.

미수기언(眉叟記言)

一. 천명(天命)의 정극(精極)함을 예찬함

천지자연이 끊임없이 바뀌고 바뀌어 천하 만물이 그 바뀜을 바탕으로 생성되었다. 꿈틀거려 움직이고 알아차리고 깨달음이 부지런히 반복되면서 서로 영향을 주고받으니 같은 무리는 서로 사랑하며 저의 생명을 기른다. 그러므로 생명이 있는 것은 처음부터 타고난 재능을 갖추게 되고, 그 재능을 매일같이 활용하며 발전을 꾀한다. 이렇게 뭇 생명체들이 무리를 지어 태어나서 새 새끼들은 구구거리며 서로 어울리고, 새싹 새움들은 날로 자라고 냇물은 골짜기에서 흘러 흘러 강이 되어 바다로 간다. 배고프면 먹고 목마르면 물마시며 겨울에는 털옷입고 여름에는 베옷입고 사회를 이루어 생활하면서 살다가 죽는 것, 이것이 세상사는 한결같은 이치이다. 자연의 만물이 모두 종류별로 다르기는 하지만 천지조화에 따르는 것은 모두가 같다. 세상일 모든 것이 개별적인 특성이 있으나 그것을 떠받치는 원칙은 모두 같은 것이다. 천명(天命)이 우주 만상에 두루 적용되어 세상 만물이 다 함께 천명에 말미암으며 제 각기 고유의 성품을 완성하니 그 크고 넓음을 모른다 하겠는가. (또한 천명은) 하늘 땅 온 우주를 살피시고 천지사방을 두루 관장하며 세상사 만 가지를 모두 감싸 안으니 이 또한 처음도 끝도 없이 운영하심이 아닌가! 이렇듯 밤낮으로 쉬임이 없으니 이것이(우리 인간에게) 지극한 가르침이 되어 예(禮)는 이 가르침을 따라 발생하고 악(樂)은 이 가르침을 따라서 만들어진다. 이 가르침 때문에 성인(聖人)은 그 위대함을 존중하여 섬기고, 효자는 어버이를 아름답게 받드는 것이다. 아하 천명의 정밀하고 깊으며 지극하고 섬세함이여! 아무리 생각하고 또 힘써 궁리해도 헤아릴 길이 없으니 어찌 섣부른 논설로 그 지극한 경지에 이를 수 있겠는가!

二. 천지조화를 성실히 배우고 실천함

천지자연이 끊임없이 바뀌고 바뀌는 가운데 (하늘이) 숨을 불어넣어 (만물이) 따뜻하게 하고 숨을 들이 쉬어 움츠러들게도 하시니, 세상 만물이 이에 따라 슬퍼 근심하며 측은하여 아끼고 서로 사랑하는 감정이 나타나게 되었다. 그러나 거기에서 착한 것과 악한 것이 나누어지고 세상만사가 발생하여 얽히고 설키어 복잡하게 되었다. 그런데 그 만가지 사건이 한 가지도 같은 것이 없으니 이것은 모든 살아있는 것의 삶의 원리[情]이다. 사물과 사건이 극한 상황에 이르면 혼란이 발생하고, 생각과 느낌이 흐트러지면 혼란스러움이 끝을 모르게 된다. 그런 까닭에 악(樂)은 가득 찬 지경에 이르렀다가도 즉시 돌이키는 것이며, 예(禮)로 물러섰다가는 곧 나아가는 것이다. 이렇듯 (음악은) 융통하여 화합하고 (예법은) 질서를 지키어 정돈되니 이러한 예악으로 천지의 올바름이 완성된다. 이것으로 성인이 세상사람들을 가르치는 것이다. 쉬지도 않고 끊임도 없는 (천지조화는) 천지의 위대한 일[大業]이며 (그것을 보고 깨달아) 만물을 심고 키우며 알맞은 자리에서 성장하도록 하는 것, 이것은 성인이 자연을 배워 응용하는 자세이다.

三. 성인(聖人)은 모름지기 기(氣)를 바르게 하여야 함

천지자연이 끊임없이 바뀌고 바뀌는데 한 번 가득 차면 한 번은 텅 비게 된다. 형체는 기에서 생기는 것이요, 기는 형체를 통하여 드러난다. 하늘은 그것보다 더 큰 바깥이 없고(삼라만상을 모두 포괄하였으니 그것보다 더 큰 것이 있을 수 없고) 땅은 생존의 방편이 된다.(천하만물이 모두 땅에서 생겨나니 땅이야말로 모든 생존의 방편이 아닌가.) 해와 달이 번갈아 밝게 비추고 추위 더위가 차례대로 찾아와, 한 절기가 갔다가는 다시 돌아오니 천하 만물이 이로 말미암아 살고 죽으며, 이로 말미암아 번성하고 쇠퇴하며, 이로 말미암아 노닐고 즐기며, 이로 말미암아 다함 없이 이어가니 사람의 일이 아름다우냐 사특 하냐 하는 문제와 세상의 도리가 한심스러우냐 존경스러우냐 하는 문제는 모두 한 가지 천지의 기[精氣]의 순환일 뿐이다. 사람의 정기가 바르면 세상의 정기가 바르게 되고, 사람의 정기가 어지러우면 세상의 정기가 어지럽게 된다. 세상이 행복하고 즐거우냐, 요악하고 불행하냐 하는 것은 기가 사악하냐 정직하냐 하는 것의 드러남이요, 기가 바르게 다스려졌느냐 어지러워졌느냐 하는 것의 표징이다. 기가 서로 영향을 주고받아 그 결과가 그렇게 되는 것이다. 그러므로 성인은 (기를 바르게 하려고 하였을 뿐) 거스르지도 않았고, 빠져들지도 않았고, 두려워하지도 않았고, 근심하지도 않았으며 오로지 인(仁)에 충실하고자 하였으니 과연 그 근본 바탕은 무엇이란 말인가?(기(氣)를 바르게 하는 것이 아닌가!)

❀ [참고] 예송(禮訟)의 발단은 무엇인가?

효종은 인조의 둘째아들 봉림대군(鳳林大君)이었다. 병자호란이 끝난 뒤 그의 맏형 소현세자(昭顯世子)와 함께 청(淸)나라에 볼모로 끌려가 8년간 설움의 세월을 살았다. 1646년(인조 23년) 소현세자가 돌연 사망하자 세자에 책봉되어, 1649년에 즉위했다. 재위 중 효종의 치세는 볼만한 것이었다. 청(淸)에 설욕하려는 굳은 의지로 군비확충·세제개혁·대동법 실시 등 착실하게 내실을 다지며 북벌의 기회를 기다리고 있었다. 그러나 1659년 갑자기 승하하자 아버지 인조의 계비인 자의대비는 어머니의 자격으로 복상을 하게 되었는데, 이미 소현세자가 죽었을 때 장자의 예로 복상을 했으므로 또다시 장자의 예를 지킬 수 있느냐는 것이 쟁점이 되었다. 다시 말하여 계모(繼母)가 맏아들의 복상을 두 번씩 입을 수 있느냐 없느냐의 문제였다. (윤선도의 논에소 참조)

許穆 眉叟記言

天地變化 一

天地變化 萬物資生 蠢動知覺 藹然相感 能愛類養生 故生有良能
日用而不已. 品流群生 殼音自和 萌孼日長 川谷達於江海 飢食渴飲
冬裘夏葛 群居而生死 其故一也. 品物區別 其化均也. 庶事殊緒 其
道同也. 天命流行 萬物共由 各遂其性 而不知洋洋乎. 察於天地 著
於四方 包括萬物 而無終始行乎. 晝夜而不窮 是爲至敎 禮自履此生
樂自順此作 由是而 聖人事大 孝子享親. 夫精深極微 思勉不能 幾論
說不能及至矣.

天地變化 二

天地變化 吹煦闔歙 品物從之 怵惕惻隱 愛欲形焉. 於是 善惡分而
萬事出矣. 紛綸參錯 有萬不齊 生物之情也. 物極則致亂 情蕩則益熾
故樂盈而返 禮退而進 融融秩秩 以遂天地之正 聖人之敎人也. 不息
不已 天地之大業 裁成位育 聖人之功用也.

天地變化 三

天地變化 一盈一虛 形生於氣 氣冒於形 天無外(包萬物而無外) 地
有方(生萬物而有方). 日月代明 寒暑序行 往而復來 萬物以之而生死
以之而盛衰 以之而遊衍 以之而無窮 人事之淑慝 世道之汚隆 一氣
而遷耳. 人之氣正 則天地之氣正 人之氣亂 則天地之氣亂. 禎祥妖孼
邪正之表 治亂之徵 氣之相感 召者然也. 故聖人不違不惑不懼不憂
而篤仁 其本何也.

송준길(宋浚吉)의
제우복정선생문(祭愚伏鄭先生文)

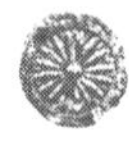

　조선조의 관리임용에도 이른바 특채라 할 수 있는 비공식절차가 있었다. 과거에 급제하여 적당한 부서에 임명되어 세월따라 승차 승진하는 것이 공식절차라면, 조상의 공적으로 음직에 보임되거나 고매한 학덕이 세간에 알려져 천거 발탁되어 출사하는 것은 비공식 절차라 할 수 있다. 따라서 이러한 비공식절차로 발탁된 이들은 대체로 벼슬자리에 연연하기 보다는 신념에 따라 임무에 나아가는 경향이 많았다. 효종 때의 문신 동춘당(同春堂) 송준길(宋浚吉, 1606 선조 39~1672 현종 13)이 바로 그러한 분이다. 동문수학한 우암 송시열(宋時烈)이 「동춘당 송공묘지(同春堂宋公墓誌)」에 동춘당의 사람됨을 다음과 같이 묘파하였다.

공은 삼십 년 동안 임금의 은지(恩旨)를 받은 것이 많았지만 그 때마다 시세를 보아서 의리에 정당한 것이 아니면 당초부터 관계에 나아가지 않았다. 그러므로 조정에 있은 날은 일생동안 일 년여에 불과하였으나 군덕(君德)과 세도(世道)에 도움이 되는 일은 지대하였다.

송준길의 자는 명보(明甫)요, 호는 동춘당이다. 은진인으로 어려서 율곡을 사사하였고 20세에 사계 김장생의 문하에서 예학을 깊이 공부하였다. 19세에 학행으로 세마(洗馬: 세자익위사에 속한 정구품직)에 임명되었으나 사퇴하고 은거 자중하며 학문에만 정진하였다. 그의 스승 사계는 매양 동춘당을 가리켜 "앞으로 예가의 종장이 될 사람"이라 극찬하였다. 이러한 평가와 분위기는 마침내 그 당시 예학의 우두머리였던 우복(愚伏) 정경세(鄭經世)로 하여금 동춘당을 자기의 사위로 삼게 하였다.

44세에 효종이 즉위하면서 집의(執義: 사헌부 종삼품직)로 기용되자 인조 말부터 권세를 잡고 있던 공서파(功西派) 김자점(金自點)을 탄핵하여 파면시킴으로써 청서파(淸西派)의 집권을 가능케 하였다. 그 후 효종과 함께 북벌계획을 적극 추진하였으나 그 사실을 김자점이 청에 밀고하여 뜻을 이루지 못하고 벼슬에서 물러났다. 그 후 대사헌, 병조판서, 우찬성, 이조판서, 원자보양관, 제주, 찬선 등을 역임했으나 모두 구름에 달 가듯이

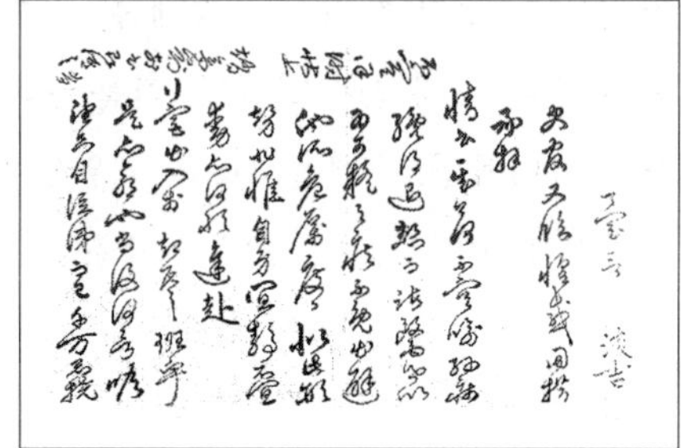

송준길 필적

스친 것이요, 어느 직에도 오래 머물지 않았다.

다음 글은 그의 스승이며 어버이(장인)인 우복 정경세 선생을 기리는 제문이다.

우복 정선생님 영전에 드리는 글

숭정 6년 계유년(1633) 8월 경신삭 22일 신사에 사위 봉직랑 전 동몽교관 송준길은 삼가 술과 과일로 제상을 차려놓고 장인어른 우복 정선생의 신위에 영결을 고하나이다.

아, 슬프옵니다. 신령스런 스승을 잃음이며 또한 어버이를 잃음이 아니옵니까? 태산이 무너진 것이요, 대들보가 부러진 것이 아니옵니까? 공경과 사대부는 관청에서 조상하고, 장사하는 이들과 서리·하인들은 길가에서 슬퍼하고 공부하는 유생·학생들은 집안에서 울면서 모두 이르기를 "나라는 어디에 의지하며 백성은 누구를 우러르며 우리들은 장차 어찌하여야 합니까."라고 탄식합니다. 또 비록 평상시에는 좋아하고 싫어하는 것을 달리하여 서로 즐겨 사귀지 않던 이들도 눈물을 흘리며 슬퍼하지 않는 이가 없으니 아 이것은 그 누가 시켜서 그렇게 한 것이겠습니까. 문장은 세상의 모범이 됨에 모자람이 없었고, 학문은 과거를 계승하고 미래를 개척함에 넉넉하였고, 혈육사랑과 이웃사랑은 인의를 일으켜 세상을 교화함에 부족함이 없었으며, 임금을 사랑하고 백성을 윤택하게 하려는 뜻과 나라를 근심하고 풍속을 걱정하는 마음은 귀신이 옆에서 갈피 잡아 밀으며 어리석은 이나 슬기로운 이가 모두 다 우러러 보아 이해의 사사로움이 비록 그 당시에는 가려져 있었다 하여도 올바르고 떳떳한 하늘은 마침내 오늘날까지 사라져 버리지 않았으니 어찌 이른바 "인정이 이르지 않음이 없고, 천의가 거짓을 용납치 않는다."하는 것이 아니겠습니까?

　오직 소자는 차마 말하지 못할 것이 있사옵니다. 애초에 이 소자는 본 바탕이 보잘 것이 없었고 무엇을 배울지 방향도 알지 못하였는데 나이 스물에 이르러 비로소 선생님의 문하에 제자가 되었습니다. 선생님은 제가 천방지축 방황하는 것을 불쌍히 여기시고 바른 길을 가도록 이끄시어 날마다 필요한 때에 귀에 대고 일러주시고 강설하실 때에는 면대하여 가르치셨습니다. (또) 연꽃잎이 뜬 연못이나 죽순이 솟는 동산에서 조용히 산책을 하거나 지팡이를 끌고 노니실 때에 사물에 마주하여 일일이 붙들고 인도하여 정성껏 가르쳐 주셨습니다. (소자는) 어리석고 못나기 이를 데 없어서 무기나 기계를 다루듯 선생님 가르침의 뜻을 잘 따르지는 못하였사오나 처음부터 이처럼 (부족하다는 것을) 알아 소인이 되는 것만은 혹 면한 듯하오니 이것은 누가 내려주신 (은혜)이옵니까?

　경오년(1630) 겨울에 선생님은 벼슬을 사양하시고 고향으로 돌아오셨습니다. 그 다음 다음해에 소자가 나아가 뵈었는데 그 기쁨과 사랑의 돈독함이 예전의 평일보다도 더욱 깊으셨습니다. 그리고 말씀하시기를 "내가 평생에 주자의 글을 몹시 좋아하였으나 더불어 이야기를 나눌 사람이 없었다. 봄철이 돌아와 날씨가 따뜻하게 되면 나는 자네를 데리고 산 속으로 들어가 함께 토론하고 싶었다. 때로는 죽교를 타고 낙동강 물가의 경치 좋은 곳을 골라 다니며 나의 여생을 마치고자 하였다. 이 어찌 지극한 즐거움이 아니겠는가?"하셨습니다. (그런데) 얼마 지나지 않아 선생님은 이미 병환이 드셨습니다. 앞에서 말한 지극한 즐거움은 이미 얻을 수 없게 되자 또 말씀하시기를 "나는 이제 끝인 듯하다. 내 일신에 관계된 모든 일은 오로지 자네에게 위촉한다. 앞으로 모든 일은 오로지 자네에게 부탁한다. 남겨놓은 유저는 상자 안에 있으니 자네가 그것을 정리하게나. 또 어린 손자들은 아직 어리니 자네가 그들도 가르쳐주게나."하셨습니다. 정녕코 부탁하신 유촉은 뼈에 새겨 잊지 않겠사오나 오늘에 이르러 생각하오니 어찌 간장이 녹고 찢어지는 것 같지 않겠습니까?(중략)

아, 슬프옵니다. 의젓하신 자태는 영원히 단절되고 자상하신 성음은 아득하게 사라졌으며 3천3백의 의표와 대경 대법의 심오함은 퇴폐하여 멀리 사라져 덕업을 마칠 기약이 없으니 오직 남기신 저술을 가슴에 품고 남겨주신 가르침을 받들고 만년의 업적을 수습하여 지난날의 잘못을 속죄코자 하나이다. 영특하신 혼령이 여기에 계신다면 반드시 어두운 저승에서도 묵묵히 도와주실 것입니다. 말은 끝이 있어도 정은 끝날 수 없습니다. 한 잔의 맑은 술로 영결을 고하며 만고 영원히 하직하나이다. 아, 슬프옵니다. 흠향하시옵소서.

동양 전래의 「시학(Poetica)」이라 할 유협(劉勰)의 『문심조룡(文心雕龍)』에는 추모문체의 창작법을 다음과 같이 기술하고 있다.

"대체로 뢰(誄)의 창작법으로는 사자(死者)의 언행을 선택하여 기록하고 전기의 본질을 밟으며 송(頌)의 수사법을 사용하여 영예를 서술하는 것으로 시작하여 애도의 말로 끝을 맺는다. 사자를 논함에 있어서는 역력히 그 모습을 방불케 하고 사자에 대한 애도의 정을 서술하는 데에는 절절한 혼의 애달픔을 피력하는 것, 이것이 뢰의 취지라 하겠다."

이렇게 지은 행장(行狀), 제문(祭文), 묘지명(墓地銘)은 고인의 자취일 뿐 아니라 인류의 역사이기도 하다. 애절한 사연속에 묻어 있는 한 사람 한 사람의 행적이 모이고 모여 도도한 인간사의 역사가 꾸며지는 것이기 때문이다. 그러면 동춘당이 우복을 기리는 위의 제문에서 우리는 무엇을 찾을 수 있는가? 아마도 그것은 조선조 중기에 시대를 풍미했던 예학의 준렬함이 아닐까?

祭愚伏鄭先生文

維崇禎六年 歲次癸酉 八月庚申朔 二十二日辛巳. 甥奉直郎 前童蒙敎官 宋浚吉 謹以酒果之奠 告訣于外舅氏 愚伏鄭先生之靈筵.

嗚呼哀哉 蓍龜之失 而父母之亡耶 泰山之頹 而樑木之壞耶. 卿士大夫之弔於朝 商旅胥隸之咨於途 經生學子之哭於家者 咸曰“國其疇依 民其焉仰 吾徒將安放”雖平日異好惡不相樂者 亦莫不涕而嗟惜之 嗚呼是孰使之然哉. 文章足以範俗而垂世 正學足以繼往而開來 孝悌足以興仁而致化. 愛君澤民之志 憂國悶俗之衷 鬼神旁質 愚智具瞻 利害之私 雖或蔽於當時 而秉彝之天 終不泯於今日 則豈所謂人無不至 天不容僞者非耶.

惟小子有不忍言者矣 始余小子質本蕞下 學未知方 年及弱冠 始執贄於先生之門. 先生憐余摘埴 示余周行 提耳於日用之間 面命於講說之際. 池荷葉浮 園竹筍抽 或散步而從容 或理杖而優游 卽事卽物 誘掖諄至. 昏愚無狀 縱未克操戈撥機 以副先生敎育之意 而其初知有此事 或免爲小人之歸者 伊誰之賜耶.

庚午之冬 先生謝事而歸 越明年而小子趨謁 其歡愛之篤 有踰平昔 仍謂之曰“吾平生酷好朱文 而無可語. 春回日煦 吾欲携君 入內山共討之. 時以竹轎 選勝於洛水之滸 以終吾餘生 豈非至樂也.”無何先生已病矣 向之所謂 至樂已不可得 則又謂之曰“吾今已矣. 附身諸事 惟子焉是屬 日後凡百 惟子焉是托 遺篇在篋 子其釐之 稚孫未成 子其敎之.”丁寧囑遺 刻骨難忘 今而思之 曷不肝蝕而腸裂耶.(中略)

嗚呼哀哉. 儀形永隔 影響已昧. 三千三百之儀 大經大法之奧 墜緖茫茫 卒業無期 惟有抱遺篇 而奉遺敎收桑楡 而贖曩愆. 英靈如在 必有以黙佑於冥冥之中也. 言有窮而情不可終 一觴告訣 萬古長辭 嗚呼哀哉 尙饗.

송시열(宋時烈)의 악대설화(幄對說話)

1637년, 이 해는 인조(仁祖) 15년으로 인조대왕이 삼전도(三田渡)에서 청태종(淸太宗)에게 삼배구고두(三拜九叩頭: 세 번 절하고 아홉 번 머리를 조아림)의 예를 올리며 항복한 지 일 년을 넘긴 때였다. 이 해에 청은 조선을 정복했다는 쾌거를 만대에 선양할 목적으로 삼전도에 대청황제송덕비를 세우라고 압박하는 한편 소현세자(昭顯世子)와 봉림대군(鳳林大君)을 위시하여 상당한 인원을 인질로 삼아 심양으로 데려갔다. 그때에 19세였던 인조의 둘째아들 봉림대군은 형님 소현세자와 함께 심양으로 끌려가 장장 8년간이나 억류생활을 하였다.

1645년 27세의 헌헌장부(軒軒丈夫)가 되어 돌아온 봉림대군은 함

송시열(宋時烈)

께 귀국한 형님 소현세자가 돌아온 지 두 달만에 병을 얻어 급서하자 뜻하지 않게 세자로 책봉되고 그로부터 4년 후, 1649년에 부왕 인조가 돌아가시니 그는 31세에 대통을 잇는 행운의 임금이 되었다. 그가 곧 효종(孝宗, 1619 광해군11, 1659)이다.

그러나 효종은 즉위한 날부터 절치부심 영일이 없는 나날을 보냈다. 8년간의 인질생활과 민족적 수모를 설욕하려는 마음으로 치국의 근본을 북벌정책에 두었기 때문이다. 그리하여 어영청(御營廳)에는 병사를 2만명으로 증원하였고 호서의 유림으로 학문에만 전념하던 재야인사들, 김집·송시열·송준길·이유태 등을 기용하면서 김자점 등 친청파 인사들을 조정에서 몰아내었다. 김육의 건의를 받아들여 대동법(大同法)을 충청·전라도까지 확대 실시하고 동일양전척제(同一量田尺制)를 실시하여 백성의 조세부담을 줄이며 상평통보(常平通寶)를 주조하여 화폐의 유통을 원활히 하였다. 화란사람 하멜(Hamel)이 가져온 조총 기술로 서양식 무기를 개발한 것도 이때였다.

바야흐로 왕조 중흥의 계기가 마련되는 듯하였다. 이제 효종은 그동안 지지부진하던 북벌책을 본격적으로 재정비할 때가 되었다고 생각하였다. 효종 10년 3월 열 하룻날, 효종은 은밀히 송시열을 불러 북벌책을 구체화하라는 밀지를 내린다. 그러나 나라의 운세가 거기까지였던가? 이 밀지를 내린 지 50여일이 지난 5월 4일 효종이 돌연 승하하였으니….

다음은 송시열이 그 밀지를 받들던 때의 기록이다.

휘장 안에서 은밀히 임금님을 만난 이야기

기해년(1659년 효종대왕 10년) 삼월 열 하룻날

임금님께서 부르시어 희정당에서 만나 뵈었다. 임금님께서 말씀하셨다. "모든 신하는 모두 나가시오. 그리고 이조판서만 남으시오." 모든 신하들이 다 종종걸음으로 물러난 다음, 임금님은 내시를 시켜 모든 문을 활짝 열게 하시고 말씀하셨다. "너희들도 모두 병풍 뒤로 멀리 물러가 있거라." 그런 다음에 임금님께서 말씀하셨다.

"매양 경과 함께 조용히 이야기를 나누고 싶어 여러 달을 기다려 왔으나 끝내 그 기회가 없기에 오늘 뜻을 정하고 이런 일을 하는 것이오. 오늘 마침 나도 다행히 기운이 회복되어 상쾌하니 내가 품은 생각을 다 말할 수 있을 듯하오."

그리고 또 탄식하시며 말씀을 이으셨다.

"오늘 말하고자 하는 것은 지금 우리가 당면한 큰 일이오. 저 오랑캐는 반드시 망할 형편에 있소. 지난번의 한(汗: 청 태종) 시절에는 형제가 매우 번성하였는데 지금의 한(청 세조)은 점점 쇠약해지고 있고, 지난번의 한 시절에는 인재가 심히 많았는데 지금은 모두 용렬하고 약한 자들뿐이고, 지난번의 한 시절에는 오로지 군사를 존중하였는데 지금은 군사가 점점 폐지되어 마치 중국(明)의 일을 본

받는 듯하오. 이것은 바로 경이 지난날에 말한 주자(朱子)의 말 곧 '오랑캐가 중원을 얻으면 사람들이 중원의 제도를 가르쳐서 오랑캐가 점점 쇠약해 진다'는 것이오. 지금의 한(청 세조)은 비록 영웅이라고는 하나 주색에 빠짐이 이미 깊어서 그 형세가 오래갈 것 같지 않소. 오랑캐의 일은 내가 그동안 깊이 궁리하였소. 여러 신하들은 모두 내가 군병에 관한 일을 다스리지 않기를 바라는 것 같소만 내가 굳이 그렇게 하지 않는 것은 하늘의 때[天時]와 사람의 일[人事]에서 어느 날이 좋은 기회가 오는 때인 줄을 알 수 없기 때문이오. 그래서 정예 포병 10만을 길러 자식처럼 사랑하고 보듬어서 모두 죽음을 두려워하지 않는 병사를 만들고자 하는 것이오. 그런 다음에 오랑캐가 틈이 있기를 기다려 발병하여 국경밖으로 쳐들어가면 중원의 의사와 호걸이 어찌 호응하는 자가 없겠소. 국경 밖으로까지 쳐들어가는 것은 그리 어렵지 않소. 오랑캐는 군사 준비에 힘쓰지 않아서 요동과 심양 천리에 활 쏘고 말달리는 군사들이 없으니 분명코 무인지경(無人之境)을 들어가는 것과 같을 것이오. 또 하늘의 뜻을 헤아려 보건대, 우리나라의 세폐(歲幣: 해마다 중국에 보낸 공물)를 오랑캐들이 모두 요동과 심양에 쌓아 두었으니 하늘의 뜻은 그것을 다시 우리가 쓰도록 하는 것 같소. 그리고 또 우리나라에서 잡혀간 사람이 몇 만 명이 되는지 알 수 없는데, (그들도) 역시 어찌 내응하지 않겠소이까. 오늘의 일은 우리가 실행에 옮기지 않는 것을 근심할 뿐, 성공하지 못할 것을 근심할 일은 아니오."

이 말씀을 듣고 (신이) 대답하였다.

"성의(聖意)가 이와 같으시니 비단 우리나라 뿐만 아니라 실로 천하 만세에 다행스런 일이옵니다. 그러나 제갈량도 일찍이 능히 성공할 수 없는 것이 있다하여 말하기를 '완성키 어려운 것이 일이라'

하였사오니 만일에 차질이 생겨 뒤집혀 멸망하는 화를 당하면 어찌 하시겠습니까?"

이 말씀을 들으시고 임금님께서는 웃으시며 대답하셨다.

"이것은 경이 내 말을 시험하는 것이구료. 나는 나의 재능으로 이 일을 해낼 수 있다는 것이 아니요. 오직 하늘의 이치[天理]와 사람의 마음[人心]이 그렇게 할 수밖에 없다는 것이니 어찌 재주가 미치지 못한다 하여 스스로 한계를 정하여 일을 도모하지 않는 것이 옳은 것이겠소. 진실로 뜻만 크게 결정한다면 진정코 스스로 힘쓰게 될 것이요, 진정코 스스로 힘쓴다면 재능도 또한 발전할 것이니 항상 스스로 자극하여 힘을 낼 따름이오. 또 하늘의 뜻이 (반드시) 있을 터이니 나는 거꾸러져 멸망하리란 근심 같은 것은 없으리라 생각하오. 하늘이 나에게 내려준 성품이 그렇게 어둡고 용렬한 것이 아니요, 또 나로 하여금 일찍이 환란을 견디게 하여 능치 못한 것을 보충하여 주었고, 또 나로 하여금 일찍이 활 쏘고 말 타는 전쟁터의 일을 익히게 하였으며, 또 나로 하여금 저들 오랑캐 속에 들어가 저들의 형세와 산천의 길과 마을을 잘 알게 하였고, 또 나로 하여금 저들 속에 오래 머물러 있게 하여 저들을 두려워하는 마음이 없게 하였으니, 내 어리석은 생각에 스스로 하는 말이오만 하늘의 뜻이 나에게서 그렇게 멀리 떨어져 있지는 않은 듯하오. 그러나 신하들 가운데에는 이런 일을 함께할 자가 없고 내 나이는 점점 많아지고 항상 허전한 마음으로 있으니 사는 것이 즐거운 줄을 모르겠소이다. (그런데) 경이 올라온 뒤로 점점 좋은 의견과 생각하는 바가 있었으나 경도 또한 외롭기는 마찬가지라 심히 근심스럽소. 경이 당론을 모으지 않고 있는데 이것도 모두 피차에 도움이 되지 않는 일이오. 그러나 내가 경과 뜻이 같고 생각이 일치하여 항상 골육

형제 사이 같으면 그 뜻과 기운에 점점 동화되어 우리의 뜻에 서로 호응하는 사람이 생길 것이오. 나는 앞으로 10년을 기약하오. 10년이면 내 나이 50이오. 10년 안에 일을 성취하지 못하면 내 뜻과 기운이 점점 쇠하여서 다시는 가망이 없을 것이오. 이 때가 되면 나는 경이 은퇴하여 돌아가는 것을 허락할 것이요. 그때에 경은 물러가도 좋소.(중략)

하늘이 (내게) 10년만 더 살게 해 주신다면 성패 간에 반드시 한 번 거사를 할 것이니 경은 꼭 비밀리에 동지들과 함께 의논해 주시오.”(하략)

우암(尤庵) 송시열(宋時烈, 1607 선조40~1689 숙종 15)은 앞에서 언급한 바와 같이 사림에 묻혀 있다가 봉림대군의 사부가 되면서 발신하여 병자호란 때에는 남한산성에 인조를 호종하였고, 1637년 화의가 성립하자 척화를 주장하던 우암은 낙향하였다. 효종 즉위 후 사림, 특히 청서파 노론의 영수로 당대 정계를 주름잡았다.

윗글은 그 글의 성격상 세상에 공표할 수 없는 것인데, 효종이 승하하시고 북벌책도 부질없는 옛일이 되었으니 부득이 공개한다는 추기(追記)를 붙여 세상에 내놓게 되었다. 추기의 일부를 옮겨본다.

“천신(賤臣)은 기해년 삼월 십이일에 그 전날 앞에서 얘기한 것을 추록하여 하나의 작은 책자를 만들었다. 그 다음 달에 성후(聖侯)가 미령하시어 오월 초사일에 마침내 승하하시었다. ‘창천(蒼天)이시어 창천이시어’ 원망하고 부르짖었으나 미칠 데가 없었다. 산간(山間)으로 돌아와 열 겹으로 싸서 갈무리 해두고 내놓을 날만 기다리고

236

있었으나 끝내 그런 날이 없어서 깊은 곳에 숨겨둔 채 백세 후에나 알려질까 하였다.(중략) 하늘이 성수를 더 누리게 하여 마침내 그 지업을 이루게 하였다면 이 기록이 아무 필요가 없지만 이제는 이미 다 틀렸으니 만일 당일의 말을 끝내 세상에 알리지 않는다면 천신의 죄가 어떠하겠는가?(하략)"

幄對說話

己亥三月十一日 召對于熙政堂 上曰 "諸臣皆出 獨吏判留身." 諸臣旣皆趨出 上令中官洞開諸門戶曰 "汝等亦皆屛退遠處." 然後上曰 "每欲與卿從容說話 等待累月 終無其便 故今日決意 爲此擧措, 今日予亦氣幸蘇快 庶幾罄吾所懷矣."

上因喟然曰 "今日之所欲言者 當今大事也. 彼虜有必亡之勢 前汗時兄弟甚蕃 今則漸漸消耗 前汗時人才甚多 今則皆是庸惡者 前汗時專尙武事 今則武事漸廢 頗效中國之事. 此正卿前日所誦朱子謂 虜得中原 人敎以中國制度 虜漸衰微者也. 今汗雖曰英雄 荒于酒色已甚 其勢不久 虜中事 予料之熟矣. 群臣皆欲予勿治兵事 而予固不聽者 天時人事 不知何日是好機會來時 故欲養精砲十萬 愛恤如子 皆爲敢死之卒. 然後俟其有釁 出其不意 直抵關外 則中原義士豪傑 豈無響應者. 蓋直抵關外 有不甚難者 虜不事武備 遼瀋千里了 無操弓騎馬者 似當如入無人之境矣. 且以天意揣之 我國歲幣 虜皆置之遼瀋 天意似欲使還爲我用 而我國被虜人 不知其幾萬 亦豈無內應者耶 今日事 惟患其不爲而已 不患其難成."

對曰 "聖意如此 非但我東 實天下萬世之幸 然諸葛亮尙不能有成 乃曰'難平者事'萬一蹉跌 有覆亡之禍則奈何."

上笑曰 "是卿試予之言也, 予非以予才能辦此事也. 只以天理人心之所不可已者 豈可以才不逮而自劃不爲哉. 志苟大定 則誠自篤 誠自篤則才亦可進 故常自激昂爾. 且天意有在 予以爲似無覆亡之慮也. 天之賦與於予者 不甚昏愞 且使予早罹患難 增益不能 且使予早習弓馬戰陣之事, 且使予入彼中 熟知彼中形勢及山川道里, 且使予久處彼中 無有畏懾之心. 予之愚意自謂 天意於予不至邈然也. 然臣

僚無與共此事者 而予年漸高 居常忽忽 不知生之爲樂也. 自卿上來
漸有好意思 然卿亦孤單 甚可虞也. 卿不爲黨論 是彼此皆不見助之
道也. 然予與卿 志同意合 常如骨肉兄弟 則志氣漸同 聲相應之人矣.
予以十年爲期 十年則予年五十矣. 十年內不成 則志氣漸衰 無復可
望矣. 至此則予亦許卿退歸矣 此時卿亦退去可也.(中略) 天假之十年
則成敗間 當有一舉 卿宜密與同志議之."(下略)

홍만종(洪萬宗)의 순오지(旬五志)

　16세기말에 임진왜란을 겪고 그 상처가 아물기도 전에 17세기 전반에 또다시 병자호란이라는 병화를 치른 조선조 사회는 필연적으로 총체적 구조조정이 불가피하였을 것이다. 그 과정에서 자연스럽게 사회구성의 기본 틀이었던 신분제가 흔들렸다. 양천제(良賤制)가 무너진 것이다. 서인계급에 기반을 둔 시인(詩人, 최경창(崔慶昌)·이달(李達)·백광훈(白光勳))들이 나온 것도 신분제의 변화를 반영하는 것이었다. 관노(官奴) 소생의 한량인 이달(李達)은 만낭무가(漫浪舞歌)라는 작품을 통하여 신선세계에 대한 향수를 노래하며 현실도피를 미화하였다. 17세기에 들어와 성리학이 철학적 심화에 빠지면서 사상계에 실학이 싹트고 발전한 것도 이러한 시대변화의 결과였다. 향촌에 은거하던 지식인들 사이에서는 내단(內丹)이라는 도가풍의 심신수련이 유행하게 되었다. 한마디로 17세기 후반의 조선조 사회는 전반적인 재조정의 시기였다.

이러한 때에 홍만종(洪萬宗)의 『순오지(旬五志)』가 저술되었다. 홍만종의 자는 우해(宇海)요, 호를 현묵자(玄默子)라 하는데 그의 생몰은 정확하게 알려지지 않았다. 『순오지』에 서문을 쓴 백곡 김득신(栢谷 金得臣, 1604~1684)의 연대와 홍만종이 존경하는 대선배라고 『순오지』에서 언급한 동명 정두경(東溟 鄭斗卿, 1597~1673)의 연대를 상고하여 현묵자(玄默子) 홍만종을 (?1610 광해3~?1690 숙종16) 쯤으로 비정할 수 있겠다. 광해초에 태어나 숙종대에 사거한 것으로 보이는 홍만종은 말하자면 당대에는 비주류에 속하는 재야학자였던 셈이다. 『역대총목(歷代總目)』·『해동이적(海東異蹟)』·『시화총림(詩話叢林)』·『소화시평(小華詩評)』 등의 저서를 남긴 것으로 보아 그 나름의 뚜렷한 민족적 역사의식과 시문학적 소양을 지닌 분이었음을 짐작할 수 있다. 『순오지』 하권에 수집해 놓은 호한한 속담은 국어학 및 민속학 분야에서 소중한 자료로 평가되고 있다.

다음은 『순오지』 하권에 실린 선풍의 수필 「양성보명(養性保命)」이다.

몸과 마음을 가꾸고 지키는 일

◎ 보고 듣고 말하고 행동하는 모든 것이 정기를 소모하여 흩어지게 하는 원인이다. 그러므로 불가에서는 벽을 마주하여 참선하고 선가(仙家)에서는 좌관(坐關: 소사소수소식(少思少睡少食))하며 바깥 세상

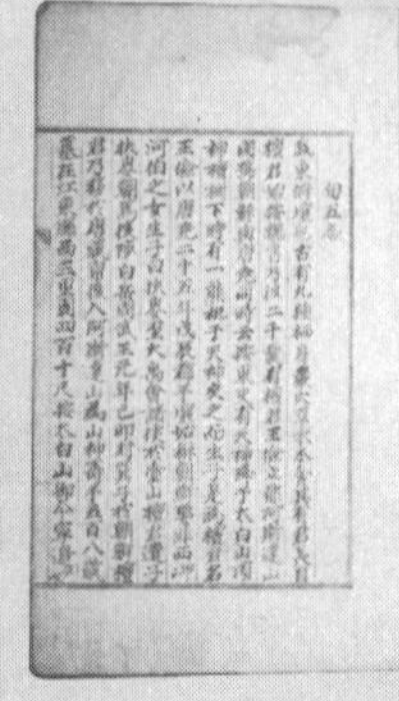

순오지(旬五志)

과 접촉을 끊고 홀로 수양하는 것)한다. 그 모든 것이 바탕을 든든히 하고 힘써 노력하여 정기가 소모되는 것을 방지하려는 것이니 이것이 곧 오래 살고자 하는 방책이다.

◎ 극심한 분노를 없애서 성품을 바르게 가꾸고 근심 걱정을 적게 하여 마음을 편케 하고 말하기도 줄이어 기운을 돋우며 기호 생활을 끊어서 정신을 맑게 지니라.

밥은 부드럽게 하여 먹고 고기는 푹 익혀서 먹을 것이요, 술은 적게 마시고 홀로 잠자기를 자주 하라. 여색 피하기를 원수 피하듯 하고 찬바람 피하기를 화살 피하듯 하라. 아침술은 절대 마시지 말고 저녁 밥 먹은 뒤로는 아무 것도 먹지 마라. 기름이 다하면 등잔불이 꺼지듯 골수가 마르면 사람은 죽는 법이니라.

춥지 않을 만큼만 따뜻하게 입고 배고프지 않을 만큼만 배를 채우고, 욕되지 않은 것을 영광으로 알고 앙화가 없는 것을 복되다 여겨라. 사람의 세상살이가 이만하면 넉넉한 것이니라.

◎ 복되고자 애쓰느니 죄를 피하는 것만 못하고, 약을 구해 먹느니 음식 삼가는 것만 못하다.

맛있는 음식만 찾으면 틀림없이 병을 얻고, 쾌락한 일거리도 지나치면 앙화가 따른다.

몸이 한가로운 것은 마음 편한 것만 못하고, 약으로 몸보신하는 것은 밥으로 몸보신함만 못하다.

부귀할 때 멈출 줄 모르면 제 몸을 죽이고, 먹고 마심에 절제를 잃으면 목숨을 줄인다.

복이란 맑고 검소한 데서 생기는 것이요, 도는 편안하고 고요한 데서 이루는 것이다.

우환은 욕심이 많아서 생기는 것이요, 앙화는 지나친 탐욕에서 나오는 것이다.

한 때 신나고 자랑스런 일은 한 번 지나가고 나면 결국은 슬프고 쓸쓸하거니와 맑고 참되고 그윽한 경지는 세월이 지날수록 그 뜻이 깊어지느니라.

부유할 때 씀씀이가 검박하지 않으면 가난해진 뒤에 후회하고
기회가 왔을 때 배움을 게을리 하면 필요한 때에 후회하게 되고
술 취했을 때 함부로 지껄인 말은 술 깨고 나서 후회하게 되고
건강할 때 휴식을 취하지 않으면 병이 나서야 후회하리라.

술 마신 뒤에는 말하기를 조심하고 밥 먹을 때는 성내지 마라.

참기 어려운 일이라도 참아내고 명석치 못한 사람에게도 너그럽게 대하라.

◎ 분노가 지나치면 제 기운만 빠지고, 번뇌가 극심하면 제 정신만 상한다.

◎ 정신이 피폐하면 쉽게 마음 지치고 기운이 쇠약하면 자주 병이 생긴다.

◎ 기뻐하고 슬퍼하기 지나치지 않게 하고 음식은 이것저것 골고루 먹어라.

◎ 밤늦게 술 취하기 두 번 다시 하지말고 무엇보다 아침에는 성내지 말아라.

◎ 밤이 되면 조용히 운고(雲鼓: 머리의 뒷부분)를 두드리며 새벽에 일어나면 옥진(玉津, 침[唾液])을 삼켜라.

◎ 요사한 기운이 범접하지 못한다면 정기가 내 몸을 온전케 지키리라.

◎ 만약에 온갖 질병 없기를 바란다면 모름지기 맵고 짠 것 삼가고 또 삼가라.

◎ 정신이 안정되면 기쁘고 즐거우니 기운 차려 평화로운 마음을 지녀라.

◎ 오래 살고 일찍 죽음 운명이라 생각말고 좋은 행실 닦는 것이 사람임을 잊지마라.

◎ 이러한 이치를 지킬 수만 있다면 무덤덤한 이 세상을 신선처럼 살아가리.

이 열 개의 구절은 마땅히 한 편의 건강 장생 비결이라 하겠다.

양성보명(養性保命)을 현대용어로 바꾸면 "심성을 수양하고 신명을 보전하는 일"이 될 것이다. 마음을 평화롭게 가져서 몸을 건강하게 지키자는 뜻이다 참으로 좋은 말이요, 나쁠 것이 하나도 없는 지당한 말씀이다. 그런데 무언가 허전하다. 수양서(壽養書: 건강장생 비결) 10구를 아무리 들여다보아도 거기에는 사회윤리의식은 들어 있지 않다. 그래서 역자는 그 제 5구를 슬며시 이렇게 고쳐 보았다.

夜靜省去事(밤이 되면 조용히 하루 일을 반성하고)
晨興謝日新(새벽에 일어나면 새 삶을 감사하라)

역자는 별 수 없는 도학군자류의 후손인가? 모든 독자는 모름지기 이 제5구를 자기 나름으로 고쳐봄이 어떠한가!

養性保命

○ 視聽言動 皆耗散精氣之原 故釋氏面壁 仙家坐關
　皆築基苦行 以防耗此精氣 便是長生之術也.

○ 去暴怒以養其性 少思慮以養其神
　省言語以養其氣, 絶嗜欲以養其精
　軟蒸飯爛煮油 少飲酒多獨宿, 避色如避讐 避風如避箭
　莫喫卯時酒 莫喫申後飯, 油盡燈滅 髓竭人亡.
　以不寒爲溫 以不飢爲飽 以無辱爲榮 以無禍爲福
　人之遊世 如此足矣.

○ 作福不如避罪 服藥不如忌口, 爽口味多作疾 快心事過必爲殃
　身閑不如心閑 藥補不如食補, 富貴不知止殺身 飲食不知節損壽
　福生於淸儉 道生於安靜 患生於多慾 禍生於多貪
　風流得意之事 一過輒生悲涼, 淸眞寂寞之鄕 愈久轉增意味
　富不儉用貧時悔 見事不學用時悔
　醉後狂言醒時悔 安不能息病時悔
　戒酒後語 忌食時嗔 忍難耐事 順不明人.

○ 怒甚偏傷氣 思多太損神, 神疲心易役 氣弱病相因
　勿使悲歡極 當令飲食均, 再三防夜醉 第一戒晨嗔
　夜靜鳴雲鼓 晨興嗽玉津, 妖邪難犯己 精氣自全身
　若要無百病 常須節五辛, 安神宜悅樂 惜氣保和純
　壽夭休論命 修行本在人, 若能遵此理 平地可朝眞
　此十句當一部壽養書.

유형원(柳馨遠)의 반계수록(磻溪隨錄)

　반계(磻溪) 유형원(柳馨遠, 1622 광해군 14~ 1673 현종 14)은 조선조 실학의 기초를 확립한 학자로서 반계수록(磻溪隨錄)이란 저서와 함께 그 이름을 세상에 전하고 있다. 물론 벼슬하는 양반 가문의 후손으로 서울에서 출생하여 33세 때에 진사시에 합격하였고 44세 때에는 학행으로 천거된 적이 있으나 벼슬살이에 나아가지는 않았고 평생을 야인으로 승지유람(勝地遊覽)과 학문연구에만 마음을 쏟았다. 젊어서는 지평·여주 등지에 살다가 32세 이후로는 전라도 부안에 정주하였다. 그런데 그 지방에는 궁방전(宮房田)이 많아 농민들이 입는 피해가 극심하였다. 이것을 목도한 반계는 전제(田制)를 비롯한 사회전반의 개혁없이는 나라의 미래가 없다고 생각하며 토지개혁을 비롯하여 조세·역공·과거·교육·관료·군사 등 각 분야의 체제개편 방안을 실증적 방법으로 제시한 저서를 내놓았다. 이것이 반계수록이다.

궁방전(宮房田)이란 무엇인가? 일명 사궁장토(司宮莊土)라고도 하는데, 왕족·왕비족에 소속된 토지를 가리킨다. 내수사(內需司)와 7궁(명례궁, 용동궁, 수진궁, 어의궁, 육상궁, 경우궁, 선희궁)이 관장하여 왕실과 왕족 및 왕비족의 경제적 기반을 마련하는 것이었다. 조선전기에는 왕족의 수도 적었고 직전제도에 따라 토지가 지급되어 별문제가 없었으나 16세기말, 임진난 이후로는 토지의 사적 겸병이 확대되면서 왕실·왕족 소유지가 팽창되었다. 토지겸병의 방법에는 합법적인 것 외에 백탈(白奪)과 절수(折受)라는 것이 있었다. 백탈은 강압으로 민전(民田)을 그냥 빼앗는 것이요, 절수는 국유지를 떼어주는 것이니, 이런 것이 있고서야 나라의 미래가 밝을 수가 없었던 것이다.

반계는 이런 문제들의 해결방안을 차분하게 개진하였다. 그리고 그것이 뜻있는 선비들에 의해 세상에 알려지게 되었다. 반계가 수록을 완성한 때는 그의 나이 49세인 1670년인데 이 책이 영조대왕의 명으로 경상도 관찰사 이이(李瀰)에 의해 대구에서 간행된 것은 꼭 100년이 지난 1770년이었다. 그 100년 동안 개혁을 갈망하는 조야의 의지가 얼마나 컸었는가를 짐작할 수 있다. 그러나 아쉽게도 그 개혁안은 근대적 국가의 청사진을 제시하지 못했으며 다분히 복고적 감회 속에서 근대화의 의지를 다지는 정도에 머물고 만 느

유형원 필적

낌이다. 같은 시기에 중국에서는 군주의 독재를 부정하며 봉건적
정치·사회체제를 혁신하자고 하는 명이대방록(明夷待訪錄, 1663년 간
행)이란 책이 세상에 선보인다. 황종희(黃宗羲, 1610~1695)라는 이의
책인데, 이 책과 우리의 반계수록이 대비된다. 마음만 있을 뿐 사회
개혁의 뜻을 펴지 못한 것은 황종희나 유형원이 다 같은 처지였다.
더구나 반계는 이 수록의 발문(跋文)에서 자기의 저서가 이룰 수 없
는 개혁의 꿈이지만 그래도 꿈이나마 꾸어보는 것임을 허허로이 술
회하고 있다.

수록(隨錄) 뒤에 부치는 글

　앞에 적어 놓은 약간의 조목은 고금의 책을 읽거나 생각 중에 얻
은 바를 그때그때 적은 것인데, 그 모두가 오늘날 세상에서 시급하
고도 절실한 일들이다. 생각해보니 왕도가 쇠퇴하여 무너진 때부
터 만가지 일이 모두 질서를 잃어서 처음에는 사사로이 법을 만들
더니 드디어 오랑캐가 중하(中夏)를 멸망시키는 지경에 이르렀다.
우리나라도 사정은 마찬가지여서 고루한 습속에 빠져 변하지 않는
것이 많더니 점점 쇠약해져서 마침내 크나큰 부끄러움「병자국치
(丙子國恥)」을 당하게 되었다. 온 세상의 나라가 대개 이 지경이 되
었다.

　못쓰게 된 법을 바꾸지 않으면 다스림의 세상으로 돌이킬 수가
없다. 생각해 보면 폐단이 폐단을 낳아 그것이 쌓이고 쌓이어 수백
년 수천 년 동안 잘못을 이어받고 전달하여 낡은 법규를 만들고, 그
러한 오류가 서로 얽혀서 어지럽기 난마와 같이 되었다. 바른 길을

구하지 않은 채 벼슬자리에 있는 이들은 이미 과거 과목을 통하여 승진을 거듭하였으므로 오로지 세속의 편리함만을 따를 뿐이다. 초야의 선비 가운데 비록 자신의 수양에 뜻을 둔 이가 있으나 세상을 경영하는 방도에 이르면 뜻을 펼침 [치의(致意)]에 모자람이 있으니 이것이 이 세상이 제대로 다스려지는 날이 없게 된 것이요, 생민(生民)의 재화(災禍)가 끝이 없게 된 까닭이다.

여기에 이르러 변변치 않은 내가 깊이 두렵고 근심스러웠다. 그리하여 일찍이 스스로 어리석음을 생각지 아니하고 가만히 동지들과 더불어 생각을 가다듬어 옛 일을 헤아려 지금 일을 바로 잡아 세상 사는 길에 작은 보탬이 되고자 하였는데, 일에는 완급이 있으니 모든 일을 다 들어 논할 수는 없었고, 한가지 일에도 단서와 조목에 백가지 방법이 있으므로 전례에 의거하지 않는다면 그 득실을 밝힐 수 없는 처지에 이르렀다. 이에 감히 조목별로 열거하여 그 사유곡절을 모두 모아 스스로 마음에 새겨두어 유망(遺忘)에 대비코자 하였다.(이 모든 일이 다만 논설에 그칠 뿐이라면 결국은 제대로 문제를 해결할 수 없을 것이므로 반드시 조목과 절차까지 언급하여 그 사연을 자세히 해설한 연후에 그 옳고 그름과 얻고 잃음이 밝혀지게 하였다.)

행여나 밝은 안목이 있는 이를 만난다면 마땅히 문제점을 짚어 물을 것이다. 이 글을 쓰면서 전장(典章)과 법도에 관계된 언급이 있는데도 개의치 않은 까닭은 이것이 세상의 논쟁거리를 만들자는 것이 아니요, 다만 내가 사사로이 적어 두었다가 스스로 내 생각의 옳고 그름을 징험에 보고자 한 때문이다.

아하, 그러나 이것 역시 마지못해 해 본 것일 뿐이다.

  농업 소출을 근간으로 하는 경제사회에서 토지소유는 재화를 확보하는 유일하고도 절대적인 수단이었다. 따라서 17세기 이래 조선조 후기 사회에서 왕실을 중심으로 한 지배계층이 백탈과 절수같은 방법으로 토지겸병이 발생한 것은 기득권층의 권한확보와 유지를 위해서는 필연적인 현상일지도 모른다. 그러나 그것은 동시에 그 사회가 서서히 무너져 내려갈 수밖에 없는 하나의 예표(豫表)이기도 하였다. 이러한 예표현상을 반계는 꿰뚫어 보았던 것이다. 그리하여 그 해결책을 내놓았으나 세상을 그것을 외면하였으니….

書隨錄後

右凡若干條 或讀古今典藉 或因思慮所及 隨得錄之 蓋皆切於今世所急者. 念自王道廢塞 萬事失紀 始焉因私爲法 終至戎狄淪夏. 至如本國 則因陋未變者多 而加以積衰 卒蒙大恥 天下國家 蓋至於此矣.

不變廢法 無由反治 顧弊之爲弊也. 其積漸數百千年 以謬襲謬 仍成舊規 樛錯相因 有如亂絲. 不究其本 而袪其枝 無以救正 而在位者 旣由科目而進 唯知徇俗之爲便. 草野之士 雖或有志於自修 而於經世之用（一作施措之方）則或未之致意 是則斯世無可治之日 而生民之禍 無有極矣.

區區於此 深切懼焉 故嘗愚不自料 竊與同志 思所以稽古正事 少補世道者 而事有緩急 不可遍擧 一事之中 緒目百方 若不擬例 無由明其得失之際 乃敢條列 掇其曲折 以自識之於心 而備其遺忘（凡事若爲論說而已 則終未能明盡 必就其條節 詳布曲折然後 其是非得失乃形）

遇有明者 當質之也. 其間有言涉典度 而不以爲嫌者 此非立言於世也. 乃私爲劄記 以自考驗也. 嗚呼 玆亦有所不得已焉爾.

남구만(南九萬)의 동사변증(東史辨證)

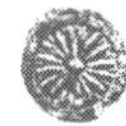

동창(東窓)이 불갓느냐 노고지리 우지진다
소 칠 아히는 상기 아니 니러느냐
재 너머 스래 긴 밧츨 언제 갈려 ㅎ느니

이 시조를 배우던 초등학교 시절, 우리는 얼마나 가슴 설레며 부지런할 것을 다짐했던가! 요즘은 우리 어린이들도 이 시조를 암송하며 근면과 성실을 배우리라. 그렇다면 이 시조의 작자는 얼마나 노심초사 자강불식(自彊不息)하였을 것인가!

약천(藥泉) 남구만(南九萬, 1629 인조7~1711 숙종37)이 그 주인공이다. 효종 때 등과하여 현종과 숙종 대까지 3대에 걸쳐 79세에 치사하기까지 52년간 벼슬살이를 하였으니 노소론 남북인이 첨예하던 당쟁과 환국사이에서 그의 역정이 순탄치만은 않았을 터….『숙종실록(肅宗實錄)』37년 3월 17일조에는 그에 대한 정반대의 평가가 나란히 실려 있다.

폄하의 글:「봉조하(奉朝賀) 남구만이 죽으니 나이가 83세였다. (…) 만년에 서자를 위하여 산업을 경영했는데 품위가 없고 천하고 음탕하고 난잡한 일이 많아서 천한 무리의 우두머리라는 모욕까지 받게되니 사람들이 모두 비웃었다.(…) 만년에 문자를 저술하면서 송시열(宋時烈)과 김수항(金壽恒) 부자를 침해하고 비방하였는데 그 말이 몹시 해괴하고 도리에 어그러지고 흉악하여 그 평생의 심술이 여지없이 드러났다고들 한다. 뒤에 그의 무리가 권력을 잡아 시호를 문충이라 하였다.」

상찬의 글:「남구만은 사람됨이 단아하고 정연하여 말과 웃음이 망령되지 않았고 일어나고 앉는 몸가짐도 절도가 있었다. 글이 法度있고 아름다웠으며 글씨의 획 또한 예스럽고 힘찼다. (…) 세상이 바야흐로 붕당을 지어 자기편을 두둔하여 서로가 모함과 알력을 일삼았는데도 남구만은 마음가짐과 주장하는 의론이 항상 공평하고 타당하였기 때문에 원망하고 미워하는 말이 일어나지 않았다.(…)」

우리는 이렇듯 상반된 내용의 글을 어떻게 읽어야 할 것인가? 결론은 끝내 유보하더라도 인간을 긍정적으로 바라보는 너그러운 자세만은 확립하여야 하리라.

34권 17책으로 이루어진 그의 문집에서 다음 글은 그야말로 낙수에 불과한 잡서 일편이지만 약천의 인품을 생각하기에 넉넉할 듯하다.

우리나라 역사의 분석 검토 · 단군(檀君)

옛 역사책 단군기(檀君紀)에 다음같이 말하였다. 「한 신인(神人)이 태백산 박달나무 아래에 내려오니 나라 사람이 그를 임금으로 세웠다. 때는 당요(唐堯) 무진년(B.C. 2333)이었다. 상나라 무정(은나라 20대왕) 8년 을미에 이르러 아사달 산으로 들어가 신이 되었다.」 이러한 이야기가 삼한고기에서 나왔다 하는데 지금 깊이 생각해 보니 삼국유사 재고기에 실린 다음 내용이다. 「옛날 환나라 제석(환인)의 서자 환웅이 천부인 세 개를 받고 그를 따르는 무리 삼천 명을 거느리고 태백산(지금의 묘향산) 꼭대기 신단수 밑으로 내려왔다. 그리고 그 곳을 신시라 이르니 그가 곧 환웅천왕이다. 그는 풍백 · 우사 · 운사를 거느리고 세상 만물을 다스리고 교화하였다. 그때에 곰 한 마리가 항상 신웅(신시의 환웅)에게 사람이 되게 하여 달라고 빌고 있었다. 그래서 신웅이 그 곰에게 신령스러운 쑥 한 묶음과 마늘 스무 개를 주었다, 곰은 그것을 먹고 삼칠일(스무하루)만에 여자의 몸을 얻게 되었다. 그 여인은 또 박달나무 밑에서 아기를 배게 해달라고 빌었다. 그러자 환웅이 잠시 사람이 되어 그와 혼인하여 아들을 낳으니 그

남구만(南九萬)

가 단군이다. 당요 경인년에 평양에 도읍하여 나라를 다스리기 일천오백 년이었다. 주나라 무왕 기묘년에 기자(箕子)가 조선에 봉함을 받으니 단군은 장당경(황해도 구월산)으로 옮기고 뒤에 다시 아사달로 돌아가 숨어버려 산신이 되었는데 그 때 나이 일천구백팔세였다.」

이 이야기를 검토해 보면 태백산 박달나무 아래로 내려온 것은 단군의 아버지이지 단군이 아니며, 박달나무 밑에서 낳았기 때문에 단군이라 한 것이지 박달나무로 내려왔기 때문에 단군이라 한 것이 아니다. 그 이야기가 온통 요망하고 속임이 많으며 비천하고 황당하여 처음부터 동네 골목의 어린아이도 속일 수 없는 것인데, 역사를 기록하는 이들이 이 말을 모두 믿어 단군을 신인이 내린 것이라 하고 또 다시 산으로 들어가 신이 되었다 하였다. 그럴 수 있는가?

또 당요(唐堯) 이후로 지내온 햇수가 중국의 역사책들과 소강절(邵康節: 송의 학자)이 지은 황극경세서(皇極經世書)를 참고하면 다 자세히 알 수 있다. 요임금 경인년에서 무왕 기묘년까지는 겨우 1220년이다. 그렇다면 이른바 나라를 다스리기 1500년이요, 나이가 1908세라 함은 그 속임이 너무 심하지 않은가.

(중략) 또 요임금이 즉위한 날은 중국의 역사책에서도 상고할 수 없는데 또 어떻게 단군이 요임금과 같은 날에 임금이 되었다는 것을 알 수 있겠는가. 단군이 나라를 세우고 일천여 년간 한 가지 사건도 기록된 것이 없는데 오직 도산(塗山)의 옥백(玉帛: 교분이 두터움을 표하는 예물) 모임에 아들을 보내어 조회에 들어갔다고 하였으니 거짓으로 갖다 붙이고 억지로 꿰어 맞춘 것이 진실로 언급할 가치도 없는 일이다.

(중략) 오직 양촌(陽村) 권근(權近)의 응제시에 이르기를 「대를 이

어 내려온 햇수가 얼마인지 알 수 없다.」하였으니 일찍이 천년을 넘었다 하는 햇수는 단군의 수명을 말한 것이 아니요, 대를 이어온 햇수라 한다면 그것은 의심스러움을 전하는 데 얼마간 차이가 있는 그럴싸한 말이라 하겠다.

우리는 우리 민족사를 당당하고 자랑스럽게 생각해야 한다. 영광과 홍성보다는 고난과 치욕으로 얼룩진 부분이 더 많은 듯하고 강토(疆土) 또한 위축(萎縮)을 거듭하여 자랑할 것보다는 부끄러워 반성할 것이 많다고 생각할지 모른다. 그러나 "건강해야 웃는 것이 아니라, 웃어야 건강해진다."는 건강의 잠언처럼 자랑스런 역사관이 먼저 있어야 우리 민족사는 비로소 당당하고 자랑스럽게 전개되는 것이다. 그렇다고 하여 실증되지 않은 허언으로 과거사를 과대 포장하는 일은 절대로 있어서는 안 될 것이다. 일찍이 남구만이 우리 고대사 단군조를 그렇게 고민하고 있었다.

東史辨證·檀君

　　舊史檀君紀云「有神人降太白山檀木下　國人立爲君．時唐堯戊辰歲也，至商武丁八年乙未　入阿斯達山爲神」此說出於三韓古記云　而今考三國遺事載古記之說云「昔有桓國帝釋庶子桓雄受天符印三箇　率徒三千　降太伯山頂神檀樹下　謂之神市　是謂桓雄天王也．將風伯雨師雲師　在世理化．時有一熊　常祈于神雄，願化爲人　雄遺靈艾一炷蒜二十枚　熊食之三七日　得女身　每於檀樹下　呪願有孕　雄乃假化而婚之　生子曰檀君．以唐堯庚寅歲　都平壤　御國一千五百年　周武王己卯　封箕子於朝鮮　檀君乃移於藏唐京　後還隱於阿斯達　爲山神壽一千九百八歲．」

　　以此言之　降太伯檀樹下者　乃檀君之父　非檀君也．以其生於檀樹下　故稱檀君　非降檀木故稱檀君也．第其說妖誣鄙濫　初不足以誑閭巷之兒童　作史者其可全信此言　乃以檀君爲神人之降　而復入山爲神乎．且唐堯以後　歷年之數　中國史書及邵氏經世書　可考而知也．自堯庚寅至武王己卯　僅一千二百二十年　然則所謂御國一千五百年　壽一千九百八歲　其誣不亦甚乎．

　　（中略）且堯之卽位之日　中國之書亦無可考　則又何以知檀君之與之同日乎　檀君立國千餘年之間　無一事可紀者　而獨於塗山玉帛之會稱以遣子入朝　其假託傅會　誠亦不足言者矣．

　　（中略）獨權陽村近應製詩云「傳世不知幾歷年」曾過千其歷年之數　不曰檀君之壽　而曰傳世者　其於傳疑或差近矣．

박세당(朴世堂)의 사변록서(思辨錄序)

치욕스런 삼전도(三田渡)의 항복으로 병자호란을 마무리지은 조선의 조정은 겉으로는 청나라를 상국(上國)으로 모시는 생존전략상의 굴욕외교를 감내하고 있었으나 뜻있는 선비들은 가슴속에 북벌의 의지를 키우며 그 북벌론을 자신들과 사직의 존재이유로 삼고 있었다. 이러한 시대의 흐름은 인조·효종·현종의 삼대를 거쳐 숙종 초에 이르기까지 민족의 자존심으로 면면히 잠재하게 되었다. 그러므로 호란이 발발한 1636년 이래 17세기는 존명사대의 잔영과 북벌의지의 새 기운을 민족생존의 자양으로 삼으며 정신적으로 자위하던 시대였다.

그러나 이러한 시대조류 속에서 당대의 국제정세와 사상의 변화를 냉철하게 꿰뚫어보는 일군의 식자층이 있었다. 그들은 첫째로 중원의 명청교채(明淸交替)를 정확하게 분석하고 대처하자는 태도를 취했고, 둘째로 현실생활과 동떨어진 성리학적 담론을 과감하게 탈피하자는 자각의 목소리를 높였다. 그리하여 명분 뿐인 북벌론 대신에 본격적으로 청나라를 배우자는 친청정책을 펴며 경제 · 산업 · 병역 등 당면한 현실생활 문제를 다루는 실용의 학풍에 불을 지폈다.

이와 같은 정치적 사상적 신기운을 과감하게 수용한 선각자 가운데 서계(西溪) 박세당(朴世堂, 1629 인조 7~1703 숙종 29)이 있다.

서계 박세당은 반남인으로 참판 정(炡)의 아들이다. 32세 때 증광문과에 장원하여 벼슬살이를 시작하였다. 그 후 서계는 동지사서장관, 승정원동부승지, 호조참판을 거쳐 공조, 이조, 형조, 예조판서, 대사헌, 판중추부사 등을 역임하고 75세에 기로소(耆老所)에 들었다. 그러나 서계는 언제나 벼슬살이보다는 학문에 더 깊이 정진하는 모습을 보였고, 기회가 있을 때마다 직언을 서슴지 않는 강골기질로 조정의 이도 쇄신에 앞장서는 서슬 푸른 선비였다.

그는 정치적으로는 한결같이 실리위주의 친청로선을 견지하였고, 학문적으로는 농학서인 『색경(穡經)』을 짓는 등 일상의 실용을 근거로하는 실사구시를 주장하였다. 특히

박세당(朴世堂)

그가 50세 무렵부터 집필한 것으로 여겨지는 『사변록(思辨錄)』은 유교의 기본경전인 육경(사서와 시경, 서경)을 자기 나름으로 재해석한 주해서인데 여기에서 종래의 주자학이 빠져들었던 공허한 형이상학적 담론을 신랄하게 비판하여 우리나라 실학의 단초를 열었다.

다음은 흔히 통서라는 이름으로도 알려진 『사변록』의 서문이다. 그 말미에 기사년(1609 숙종 28)이라 적고 있어서 이 사변록이 그의 나이 61세 때 완성되었음을 짐작케 한다.

사변록(思辨錄) 서문

육경에 쓰인 글 내용은 모두 요순 이래 성인들의 말씀을 적은 것이다.

그 논리는 정밀하고, 그 사상은 완미하며, 그 뜻은 깊고, 그 핵심 취지는 심원하다. 정밀함을 따지자면 털끝만큼도 흐트러짐이 없고, 완미함을 말하자면 솜털같이 미세한 것도 빠뜨린 것이 없다. 그 깊이를 재어 보고자 하나 밑바닥에 닿을 수 없고, 그 심원함을 따라가 보고자 하나 그 끝을 찾을 수 없다. 이것은 진정으로 세상의 삐딱한 선비나 융통성 없는 유생들의 얄팍한 국량이나 편협한 지식으로는 결코 밝힐 수 없는 것이다.(중략)

전(傳)에 이르기를 "멀리 가고자 하면 반드시 가까운 데서부터 출발한다."하였으니 이것은 무엇을 말하는 것이겠는가? 어둠 속을 헤매며 혼미함에 가린 사람으로 하여금 스스로 반성하여 깨닫게 하려는 것이 아니겠는가. 진실로 세상에서 배우고자 하는 이가 여기에서 얻은 것이 있다면 이미 말한 바처럼 멀리 가고자 하는 사람은 반

드시 가까운 데서부터 시작하여야 (목적지에) 도달할 수 있다는 것을 알 수 있을 것이다.(중략)

(그런데) 오늘날 육경을 연구하는 사람들은 모두 다 얕고 가까운 것을 건너뛰고 깊고, 먼 곳으로만 치달린다. 거칠고 간략한 것은 소홀히 여기고 세밀하고 완전히 갖춘 것만 살펴보려 하니, 그들이 어둡고 어지러워 빠지고 넘어지게 되어 아무런 소득도 없는 것은 이상할 것이 없다. 저들은 심원하고 정밀 완미한 것을 얻지 못할 뿐만 아니라 얕고 가까우며 조략한 것도 아울러 다 잃게 된다. 아하 슬픈 일이다. 그것 또한 미혹함이 심한 것 아닌가!

(대체로) 가까운 것은 돌이키기 쉽고, 얕은 것은 측량하기 쉽고, 간략한 것은 이해하기 쉽고, 거친 것은 논의하기 쉽다. 따라서 도달한 것을 근거로 하여 차츰차츰 멀리가면 멀고 또 먼 곳, 그 먼 곳의 끝까지 갈 수 있다. 또 측량한 것을 근거로 하여 차츰차츰 깊이 들어가면 깊고 또 깊은 곳 그 깊은 곳의 밑바닥까지 이를 수 있다. 또 얻은 것을 근거로 하여 점점 더 갖추어 가고, 아는 것을 근거로 하여 점점 더 정밀하게 하면 그 정밀함이 더욱 더 정밀해지고 갖춘 것이 더욱 더 갖추어져서 그 갖춤과 정밀함의 궁극에 이르게 되니 어찌 또 어둡고 어지러워 빠지고 넘어지는 걱정거리를 갖게 되겠는가?

귀머거리는 우레소리를 듣지 못하고 장님은 해와 달을 보지 못한다. 저들 귀머거리와 장님은 그들의 장애 때문에 (못 듣고 못 보는 것이지) 우레소리와 해와 달은 실로 (그 모습, 그 성질) 그대로인 것이다. (우레는) 천지간에 활동하여 크게 울리고 (해와 달은) 먼 옛날부터 오늘에 이르기까지 의연히 비추어 휘황하게 밝으니 귀머거리와 장님 때문에 그 소리와 빛이 훼손될 수 없다. 그러므로 송나라 시절이 되어 정·주(程·朱) 두 선생이 태어나시어 해와 달의 거울을 닦고, 우레의 북을 두드리니, 그 소리는 멀리에 미치고 그 빛은 세상 널리 비쳤다. 육경의 뜻이 이로 말미암아 이 세상에 다시 찬연히 밝혀졌다. 지난 날 멀고 편벽된 것은 이미 사람의 생각을 붙들어 매지 못하고 사람의 뜻을 머뭇거리게 할 수 없었으며, 또 그럴 듯한 것도 능히 그 이름[名號]을 빌릴 수 없게 되니 간사하게 숨는 무리들의 부추김과 꼬임이 드디어 끊어지고 평탄하고 모범적인 목표가 분명해졌다.

여기에 이르게 된 까닭을 궁구해 보면, 그 또한 실마리 끝을 쥐고 근본을 탐색하며 흐르는 샘물의 근원을 찾아 올라가 얻은 것이니, 이것은 곧 子思가 말한 가르침에 진실로 깊이 합치고 신묘하게 연결되는 것 아닌가! 그러나 經에서 말한 바, 그 계통의 흐름은 비록 하나이지만 그 실마리는 천만갈래이니, 이것이 이른바 하나의 목표에 도달하는 길은 백가지 방법이 있고 하나의 귀착점에 이르는 길은 모두 다르다는 것이다. 그러므로 비록 뛰어난 지식과 깊은 통찰력도 오히려 그 취지를 궁극에까지 해명하며 미세한 것도 놓치지 않을 수는 없는 것이다. 반드시 많은 장점을 널리 모으고 작은 선함도 버리지 않은 다음이라야만 거칠고 소략한 것도 빠뜨리지 않고 얕고 가까운 것도 소홀하게 다루지 않아 심원하고 정비한 체계가 드디어 완전하게 되는 것이다.

이런 까닭에 참람한 것도 문득 잊고 보잘것없는 소견으로 살피고 궁리한 것에서 얻은 바를 대충 적었다가 이것을 묶어 사변록이라 이름 붙였다. 행여나 선유들이 세상을 가르치고 백성을 이끄는 뜻에 티끌만한 도움이나마 되지 않을까 한다. 그러므로 이것은 특이한 점을 내세워 잘난 체 하며 또 하나의 이설을 주장하려는 것이 아니다. 만약 이것이 경솔하고 망령된 미친 짓이어서 소략하고 부족함을 채우지 못한 죄가 있다면 그것은 피할 수 없으려니와 뒷날에 이 글을 보는 이가 혹시라도 그 뜻이 다른 곳에 있지 않음을 인정하여 특별히 용서해 준다면 이 또한 다행스런 일로 여기리라.

이 글을 읽으면서 우리는 서계가 왜 우암 송시열로부터 사문난적(斯文亂賊)이라 지탄을 받았는지 짐작된다. 당대의 실력자인 송시열은 이경석(李景奭)의 천거로 환로에 나아갔으나 득세하자 삼전도비(三田渡碑)를 지은 이경석을 시류에 영합한 인사로 은근히 깎아내리는 일을 하였다. 이러한 사실을 잘 알고 있는 서계는 이경석이 죽자, 그의 신도비에 이경석은 봉황이요, 송시열은 율류(鵂鶹·올빼미 ; 새끼 때는 아름답다가 크면 추해지는 새)라 세차게 비판하였다.

서계는 계파상으로는 우암과 동계인 서인계에 속했으나 우암의 정치적 행보에 대하여는 가차없는 춘추필법을 구사하였다. 서계 박세당이 아니면 행할 수 없는 일이었다.

六經之書 皆記堯舜以來群聖之言. 其理精而其義備 其意深而其旨遠. 蓋論其精也 毫忽之不可亂 語其備也 纖微之無或闕. 欲測其深 莫得其所底 欲窮其遠 不見其所極. 固非世之曲士拘儒 淺量陋識所可明也. (中略) 傳曰 行遠必自邇 此何謂也? 非所以提誨昏蔽 使其能自省悟乎? 誠使世之學者 有得乎此 向所謂遠者 卽可知自邇而達之. (中略) 今之所求於六經 率皆躐其淺邇 而深遠是馳 忽其粗略 而精備是窺 無怪乎其眩瞀迷亂 沈溺顚躓 而莫之有得. 彼非但不得乎其深遠精備而已 幷與其淺邇粗略而盡失之矣. 噫嘻悲夫 其亦惑之甚乎!

夫邇者易及 淺者易測 略者易得 粗者易議. 因其所及而稍遠之 遠之又遠 可以極其遠矣. 因其所測而稍深之 深之又深 可以極其深矣. 因其所得而漸加備 因其所識而漸加精 使精者益精 備者益備 可以極其備極其精矣 又何有眩瞀迷亂 沈溺顚躓之患哉?

夫聾則不聞乎雷霆之聲 瞽則不睹乎日月之光. 彼聾瞽者病耳 雷霆日月 固自若也. 行乎天地而震烈 耀乎古今而晃朗 未嘗爲聾與瞽而聲光之或虧. 故及宋之時 程朱兩夫子興 乃磨日月之鏡 掉雷霆之鼓 聲之所及者遠 光之所被者普. 六經之旨 於是而爛然復明於世. 昔之迂僻者 旣無足以膠人慮而滯人意 其近似者 又不能以假之名而借之號 邪遁之煽誘遂絶 坦夷之準的有在.

究其所以至此者 亦莫非操末探本 沿流泝源以得之 則是於子思所言之指 眞有深合而妙契者乎. 然經之所言 其統雖一 而其緖千萬 是所謂一致而百慮 同歸而殊塗. 故雖絶知獨識 淵覽玄造 猶有未能盡極其趣而無失細微. 必待乎博集衆長 不廢小善然後 粗略無所遺 淺邇無所漏 深遠精備之體 乃得以全.

是以輒忘僭 汰槩述其蠡測管窺之所得 裒以成編 名曰思辨錄[通說]. 倘於先儒牖世相民之意 不無有塵露之助. 故非出於喜爲異同 立此一說. 若其狂率謬妄 不揆疏短之罪 有不得以辭爾 後之觀者 或以其意之無他 而特垂恕焉 則斯亦幸矣.

민주면(閔周冕)의 동경잡기(東京雜記)

　백년 천수가 어려운 인간사에서 천년고적은 사람으로 하여금 잠시 시공을 뛰어넘어 옛 정취를 느끼게 하는 기회를 준다. 고도 탐사를 통하여 역사를 반추하는 것이 그 때문이요, 여지승람을 편하여 춘추를 관조하는 것이 또 그 때문이다.

　민주면의 『동경잡기(東京雜記)』도 그러한 연유로 편찬되었다. 원래 저자미상으로 전해 오던 『동경지(東京誌)』를 1669년(현종 10년)에 경주부사로 부임한 민주면이 진사 이채(李埰) 등과 협력하여 증수간행한 것이 『동경잡기』다.

　수월당(水月堂) 민주면(閔周冕, 1629 인조7~1670 현종11)은 여흥인으로 목사 진량(晉亮)의 아들이다. 20세에 진사가 되었고, 효종4년 25세에 알성문과에 장원하면서 벼슬살이를 하였다. 전적, 공조, 예조, 병조좌랑, 춘추관기사관을 거쳐 황해도도사, 인천부사, 길주목사를 지내고 당대의 명문장으로 칭송을 받으며 현종8년 승지가 되어 내직에 들어왔다가 곧 경주부사가 되어『동경잡기』를 편수하는 등 정력적으로 일하던 중 돌연 기세(棄世)하니, 그의 나이 겨우 41세였다.

『동경잡기』는 3권3책이다. 1권에는 진한기(辰韓記)와 신라기(新羅記)를 위시하여 경주지계(慶州地界)와 건치연혁(建置沿革), 관호연혁 등 산천, 승지와 궁실, 창고, 학교 등 역사배경과 생활기반을 실었고, 2권에는 불우(佛宇), 고적(古蹟), 호구(戶口), 군액(軍額), 전결(田結) 등 전래 제도를 살피고 있으며, 3권에는 우거(寓居), 과목(科目), 음사(蔭仕), 효행(孝行) 등 인정세태를 수습하였다. 각 항마다 신라 천년과 고려 오백년, 그리고 조선조 초기까지 경주(慶州)에서 일어난 대소사들이 주마등처럼 스쳐간다.

다음은 2권 고적 조에 들어 있는 봉덕사 종 항목이다. 기물을 통하여 세월을 뛰어 넘는 운치가 어떠한가를 완상해 보기로 하자.

봉덕사 종

신라 혜공왕(신라 36대 임금. 재위 765~780)이 주조한 종이다. 구리의 무게가 12만근이었다. 이 종을 치면 그 소리가 백여 리 밖에까지 들린다. 뒷날 봉덕사가 북천 물에 잠기게 되자 천순 4년 경진(1490 A.D)년에 종을 영묘사로 옮겨 달았다.

한림랑 김필오가 종명을 지었는데 그 글은 다음과 같다.

"무릇 지극한 도는 사물의 형체 이외의 것도 포함하기 때문에 겉으로 본다고 하여 그 근원을 볼 수 있는 것이 아니며, 큰 소리는 하늘과 땅 사이를 진동하기 때문에 그것을 듣는다 하여 그 메아리를 온전히 들을 수 있는 것도 아니다. 그러므로 짐짓 가설(假說—假鐘)을 설정하여 삼진(三眞: 하늘로 받은 인간의 세 가지 특질. 性·命·精)의 오묘한 것을 살피고 신종(神鐘)을 높이 달아 일승(一乘: 누구나 성불할 수 있다는 가르침)의 원만한 소리를 깨닫게 하였다. 무릇 종이라고 하는 것은 부처님 태어나신 곳을 헤아린다면 계이(罽膩: 서역의 나라이름)에 그 증거가 있고 제향(帝鄕: 중국 황제의 나라)에서 찾아본다면 고연(鼓延: 염제의 손자)이 처음으로 만들었다고 전해온다. 속은 텅 비어있어 잘 울리므로 그 메아리가 끊이지 않고 무겁기 때문에 쉽게 뒹굴지 않으므로 그 몸체가 쭈그러질 염려가 없다. 그런 까닭에 임금된 사람의 큰 공덕을 그 위에 새기고 뭇 중생이 괴로움을 벗어나는 것도 또한 그 가운데 있는 것이다.

가만히 엎드려 성덕대왕(신라 33대 임금. 혜공왕의 조부)을 생각해 보니 그 덕은 산과 바다같이 높고 깊으며, 그 이름은 해와 달과 같아 하늘 높이 걸려 있다. 충성스럽고 어진 사람을 등용하여 백성을 어루만지고 예악을 숭상하여 풍속을 보살폈다. 들에서는 산업의 뿌리인 농사에 힘쓰고 저자에는 헛되이 낭비하는 물품이 없었다. 세상 풍속은 금과 옥을 싫어하고 온 나라가 글재주를 존중하였다. 뜻밖에 자령(子靈: 춘추시대 초나라 사람 굴무(屈巫))처럼 될까 근심하며 늙어갈수록 경계하였다. 40여 년 동

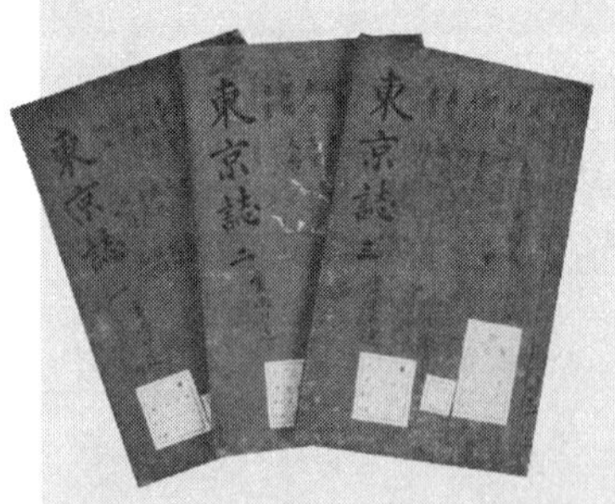

동경잡기(東京雜記)

안 나라의 정사를 부지런히 돌보니 단 한번도 전쟁이 일어나 백성들이 놀라서 소동치는 일이 없었다. 그리하여 사방의 이웃나라, 만리 밖 귀빈들이 오로지 임금님의 통치를 흠모하여 바라볼 뿐 일찍이 화살을 쏘아보려는 기회를 갖지 않았다. 燕나라 秦나라가 인재를 다투어 등용하고 齊나라 晉나라가 교대로 패권을 다투는 일에 어찌 나란히 견주어 말할 수 있으랴. 그러나 사라쌍수의 때는 헤아리기 어렵고 천추의 밤은 길어지기 쉬운데 대왕이 승하하신 지 어느덧 34년이다.

또 지난날 효성으로 뒤를 이은 경덕대왕(신라 35대 임금. 혜공왕의 아버지)이 세상에 살아 계실 때 나라의 큰 왕업을 계승하여 지키시고 나라의 온갖 일을 힘써 감독하고 다스렸다. 일찍이 어머니를 여의시고 세월이 갈수록 그리움이 더 하신데 거듭하여 부왕까지 잃게 되자 궁궐에 이를 때마다 슬픔이 더욱 크셨다. 추원(追遠)의 정은 갈수록 깊어지고 영혼을 위로하려는 마음은 더욱 간절하여서 구리 12만근을 정성스레 희사하여 큰 종 하나를 주조하려 하였으나 뜻을 세우지 못하고 문득 세상을 떠나셨다.

이제 우리 성상께오서 행실이 조종과 같으시고 그 뜻이 지극한 이치에 맞아 특별한 상서로움이 천고에 빛나고 고귀한 덕은 시대에 으뜸이시었다. 번화한 거리의 용과 구름은 옥계에 덮히어 비를 뿌리고 넓고 높은 하늘의 뇌성벽력은 금빛 대궐에 울려 퍼졌다. 과수나무 수풀은 바깥 경계에까지 무성하고 연기같은 서기는 서울 장안에 그윽하다. 이것이 곧 그 탄생하신 날에 맞추고, 그 정사에 임하셨을 때에 어울리는 것이다. 우러러 생각해보니 태후께서는 그 은덕이 광활한 땅과 같아 만백성이 어진 가르침에 감화되고, 마음은 맑은 거울 같으시어 아비와 아들의 효성을 권장하시니 이것은 아침에는 원로들의 어짐도, 저녁에는 충신들의 보필도, 말하여 선택되지 않음이 없으니 무슨 일을 행한들 허물이 있겠는가? 이에 선왕의 유언을 돌이켜보고 드디어 오래 품으셨던 뜻을 성취하셨다. 여기에 유사는 행정처리를 하고 공장(工匠)들은 기술에 정성을 다하니 때는 신해년(771 A.D) 12월 달이었다.

이때에 해와 달은 더욱 빛나고 음양은 조화로운 기운을 띠고 바람은 온화하고 하늘은 고요하여 신령스런 그릇[큰 종]을 완성하였다. 그 모양은 산처럼 우뚝섰고, 그 소리는 용의 울음과 같으니 위로는 유정천(有頂天)의 꼭대기에 닿는 듯하고 아래로는 바닥없는 땅밑까지 통할 듯하다. 보는 이는 그 신기함을 일컫고 듣는 이는 은혜를 받으리라. 원컨대 이 묘한 인연이 선왕의 영령을 도와주시어 음문(音聞: 관세음보살)의 맑을 소리를 들으시고 무설(부처님)의 설법자리에 오르시어 삼명(三明: 깨달음으로 번뇌를 끊음)의 아름다운 마음에 일치하시고 일승(一乘; 성불하는 진리)의 참경지에 머물게 하소서. 또한 왕실의 자손들이 금 가지와 함께 영원히 무성하며 나라의 위업이 장차 철위산처럼 더욱 견고하여 유정의 생물이나 무식의 초목들이 지혜의 바다에서 함께 물결치며 다같이 티끌의 바다를 벗어나 모두다 함께 깨달음의 길에 오르게 하소서.

신 필오(弼奧)는 글도 졸렬하고 재주도 없으면서 감히 임금님의 명을 받들어 반초의 붓을 빌리고 육좌의 말을 따라 성상의 원하시는 뜻을 적어 이 종에 새깁니다.“(중략)

부윤 예춘년은 이 종을 남문 밖에 옮기고 누각을 지어 이 종을 달아 놓고 군인을 징집할 때나 성문을 여닫을 때 이 종을 쳤다.

속칭 에밀레종(鐘)이라고 알려진 이 종은 윗글에 의하면 경덕왕이 그 부왕 성덕왕의 위업을 추모하기 위하여 착수하였으나 끝맺지 못한 것을 혜공왕대에 이르러 성취하였음을 알려준다. 그리하여 이 종을 일명 성덕대왕 신종이라 한다. 이 종의 완성과 함께 신라문화는 당나라 문물과 불교문화의 난숙을 드러내는 듯하다.

한편 명문장인 민주면은 종명(鐘銘)을 지은 신라사람 김필오의 글을 중심에 두고 자기의 글은 앞뒤에 한두 줄 해설에 그치고 있다. 자고로 선현의 글을 아끼고 인용하는 것이 명문장의 법도라 하였거니.

이 글을 읽을수록 에밀레종의 여운과 함께 민주면의 겸손한 편집 자세가 아름다워 보인다.

奉德寺鐘

新羅惠恭王鑄鐘. 銅重十二萬斤 撞之聲聞百餘里 後寺淪於北川 天順四年庚辰 移懸于靈妙寺. 翰林郎 金弼奧 鐘銘日

夫至道包含於形象之外 視之不能見其源 大音震動於天地之間 聽之不能聞其響 是故憑開假說觀三眞之奧載. 懸擧神鐘 悟一乘之圓音. 夫其鐘也 稽之佛土 則驗在於罽膩 尋之帝鄉 則始制於鼓延 空而能鳴 其響不竭 重爲難轉 其體不褰 所以王者元功克銘其上 群生離苦亦在其中也.

伏惟 聖德大王 德共山河而並峻 名齊日月而高懸 擧忠良而撫俗 崇禮樂以觀風 野務本農 市無濫物 時嫌金玉 世尙文才 不意子靈 有心老誠 四十餘年 臨邦勤政 一無干戈 驚擾百姓 所以四方隣國 萬里歸賓 唯有欽風之望 未曾飛矢之窺 燕秦用人 齊晉替霸 豈可並輪雙轡而言矣 然雙樹之期難測 千秋之夜易長 晏駕已來于今 三十四也.

頃者 孝嗣景德大王 在世之日 繼守丕業 監撫庶機 早隔慈規 對星霜而起戀 重違嚴訓 臨闕殿以增悲 追遠之情轉悽 益魂之心更切 敬捨銅一十二萬斤 欲鑄一丈鐘一口 立志未成 奄爲就世.

今 我聖君行合祖宗 意符至理 殊祥異於千古 令德冠於常時 六街龍雲 蔭灑於玉階 九天雷鼓 震響於金闕 菓米之林 離離乎外境 非煙之色 煥煥乎京師 此即報茲誕生之日 應其臨政之時也.

仰惟太后 恩若地平 化黔黎於仁敎 心如天鏡 獎父子之孝誠 是知朝於元舅之賢 夕於忠臣之輔 無言不擇 何行有愆 乃顧遺言 遂成宿

意 爾其有司辨事 工匠盡摸 歲次(辛亥)大淵月惟大呂 是時 日月借暉
陰陽調氣 風和天靜 神器化成. 狀如岳立 聲若龍吟 上徹於有頂之巓
潛通於無底之下 見之者稱奇 聞之者受福. 願玆妙回 奉翊尊靈 聽普
聞之淸響 登無說之法筵 契三明之勝心 居一乘之眞境 乃至瓊蕚之叢
共金柯以永茂 邦家之業 將鐵圍而彌昌 有情無識 慧海同波 咸出塵
區 並昇覺路.

臣弼奧 文拙無才 敢奉聖詔 貸班超之筆 隨陸佐之言 述其願旨 銘
記于鐘也.(中略)

府尹 芮春年 移置南門外 構屋以懸 凡徵軍及城門開閉時擊之.

韓國의 名文百選 92

박세채(朴世采)의
기소시소문(記少時所聞)

　자고로 세상 사람들은 남의 이야기하기를 즐긴다. 그리고 그 이야기는 후세 사람들에게 끊임없이 새로운 이야기거리를 제공한다. 어떤 이야기는 가슴 뭉클한 감동의 이야기로, 또 자신을 돌아보는 타산지석의 귀감으로, 또 어떤 이야기는 빙긋이 미소를 머금게 하는 미담이나 포복절도할 웃음거리가 된다. 우리 선조들도 남의 이야기를 무척 즐겨하였다. 그러나 그것은 세속에서 즐기는 험담이나 야유성 일화와는 거리가 멀었다. 오히려 경세제민이나 자강불식의 속뜻을 감춘 훈화였다. 이러한 이야기는 조선조 선비들의 사랑방에서 사랑방으로 구전되다가 뜻있는 선비의 붓을 거쳐 글월로 정착하였다. 다음에 소개하는 글이 바로 그러한 수필이다.

남계(南溪) 박세채(朴世采, 1631 인조 9~1695 숙종 21)의 기소시소문(記少時所聞)은 그의 호한한 문집의 한 귀퉁이에 잡저로 실려있는 가벼운 글모음이다. 그러나 가볍게 읽을 수 있다고 하여 그 내용까지도 가볍다고 말할 수는 없을 것이다.

남계 박세채는 반남인이다. 교리 의(猗)의 아들이요, 상촌(象村) 신흠(申欽)의 외손으로 한성에서 태어났다. 28세에 익위사 세마가 되었으나, 효종 사후 서인의 반열에서 득세와 삭관을 반복하다가 50세(1680) 때 서인이 집권하자, 집의·동부승지 등의 벼슬을 지내며 서인이 노·소론으로 나뉠 때 소론의 영수가 되고, 63세에는 좌의정이 되었다. 비록 소론에 속하기는 했으나 황극탕평설(皇極蕩平說)을 주장하며 당쟁의 근절에 부심하였다. 정주학(程朱學)의 정통을 고수하며 유현(儒賢)의 사우관계에 남다른 관심을 기울여, 천리양지설(天理良知說), 왕양명학변(王陽明學辨), 동유사우록(東儒師友錄) 등 도합 160여 권에 이르는 문집을 남겼다.

어린 시절 들은 것을 적는다.

◎ 현곡공(壺谷公: 정백창(鄭百昌), 1588~1625)은 문장과 풍류로 소문이 난 분이었을 뿐 아니라 어진 선비들을 존경하고 아끼는 면에서도 실로 보통 사람이 따르지 못할 분이었다. 그가 늘 이런 말씀을 하였다. "김사계(金沙溪: 김장생(金長生), 1548~1631)의 학행은 일찍부터 세상에 크게 알려졌다오. 그 아버지 황강공(黃岡公: 김계휘(金繼輝), 1526~1582)이 평안감사이던 시절이었는데 평소에 이름 난 기생이 눈 앞에 가득하였을 것 아니오. 그런데 사계는 한번도 그들에게 눈길

을 돌린 적이 없으니 그때부터 주위 사람들이 그를 칭송하여 마지 않았다오. 또 황강공이 사신이 되어 명나라 서울로 떠나게 되자, 사계는 자제군관을 자청하여 아버지를 모시고 따라가게 되지 않았겠소. 가고 오는 만리 길에 아버지께 식사를 드릴 때마다 사계는 늘 아버지의 수저 드는 것이 얼마나 많고 적은가를 헤아려보며 근심하기도 하고 기뻐하기도 하는 것이었소. 옛날부터 효도하는 이가 많이 있지만 어찌 어버이의 수저 드는 횟수가 많고 적음을 헤아려 근심하고 기뻐하는 이가 있었겠소이까? 사계의 효성스러움이 이런 경지이었구료."

◎ 모재(慕齋: 김안국(金安國), 1478~1543)가 사시는 이웃에 한 처녀가 살고 있었다. 어느 달 밝은 밤에 주위에 사람이 없음을 확인하고 그 처녀가 몰래 모재공을 훔쳐 보았다. 이에 공은 그 처녀를 책망하며 가르쳐 말하기를 "네가 사대부 집안의 처자로서 (어두운) 밤을 이용하여 남을 엿보았으니 그것은 죄를 지은 것 뿐 아니라 기강(삼강오륜)을 어지럽힌 바가 크다. 내 마땅히 네게 매를 칠 터인즉 네가 매를 맞아야겠다."라고 하였다. 그 처녀가 어쩔 수 없이 매를 맞고 담을 넘어 돌아갔다. 그 후에 (그 처녀가)

박세채(朴世采)

시집을 가서 어떤 선비의 아내가 되었다. 물론 그 집안 역시 이름이 있는 사대부 집안이었다. (그 처녀는) 아들도 낳고 손자도 두게 되었다. 여러 해 지나 늘그막에 (그 여인은) 자기 자손들에게 (옛 일을 말하며) 모재공의 현명함을 극찬하였다고 한다.

◎ 화담(花譚: 서경덕(徐敬德), 1489~1546)은 집안이 매우 가난하였으므로 어린 시절에 그 부모가 봄이 되면 밭에 나가 나물을 캐오라 하였다. 그런데 (화담은) 매일같이 늦어서야 집에 돌아왔건만 캐온 나물은 바구니에 차지 않았다. 부모가 이상히 여겨 그 이유를 물으니 화담이 대답하기를 "나물을 캐려고 하는데 어떤 새가 날고 또 날며 (날기를 연습했어요.) 오늘은 땅에서 한 치쯤 날고, 다음 날은 두 치쯤 날고, 또 다음날은 세 치쯤 날았어요. 점점 더 날아오르는 것이 높아졌어요. 제가 이 새(의 날기)를 관찰하며 그 이치를 골똘히 궁리해 보았지만 알 수가 없었어요. 그래서 매일 늦게 돌아오면서도 나물이 바구니에 차지 않았습니다."라고 말하였다.

아마도 그 새는 '종달이'라 하는 것일 터인데 봄철이 되면 땅기운이 올라가기 때문에 그 기운의 높낮이에 따라 높이 날을 수 있었을 것이다. 화담이 이치를 탐구하는 노력이 이런 데에 바탕을 두었으니 이 얼마나 놀라운가!

◎ 원빙군(元聘君: 원두추(元斗樞), 1604~1663)께서 일찍이 다음과 같은 말씀을 하였다. "잠야(潛冶: 박지계(朴知誡), 1573~1635)가 율곡(栗谷: 이이(李珥), 1536~1584)과 우계(牛溪: 성혼(成渾), 1535~1598) 두 분 선생의 여인에 대한 잘못이 누가 더 가볍고 누가 더 무거우냐를 따진다면 우계가 좀 낫지 않을까"라고 하였다.

그 이야기의 내용은 이러하다 : 우계는 변소에 들어갔다가 잘못하여 한쪽 발이 빠진 것과 같다고 할 수 있다. 율곡은 (변소에 들어갔다가) 발이 빠진 일은 없으나 (변소의) 똥덩이를 책상에 가지고 와서 장난감처럼 감상하였으니 실로 그 실수가 작다고 할 수 없다.(비교해 보자)

우계는 일찍이 창문 옆에 '아무해 아무달 아무날'이라 적어 놓은 것이 있었다. 그것을 본 손님이 이것이 무엇이냐고 물으니 우계가 대답하기를 '이것은 내가 우연히 집안의 계집종과 사통을 한 날이라오. 혹시 훗날에 집안에 어수선한 일이 생길지도 모르므로 진실을 가리기 위해 이것을 적어 놓은 것이라오'라고 하였다. 뒷날 아들을 얻었으니 그가 곧 문잠이다. 이런 일은 참으로 어쩌다 있을 수 있는 일이다.

율곡은 원접사가 되어 황주에 이르렀을 때에, 그 고을 사또가 한 기생에게 율곡의 베개를 모시게 하였다. 그 기생의 이름이 유지(柳枝)였는데 재주와 용모가 출중하였다. 율곡이 그녀에게 말하기를 '너를 보니 재주와 용모가 뛰어나 진실로 사랑하며 즐기고 싶구나. 그러나 너와 한번 사귀고 나면 마땅히 너를 데리고 본가로 돌아가 보살펴야 할 터인데 그렇게 하기는 매우 어렵겠다. 그러니 어찌 너와 사귀겠느냐'하였다. 드디어 그녀를 물러가게 하였다. 그 후에 해주로 돌아와 머물고 있을 때에 유지가 밤에 멀리서 율곡을 찾아왔다. 그러나 율곡은 유지사(柳枝詞)라는 시 한 수를 지어 주며 거절하는 뜻을 담아 달래어 보냈으니 마침내 더럽힌 바는 없다고 하겠다.

잠야의 논의는 위와 같다. 그러나 신재(愼齋: 신독재 김집(愼獨齋 金集), 1574~1656)의 견해는 잠야와는 정반대이다. 알 수 없는 일이다. 과연 누가 옳은 이론을 펼쳤는가?

남계의 아버지 의는 사계의 문인이고 남계 자신은 청음 김상헌과 신독재 김집의 문하에서 공부하였다. 우암 송시열과는 동문으로 도의의 교를 맺었고 스스로 우계와 율곡의 학통을 잇는 기호사림의 중심으로 자처하였다. 이러한 사우관계의 표리사가 위 글에 구구절절이 녹아있다. 원빙군은 남계의 빙장이다. 우리도 오늘날의 사우관계를 남계처럼 허심탄회하게 이야기할 수 있다면 얼마나 좋을까?

우리 모두 고요히 서재에 정좌하여 우리들의 사우관계를 점검해 보자.

◎ 玄谷公 雖以文章風流聞 慕賢愛士 實出尋當. 常言"金沙溪學行 夙著當 平時其大人黃岡公 爲關西伯 聲妓滿前 沙溪未嘗一顧 人已稱之. 及黃岡以上价朝京 沙溪求爲子弟軍官侍行焉. 往返萬里 每進食沙溪輒數其擧匙多少 以爲憂喜. 自古孝者多矣 安有以擧匙多少 爲憂喜者耶 其賢如此."

◎ 慕齋隣居有一處女 乘月夜深其無人也 竊往投見公 乃責而數之曰"爾以士族處子 乘夜竊投於人 其得罪倫紀大矣 吾當笞爾 爾其受之"處子不得已受笞 越墻而還. 後嫁爲某公妻 蓋亦名士大夫也. 有子有孫 年老之後 言於其子 極歎慕齋之賢云.

◎ 花潭家甚貧 兒時父母 使於春後 采蔬田間 每日必遲歸 蔬亦不盈筐. 父母怪而問其故 對曰"當采蔬時 有鳥飛飛 今日去地一寸 明日去地二寸 又明日去地三寸 漸次向上而飛 某觀此鳥 所爲竊思其理而不能得 是以每致遲歸 蔬亦不盈筐也. 蓋其鳥俗名從從鳥云 當春之時 地氣上升 輒隨其氣所至高下而飛焉. 花潭窮理之功 原於此 奇哉.

◎ 元聘君嘗言"潛冶論栗谷牛溪二先生 色失輕重 以爲牛溪勝. 其說曰 牛溪如如廁而 偶失一足, 栗谷雖無失足之事 有若以糞穢 爲几案玩戲之具者 恐其失不細也.

蓋牛溪嘗書窓邊 曰某年某月某日 客或見而問之 牛溪答曰'此是偶與侍婢有私 恐致異日亂眞之弊 故記之'後生子曰文潛 此則絶無而僅有也.

栗谷以遠接使到黃州 州使一妓薦枕 名曰柳枝 才姿出衆 栗谷語之曰'看汝 才姿殊可玩愛 但一與之私 義當率畜于家 此擧甚重 故不爲也'遂却之. 及後寓居海州 柳枝乘夜遠訪 栗谷遂製柳枝詞一関 申以却之之意, 終無所汚.

潛冶所論爲是也. 然愼齋之見 又與潛冶相反 未知果孰爲定論耳.

김만중(金萬重)의 서포만필(西浦漫筆)

조선조 선비들에게는 다음과 같은 전기적 특성이 있다.

첫째, 명문거유의 집안에서 태어났으나, 어려서부터 간난을 겪으며 대성한다는 점.

둘째, 벼슬길에 나아간 후, 청렴강직한 성품으로 말미암아 현직과 유배를 반복한다는 점.

셋째, 성리학의 가르침과 논리를 절대 진리로 삼는 당대 지식인과는 달리 불교에 대한 깊은 이해를 지니고 있다는 점.

어째서 조선조의 많은 선비들을 이와 같은 공통적 특성으로 일반화할 수 있느냐, 하는 문제는 조선조 사회에 대한 좀더 깊이 있는 심층분석이 필요한 것이지만, 이제 서포(西浦) 김만중(金萬重, 1637 인

김만중(金萬重)

조15 ~ 1692 숙종18)의 생애를 돌이켜 보니, 신기하게도 위의 세 가지 특성에 꼭 들어맞는다.

서포는 예학(禮學)의 대가로 손꼽히는 사계(沙溪) 김장생(金長生)의 증손이고, 병자호란(丙子胡亂)에 김상용(金尙容)을 따라 강화로 들어가 저항하다가 순사한 절의의 선비 김익겸(金益兼)의 아들이다. 유복자로 태어나 어머니 윤씨(尹氏)의 엄한 가르침을 받으며 성장하였다. 어머니 윤씨는 경서와 사기에 통달한 지식인이었다 소학(小學)과 사략(史略)과 당시(唐詩)같은 것도 다 부인이 스스로 가르쳤는데, 비록 자애로움이 남달랐으나 훈육에는 지극히 엄하였다. 늘 말하기를 "너희들은 다른 사람에게 견줄 것이 아니니, 반드시 다른 날에 재주와 학문이 남보다 한 등급 뛰어나야 겨우 남과 함께 나란히 설 수 있느니라. 사람들이 행실 없는 이를 꾸짖을 적에 반드시 '과부의 자식'이라 하나니, 이 말을 너희들은 마땅히 뼈에 새길 일이다."하였다.

이렇게 성장한 서포(西浦)가 29세에 등과하여 환로에 나아간 이래 대제학, 대사헌, 지경연 등을 역임했으나 한 번의 삭탈관작과 두 번의 유찬(流竄)을 겪었으며 결국은 마지막 유배지 남해(南海)에서 생애를 마감한다.

그러나 이렇듯 비극적인 선비, 서포는 〈구운몽(九雲夢)〉과 〈사씨남정기(謝氏南征記)〉같은 국문소설을 남김으로써 슬픈 일생을 일장춘몽으로 승화시켰다. 다음은 송강가사를 극찬한 만필이다. 서포의 선진 문학관을 만나게 되는 대목이다.

서포만필, 하 159

송강(松江) 정철(鄭澈)의 관동별곡과 사미인곡, 속미인곡은 우리나라의 이소(離騷: 중국 굴원(屈原)의 작품)라 할 수 있는 최고의 문학작품이다. 그러나 한자(漢字)로 적은 것이 아니기 때문에 단지 노래하는 사람들의 입에서 입으로 전해 오고, 또 간혹 한글로 적혀 전해 올뿐이다. 어떤 사람이 칠언 한시(七言漢詩)로 관동별곡을 번역하였는데 전혀 원시의 아름다움을 드러내지 못했다. 혹 세상 사람들이 택당(澤堂) 이식(李植)이 젊었을 때 번역한 것이라 하나 그렇지 않다.

구마라집(鳩摩羅什)이 말하기를 "인도에서 가장 훌륭한 문학으로 삼는 것은 부처님을 찬양한 노래인데 그 문장은 지극히 화려하고 아름답다. 그런데 이제 그것을 중국말로 번역한다면 그 뜻은 얻을 수 있을지 모르나 그 문장의 오묘한 맛은 진실로 살려낼 수가 없다."고 하였다. 참으로 그러하다. 사람의 마음이 입으로 표출된 것이 말이요, 말 가운데서 마디와 가락을 갖춘 것이 노래요, 시요, 산문이요, 운문이다. 천하 사방의 말이 비록 각기 다르지만 진실로 말을 할 수 있는 사람이면 모두 자기의

서포만필(西浦漫筆)

말로 마디와 가락을 갖추고자 하니 그래야 비로소 천지를 움직이고 귀신을 감동시키는 것이요, 중국 글인 한문만 그러한 것은 아니다.

오늘날 우리나라의 시문(詩文)은 고유한 우리말을 버리고 다른 나라의 말을 배워서 짓고자 하니 설령 그 뜻과 느낌이 아주 비슷하다 하여도 그것은 단지 앵무새가 사람의 말을 흉내내는 것에 지나지 않는다. 마을에서 나무하는 아이들이나 물긷는 여인네들이 흥얼거리며 서로 주고받는 것은 비록 그 말이 거칠고 속되다 해도 그것을 진짜냐 가짜냐 하는 관점에서 논한다면, 그것들은 학사(學士) 대부(大夫)들이 지은 이른바 시부(詩賦)라는 것과 함께 논할 수 없이 훌륭한 것이다.

하물며 이 세 가지 별곡(別曲)은 하늘이 내린 영감을 자연스럽게 드러내어 세상 속인들의 천박하고 야비한 맛이 없으니 옛날로부터 오늘에 이르기까지 우리나라의 참된 문학작품은 오직 이 세 편이라고 할 수 있다. 그런데 이 세 편을 가지고 다시 논한다면 속미인곡이 가장 우수하다. 관동별곡과 사미인곡은 한자어를 많이 넣어 문장을 꾸몄기 때문이다.

언문일치의 문학이 진정한 문학이요 가치있는 민족문학임을 설파한 이 글은 '한국문학이 일상의 언어를 자연스럽게 사용한 문학이어야 한다'고 주장한 개화기 이후의 문학론이 나오기 적어도 200년 전의 주장이다. 서포 자신이 스스로 〈구운몽〉과 〈사씨남정기〉를 한글로 지은 것은 이와 같은 그의 투철한 문학관이 있었기 때문이었다.

이처럼 선진사상은 일이백 년은 앞서서 이야기되지만 귀 기울여 듣는 이는 으레 많지 않았다.

松江關東別曲, 前後思美人歌, 乃我東之離騷, 而其以不可以文字寫之, 故惟樂人輩, 口相授受, 或傳以國書而已. 人有以七言詩飜關東曲, 而不能佳, 或謂澤堂少時作, 非也.

鳩摩羅什有言曰, "天竺俗最尙文, 其讚佛之詞, 極其華美, 今以譯秦語, 只得其意, 不得其辭理." 固然矣. 人心之發於口者 爲言, 言之有節奏者 爲歌詩文賦, 四方之言 雖不同, 苟有能言者, 各因其言 而節奏之, 則皆足以動天地通鬼神, 不獨中華也.

今我國詩文, 捨其言, 而學他國之言, 設令十分相似, 只是鸚鵡之人言, 而閭巷間 樵童汲婦, 咿啞而相和者, 雖曰鄙俚, 若論眞贗, 則固不可與學士大夫 所謂詩賦者 同日而論.

況此三別曲者, 有天機之自發, 而無夷俗之鄙俚, 自古左海眞文章, 只此三篇, 然又就三篇而論之, 則後美人尤高, 關東前美人, 猶借文字語 以飾其色耳.

조선후기 실학시대

이익(李瀷)의 성호사설(星湖僿說)

　조선왕조를 500년 이상 이끌어 온 중심에는 언제나 '선비'라 일컫는 지성인 계층이 있었다. 그들은 시대를 꿰뚫어 보는 예지의 소유자였으며, 부정과 비리를 용납지 않는 냉엄한 비판세력이었다. 나라가 위난에 처했을 때는 목숨을 초개처럼 내던진 의병이었고, 어쩌다 벼슬길에 나아가면 서슬 푸른 청백리였다. 그러나 그들의 진면목은 벼슬자리에 연연하지 아니하고 초야에 묻혀 산천을 즐기며 천지자연의 이치를 탐구하고 경세제민의 방안을 강구하는 모습에서 찾을 수 있다. 언제나 현실에서는 한 걸음 물러서 있는 듯하지만 실제로는 나라의 부강, 백성의 평안, 개인의 인격도야를 위한 구체적 방안을 궁리하느라 가슴을 태웠다.

이익(李瀷)

18세기에 집중적으로 활약한 실학자들도 바로 그러한 선비들인데 그 가운데 성호(星湖) 이익(李瀷, 숙종7년 1681~영조39년 1763)이란 분이 있었다. 대사헌을 지낸 이하진(李夏鎭)의 막내아들로 태어나 집안에 전해 오는 만 권 서책에 묻혀 살며, 한번도 벼슬살이는 하지 않고 절약과 검소를 실천궁행하였다. 책을 쓰고 제자를 가르치는 일로 평생을 바치니 그로 말미암아 조선조의 실학사상은 비로소 흐드러진 꽃을 피게 되었다. 정약용(丁若鏞), 안정복(安鼎福), 이중환(李重煥), 이가환(李家煥) 등 남인계열의 학자는 모두 그의 영향을 크게 받은 사람들이다.

성호(星湖)의 저술로는 경세치용을 논의한 『곽우록(藿憂錄)』과 세상만사를 붓 가는 대로 설파한 『성호사설(星湖僿說)』이 그중 돋보인다. 사설(僿說)의 머릿글을 잠시 훑어보자.

"(전략) 내가 먹으려니 싫고 버리려니 아깝다는 속담이 있거니와 이것이 이 사설을 시작하게 된 까닭이다. (중략) 그러나 거름흙과 검불 따위는 지극히 천한 것이지만 밭둑에 옮겨 놓으면 좋은 곡식을 길러내고 부엌에 들어가면 반찬을 만드는데 요긴하게 쓰인다. 이 글도 찬찬히 뜯어 읽노라면 백가지 중에서 하나쯤은 건지는 것이 있을지 누가 알겠는가."

성호는 겸손하여 이렇게 말하고 있지만 오늘날 우리 후손들은 백가지중에 그 어느 한가지도 버릴 것이 없음을 알게 되리라. 다음 글은 「인사문(人事門)」에 들어 있는 이른바 운명론이다. 운명은 겸허하게 받아들이되 인간의 노력은 끝가는데가 없어야 함을 성호는 힘주어 말하고 있다.

하늘을 원망하고 세상을 탓함

운명이란 내가 하늘로부터 받아 타고난 것이요, 내가 지니고 있는 것이다. 나는 즐거워하는데 남은 슬퍼한다고 해도 내가 남의 즐거움을 훔쳐서 즐거워하는 것이 아니며, 남이 즐거워하는데 내가 슬퍼한다 하여도 또 그 사람이 내 즐거움을 훔쳐서 즐거워하는 것이겠는가. 그러나 다른 사람은 존귀한데 나는 비천하며 다른 사람은 부유한데 나는 빈한하며 다른 사람은 편안한데 나는 고달프다면 이것은 사람에게 그 원인이 있는 것이요, 다른 사람은 장수하는데 나는 일찍 죽고, 다른 사람은 강건한데 나는 허약하고, 다른 사람은 슬기로운데 나는 우둔하다면 이것은 하늘로부터 타고난 것이다.

『성호사설』 표지

『성호사설』 '천지' 부분

자기도 모르는 사이에 남을 탓하고 하늘을 원망하며 더구나 운명이란 바꿀 수 없는 것이요 받아들여 마땅하다는 것을 전혀 깨닫지 못한다.

하늘과 땅이 서로 감응하고 천지의 기운이 서로 화합하여 세상의 사물이 제각기 자기의 고유한 형체를 지니고 태어날 때에 그 기질에 맑음과 흐림이 있으며 가벼움과 무거움의 분수가 있어서 그 사물이 존귀하게도 되고 비천하게도 되는 것이니, 하늘이 어찌 미리부터 그 사이에 다른 뜻을 두었겠는가. 흙이나 돌처럼 단단한 것이 "하늘은 어찌하여 우리를 풀이나 나무와 같이 생장하는 성질을 갖게 하지 않았는가"하고 말하며, 또 풀이나 나무가 "하늘은 어찌하여 우리를 짐승들처럼 지각이 있는 것으로 만들지 않았는가"하고 말하며, 또 짐승들은 "하늘은 어찌하여 우리를 사람처럼 존귀하게 하지 않았는가"하고 말한다면(생각해 보자) 하늘이 만일에 입이 있다면 어찌 입다물고 잠자코 있겠는가!

만일에 한 주먹의 진흙을 채롱 안에 넣고 손으로 힘껏 회전시키면 그 엉김이 크게도 되고 적게도 되며 빽빽하게도 되고 엉성하게도 되어 그것들이 제 스스로 똑같지는 않게 되는 것이니 그렇다고 채롱 돌린 이를 어찌 탓할 수 있을 것인가. 사람에게 원인이 있다하는 것이 또한 이와 같은 것이다. 비록 어떤 이가 다른 사람을 존귀하게 하거나 부유하게 하거나 편안하게 하는 권한이 있다면 그것이 그에게는 있고 나에게는 없다는 것 역시 하늘에 매인 것이다. 내가 만약 하늘로부터 타고난 바가 처음부터 이처럼 같지 않다면, 저 사람이 아무리 내 운명을 바꾸고자 한들 가능한 일이겠는가? 우리와 같은 사람들이 이처럼 많기도 하려니와 또 어찌 혹은 무겁고 혹은 가벼워 서로 같지 않음이 이처럼 심하단 말인가. 이것은 우리가 본래 가지고 있는 운명임이 분명하다.

그러므로 이제 활 쏘는 것으로 비유해 보기로 한다. 활을 쏘아 맞추지 못하면 비록 분한 마음이 있어도 감히 남을 탓할 수는 없다. 내가 구하였으나 얻지 못한 것은 곧 활을 쏘아 맞히지 못한 것과 같다. 또 누구를 탓할 것인가. 순경(荀卿, 戰國時代 趙나라 사람)이 말한 것처럼 "자기 자신을 아는 사람은 남을 원망하지 않고, 운명을 받아들이는 사람은 하늘을 원망하지 않는다."는 것이 바로 이것이다. 옛날에 성인[孔子님]은 직위를 얻지 못하고 천하를 두루 돌며 극심한 궁핍에도 원망하지 않고, 각박한 곤욕을 겪어도 남을 탓하지 않으셨다. 그 시절에는 속이고 헐뜯고 물리치고 내치며 도무지 정사를 맡기는 이가 없었다. 그래서 말씀하시기를 "나를 알아주는 사람이 없구나"하셨던 것이다. 그렇다면 도대체 그 알아주지 않는다는 것은 무엇을 말하는 것이었을까?

하늘은 위에 있고, 사람은 아래 있으니, 우리가 자연의 이치에 통달하였다면 그것은 상달(上達)이라 할 수 있고, 평탄하거나 험난하거나 한결같아서 어디에 머물거나 유익하지 않음이 없다면 그 덕은 하학(下學)이라 할 수 있다. 성인께서 온 천하를 두루 돌아다니시면서도 그 일을 멈추지 않았던 것은 천하를 위한 것이었고 사사로운 개인의 영달을 위한 것이 아니었다. 이것을 두고, 하늘은 모르는 것이 없건만 사람이 무능하였기 때문이라고 할 것인가!

오늘날 인류의 학문적 성취는 빅뱅이라 부르는 대폭발 사건으로부터 우주탄생의 신비를 풀어헤치며 유전자 조작이라는 기술을 개발하여 생명의 신비까지도 들여다보면서 인간이 짐짓 조물주의 권자에 도전하고 있다. 물질문명의 극대화 현상은 어디까지 갈지 알 수 없고, 인류사회의 갈등도 끝을 모르게 뒤엉켜 흐르고 있다.

　이러한 세상을 한 걸음 물러서서 고요히 바라보며, 개인의 운명도 겸손하게 수용하는 자세를 갖추라는 성호의 타이르심. 이 말씀은 300년 전에 하신 말씀이 아니라 지금 이 자리에서 들려주시는 성호의 가르치심이다.

怨天尤人

命者 我之所受 而有者也. 我樂人憂 我非替人之樂而爲樂. 人樂我憂 亦豈人替我之樂者哉. 然人貴而我賤 人富而我貧 人逸而我勞 此出於人者也. 人壽而我夭 人强而我弱 人智而我愚 此出於天者也. 常人之情 愁苦困極 竊竊然 尤人而怨天 殊不知命非替當者也.

天地交感 絪縕化醇 物各賦形 氣有淸濁 輕重分數 而物以之貴賤 天何嘗有意於其間. 爲土石之頑者 曰天胡使我不如草木之有生意耶. 爲草木者 曰天胡使我不如禽獸之有知覺耶. 爲禽獸者 曰天胡使我不如人之尊貴耶, 使天有口亦豈無言.

如以一掬泥置籠中 信手回轉 其搏結或大或小 或密或疏 彼自有不同 回轉自何咎乎. 其出於人者亦亦然. 彼雖有貴之富之逸之之權 其彼有我無者亦天也. 我若所稟初不如此 彼雖欲易我之命 得乎? 如我輩人亦多 又何或重或輕之不侔至此也. 是吾所本有者明矣.

故以射爲喩 射而不中 雖有忮心 不敢咎人 我之求而不得 則如射而不中者也 又何尤哉. 荀卿所謂 自知者不怨人 知命者不怨天 是也. 昔者聖人不得位 轍環天下 厄窮而不怨 窘辱而無尤 當時 譏謗擯斥 未有授之以政 故曰 莫我知也. 夫其所不知者 何謂也.

天在上 人在下 我乃通乎自然之理 則上達也. 夷險不渝 無往而不益 其德則下學也. 其遍歷不息者 爲天下也 非私也, 此天無不知 而人有不能也夫.

이중환(李重煥)의 택리지(擇里志)

낯선 고장을 찾아갈 때, 우리는 여행안내서를 얻으려 한다. 거기에는 그 고장의 자연 경관과 풍물, 역사 문화적 배경과 연혁, 그리고 관광명소와 교통편의 등이 지도를 곁들여 자세하게 적혀 있기 때문이다. 이러한 여행안내서의 전문적 심화 연구가 곧 지리학(地理學)이다.

우리나라에 이러한 지리학의 원조가 되는 책은 무엇인가? 모든 역사책은 지리 정보를 담고 있다. 그래서 『삼국사기(三國史記)』에도 지리지(地理志)가 있고, 세종실록(世宗實錄)에도 지리지가 있다. 삼국사기 지리지는 고대 지명의 변천에 관한 정보가 있을 뿐이고, 세종실록 지리지에는 지명의 역사적 변천, 지역 경계, 인적자원, 기후와

토질, 물산 등을 아주 자세히 기록하였으나 누구나 쉽게 찾아 볼 수 있는 자료는 아니었다.

그러므로 18세기 중엽에 청담(淸潭) 이중환(李重煥, 1690 숙종 16~1752 영조28)의 『택리지(擇里志)』가 나오기까지 우리나라에 참다운 지리학은 탄생하지 않았다고 말해도 지나친 말이 아니다. 이 택리지는 19세기 후반에 『조선지리소지(朝鮮地理小志)』란 이름으로 중국에서, 그리고 『조선팔역지(朝鮮八域志)』란 이름으로 일본에서 간행되어 널리 읽혔다. 우리나라에 관한 정보가 이 책만큼 짜임새 있게 서술된 책이 없었기 때문이었을 것이다.

청담 이중환은 성호 이익의 집안이요, 또 그의 문인이었다. 이익의 영향을 받으며 실학의 분위기에 젖어 공부한 이중환은 몇 번의 벼슬살이를 절도 유배로 마무리지은 뒤 죽을 때까지 30년간 전국을 방랑하며 한 권 지리책을 남기니 그것이 곧 택리지, 우리나라 지리학의 남상이다.

택리지(擇里志)는 자연지리에 중점을 둔 8도총론과 인문지리에 초점을 맞춘 복거총론(卜居總論)의 두 부분으로 이루어져 있다. 다음 글은 복거총론에서 핵심이 되는 몇 부분을 발췌한 것이다. 택리지의 참 맛을 맛 볼 수 있을 것이다.

살만한 터 잡기 총론

대체로 살만한 터를 잡으려 할 때에는 지리(地理, 지형상의 기본조건)를 첫째로 생각해야 하고, 생리(生利, 생활상의 편리함)를 둘째로 하고, 그 다음으로 인심(人心)이요, 마지막으로 산수(山水, 자연경관)를 보아야 한다. 이 네 가지 중에 하나만 부족하다 하여도 그곳은 살기 좋은 고장이 아니다. 지리가 비록 만족스러우나 생리가 마땅치 않으면 그곳 또한 오래 살 수 없다. 지리와 생리가 모두 만족하다 하여도 인심이 고약하다면 반드시 후회함이 있을 것이다. 또 가까운 곳에 감상할 만한 산과 물이 없다면 사람의 성품과 감정을 올바르게 가꿀 수 없다.

지리(地理) ; 무엇으로 지리를 따질 것인가? 제일 먼저 수구(水口, 물이 어떻게 흐르는가)를 보아야 하고, 둘째로 야세(野勢, 들판의 형세)요, 셋째로 산형(山形, 산의 생김새), 넷째로 토색(土色, 흙의 빛깔), 다섯째로 수리(水理, 수질의 알맞음)요, 여섯째로 조산조수(朝山朝水, 앞에 펼쳐진 가장 큰 산과 큰 강)를 보아야 한다.

생리(生利) ; 사람이 한 세상 살아간다는 것은, 살아 있는 사람은 잘 공양하고 돌아가신 분은 잘 보내드리는 것인데, 그 모든 것이 세상 재물에 의존한다. 그런데 그 재물은 하늘에서 떨어지는 것도, 땅에서 거저 솟아나는 것도 아니다. 그러므로 땅이 비옥한 것이 첫째요, 배와 수레, 사람과 물화가 모두 모여들어, 있는 것과 없는 것을 서로 바꾸어 쓸 수 있는 곳이 그 다음이다.

인심(人心) ; 무엇으로 인심을 따질 것인가? 공자님이 이렇게 말씀하셨다. "어질고 착한 고장에 사는 것이 좋다. 어질고 착한 곳을 고르지 못하면 어찌 슬기롭다 할 수 있겠는가?" 옛날에 맹자의 어머니는 세 번이나 이사를 하셨는데, 그것은 자식을 올바로 가르치기 위해서였

『택리지(擇里志)』

다. 풍속이 좋지 않은 곳을 택하면 자기 자신에게만 그치는 것이 아니라, 자손에게까지 해가 되어 반드시 나쁜 물이 들고 잘못을 저지르는 환난이 있을 것이다. (그러므로) 살만한 터를 잡으려 할 때에는 그 고장의 풍속을 살펴보지 않을 수 없다.

　산수(山水) ; 무릇 산의 형세는 반드시 빼어난 돌 봉우리가 있어야 하며, 산 전체가 아름다울 뿐 아니라 물도 또한 맑아야 한다. 또 반드시 강가나 바닷가에 사람들이 모여 어울릴 수 있는 곳이 있어야, 그곳이 크게 쓰임새가 있다. 이와 같은 곳이 우리나라에 네 군데가 있으니, 하나는 개성의 오관산이요, 또 하나는 한양의 삼각산이요, 또 하나는 진잠(鎭岑)의 계룡산이요, 끝으로 문화의 구월산이다.

인문지리학(人文地理學)의 원론을 읽는 듯하다. 그러나 요즈음 국토개발이라는 이름으로 산이며 강이며 언덕이며 들판을 마구 깨부수고 파헤치는 모습을 보면 청담의 택리지는 어리석은 이의 잠꼬대처럼 들릴 것이다.

　그렇지만 우리는 청담의 이야기가 후손을 위해 두고두고 들려주어야 할 지리학의 진리임을 가슴 속 깊이 깨닫고 있다.

卜居總論

大抵卜居之地　地理爲上　生利次之　次則人心　次則山水．四者缺一非樂土也．地理雖佳生利乏　則不能久居　生利雖好地理惡　則亦不能久居　地理及生利俱好．而人心不淑　則必有悔吝　近處無山水可賞處則無以陶瀉性情．

地理；何以論地理　先看水口　次看野勢　次看山形　次看土色　次看水理　次看朝山朝水．

生利；人生一世　養生送死　皆需賴世財　而財非天降地湧　故土沃爲上　舟車人物都會　可以貿遷有無者次之．

人心；何以論人心　孔子曰　里仁爲美　擇不處仁焉得智．昔孟母三遷欲敎子也．擇非其俗　則不但於身　害於子孫　必有薰染　註誤之患．卜居不可不視其地之謠俗矣．

山水；凡山形必秀石作峰　山方秀而水亦淸　又必結作於江海交會之處　斯爲大力量．如此者國中有四　一則開城五冠　一則漢陽三角　一則鎭岑鷄龍　一則文化九月也．

박지원(朴趾源)의 열녀함양박씨전 (烈女咸陽朴氏傳) 병서(幷書)

이 세상에 아름다운 글을 남긴 명문장, 대문호, 시성, 논객은 밤 하늘의 뭇별처럼 무수하다. 단테와 괴테, 셰익스피어와 톨스토이 가 있고, 굴원(屈原)과 사마천(司馬遷), 당송8대가(唐宋八大家)에 두보 (杜甫), 이백(李白)이 있다. 그러면 그 많은 뭇별 중에 우리나라의 별 은 없는가? 이 질문에 서슴없이 반짝이는 별이 있으니 이름하여 연 암성(燕巖星)이다. 연암(燕巖) 박지원(朴趾源, 1737 영조13~1805 순조5)은 18세기 조선문단의 거성으로 200년이 지난 오늘날에도 이 시대의 횃불처럼 우뚝 서서 민족문학의 미래를 비추고 있다.

그는 글을 짓는 것이 아니라, 그냥 쏟아 내는 듯하였다. 특별히 고운말을 골라 쓰려고 하지 않았으나 글의 흐름은 비단결 같았고,

301

글의 짜임새는 틀에서 뽑은 화문석이었다. 생각의 깊이는 금강경을 읽는 듯하고, 가르침의 준열함은 춘추의 필법이었다. 말하듯이 쓰는 구어가 아니건만, 연암의 수사는 시골 장터의 약장수 사설처럼, 풍자와 해학과 은유와 비의가 거칠 것이 없었다. 세상에 이렇게 시원하고 확 트인 글이 있는가? 이것이 연암의 글이다.

만일에 그가 200년 뒤의 오늘날에 태어나서 똑같은 주제로 이 나라 이 사회의 부조리를 언문일치의 요즈음 문장으로 풀어 놓았다면, 노벨 문학상은 열 번도 더 받았을 것이다. 그러나 연암은 200여 년 전 영·정조 때의 가난한 선비였다. 강화된 왕권으로 탕평책을 쓰는 동안 당쟁은 숨을 죽이는 듯 했으나 척신과 권신은 궐문 밖에서 칼을 갈고 있었고, 변하는 사회경제구조는 새 시대를 열망하고 있었다.

연암(燕巖)은 이 변화의 흐름을 놓치지 않았다. 『열하일기(熱河日記)』는 이미 중원의 주인이 된 청(淸)나라를 배우겠다는 피맺힌 의지의 기행문이요, 『방경각외전(放璚閣外傳)』은 비뚤어진 세상을 붓끝으로 매질하는 한 맺힌 의분의 평전소설이다. 오죽하면 거칠 것이 없는 열하일기의 문체에 놀란 사람들이 그 문체를 걸어 연암을 욕보이려 했겠는가?

그러나 오히려 문체반정의 주인공이 된 연암은 나이 50에 벼슬길에 나아가 65세에 치사(致仕)하기까지 비교적 순탄한 벼슬길을 살았다. 시대의 흐름은 막을 수가 없었던 것이다. 선

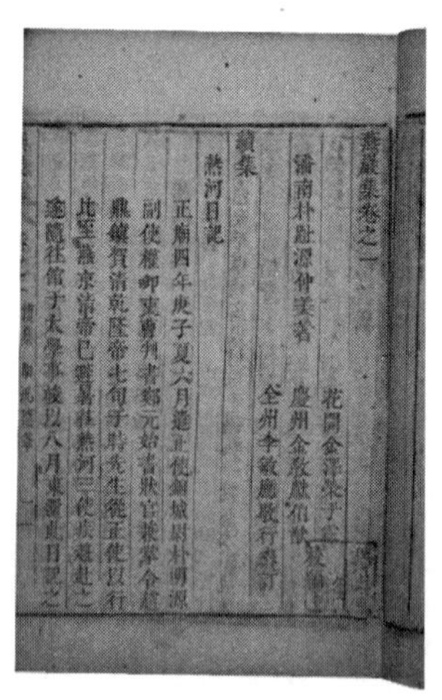

『열하일기(熱河日記)』

공감 감역을 첫 벼슬로 하여 한성부판관, 안의현감, 면천군수, 양양 부사를 끝으로 벼슬을 물러나니 실사구시(實事求是)의 모범을 보이며 백성들의 생활개선에 얼마나 열심이었는지를 짐작하고도 남는다. 문학이외에 돋보이는 연암의 업적은 군수시절 왕명을 받들어 『과농소초(課農小抄)』라는 농서(農書)를 지어 올린 일이다. 실학을 실천한 목민관의 모습이 아닌가!

여기 실린 병서(幷書)는 현감시절에 쓴 것으로 당대의 지나친 수절풍습을 비판한 글이다.

열녀 함양 박씨 이야기에 덧붙인 글

(전략) 옛날에 열녀라 일컫던 사람들은 오늘날의 과부들이라 하겠다. 시골구석의 어린 아낙이나 길거리의 젊은 홀어미들이나 자기 부모로부터 무리한 압력을 받는 것도 아니고, 자손들이 출세하지 못할까 보아 부끄러워하는 것도 아니건만 수절하는 것만으로는 절개를 지키는 것이 부족하다고 여겨 자살하는 일이 잦다. 낮에는 촛불을 밝혀 남편의 혼령 앞에 빌다가 밤이면 남편을 따라 죽고자 하여 물에도 빠지고, 불에도 뛰어들고, 독약도 마시고, 목매어 죽기도 하니 마치 즐거운 곳에 노는 듯이 하였다. 열렬하고 또 열렬하다 하겠으나 어찌 지나친 일이 아니겠는가?

옛날에 높은 벼슬을 하는 형제 두 사람이 그 어머니 앞에서 어떤 사람의 벼슬길을 막고자하는 의론을 하였다. "무슨 잘못이 있기에 벼슬길을 막느냐?"

대답하기를 "윗대에 과부가 있었는데 바깥소문이 매우 시끄러웠습니다."

어머니가 깜짝 놀라 물었다.

"그런 일은 안방에서 있었던 일인데 어찌 알게 되었다더냐?" 대답하기를 "풍문에 그렇다고 합니다." 어머니가 말씀하였다. "바람이란 소리는 있으나 형체는 없는 것이요, 눈으로 보아도 보이지 않고 손으로 잡아도 잡히지 않는다. 허공에서 일어나 만물을 떠돌게 한다. 어찌하여 형체도 없는 일을 가지고 사람을 떠도는 이야기 속에 집어넣어 매장하려느냐. 더구나 너희는 과부의 아들이다. 과부의 아들이 어찌 능히 과부를 논죄한단 말이야? 게 앉거라! 내 너희에게 보여줄 것이 있으니." 그리고 어머니는 품안에서 동전 한 개를 꺼내 놓고 말씀하였다. "이 돈에 둥근 둘레가 있느냐?" "없습니다." "또 이 돈에 글자가 있느냐?" "없습니다."

어머니는 눈물을 흘리며 말씀을 이었다.

"이것은 네 어미가 죽음을 견뎌낸 부적이다. 십년동안이나 손으로 만지고 만지니 이렇게 닳아 버렸다. 대개 사람의 혈기는 음양에 근거하는 것이라 정욕은 혈기에서 싹트는 것이며, 그리움은 고독한데서 생기고 슬픈 마음은 그리움에서 말미암는다. 과부된 사람은 언제나 고독하고 지극히 슬픈 마음을 지니고 산다. 혈기가 때로 왕성할 경우에, 어찌 과부라고 정욕이 없겠느냐? 가물거리는 등불아래 그림자만 벗하고, 밤을 밝히기란 진실로 힘이 든다. 더구나 처마 밑에 낙숫물 떨어지는 비 오는 밤, 별빛이 흐르는 달 밝은 밤, 나뭇잎소리 마당가에 쓸쓸하고 외기러기 하늘에서 슬피 우는 밤, 멀리 닭 우는 소리에 메아리도 없고 어린 종년의 코 고는 소리는 어찌 이리 큰가. 눈은 말똥말똥하여 잠이 오지 않으니 누구에게 이 어려움을 호소하겠느냐? 그런 때에 나는 이 동전을 꺼내어 굴리며 온 방안을 돌아다녔다. 둥근 것이라 잘 구르다가도 모퉁이를 만나면 멈추어 버리니 나는 그것을 집어 다시 굴리곤 하였다. 하룻밤에 보통 다섯 바퀴를 돌았다. 그러면 날이 새더구나. 십년동안에 해가 갈수록 도는 횟수가 줄어들더니 십년이 지나고 나니까 닷새에 한번 굴리게도 되고 열흘에 한번 굴리게도 되었다. 혈기가 아주 떨어지고 나서는 나는 더 이상 이 동전을 굴리지 않았다.

그러나 내가 이것을 잘 거두어 20년이나 간직하였던 것은 그 공로를 잊지 않고 때때로 나 스스로를 경계하자는 것이었다. 마침내 두 아들과 어머니는 서로 붙들고 울었다고 한다.

어느 선비가 이 이야기를 듣고 말하였다. "이 분이야말로 열녀로구나!" 아! 그 힘든 절개와 깨끗한 수행이 이와 같단 말인가! 그러나 그 당시에는 드러나지 않아서 이름을 모르고 후세에 전할 수 없게 된 연유는 무엇인가? 과부가 수절하는 것은 온 나라에 흔하디흔한 일인지라 목숨을 끊어 자결하지 않으면 과부의 집안에 절개를 지켰다는 것이 드러나지 않았던 까닭이다. (후략)

◉ [참고] 문체반정(文體反正)이란 무엇인가?

연암 박지원이 지은 열하일기는 그 내용의 참신함과 그 문체의 호쾌함으로 당대 문학계에 선풍적인 인기를 누렸다. 이에 놀란 보수파 선비들이 이 일을 임금에게 아뢰니, 그 때 임금(正祖)이 이른바 점잖은 문학, 즉 순정문학(醇正文學)을 확립하려는 시책을 펴게 되었는데, 이 시책을 가리켜 문체반정이라 한다. ① 규장각의 설치 ② 소설 등 잡서의 수입금지 ③ 규범문장서의 간행 같은 것으로 문장을 바꾸려 하여 한 때 반시대적 문학이 세를 폈으나 꿈틀거리는 서민감정의 발로는 잠재울 수 없었고, 열하일기는 더욱더 인구에 회자되었다.

305

烈女咸陽朴氏傳 幷書

(前略)古之所稱烈女, 今之所在寡婦也. 至若田舍少婦, 委巷靑孀, 非有父母不諒之逼, 非有子孫勿敍之恥, 而守寡不足以爲節, 則往往自滅 晝燭祈殉夜臺, 水火鴆繯, 如蹈樂地, 烈則烈矣, 豈非過歟.

昔有昆弟名宦, 將枳人淸路, 議于母前. 母問: "奚累而枳" 對曰: "其先有寡婦, 外議頗喧." 母愕然曰: "事在閨房, 安從而知之" 對曰: "風聞也." 母曰: "風者有聲而無形也, 目視之而無覩也, 手執之而無獲也, 從空而起, 能使萬物浮動. 奈何以無形之事, 論人於浮動之中乎 且若乃寡婦之子, 寡婦子尙能論寡婦耶 居 吾有以示若" 出懷中銅錢一枚, 曰: "此有輪郭乎" 曰: "無矣." "此有文字乎" 曰: "無矣."

母垂淚曰: "此汝母忍死符也. 十年手摸, 磨之盡矣. 大抵人之血氣根於陰陽, 情欲種於血氣, 思想生於幽獨, 傷悲因於思想. 寡婦者幽獨之處, 而傷悲之至也. 血氣有時而旺, 則寧或寡婦而無情哉. 殘燈弔影, 獨夜難曉, 若復簷雨淋鈴, 窓月流素, 一葉飄庭, 隻雁叫天, 遠鷄無響, 穉婢牢鼾, 耿耿不寐, 訴誰苦衷. 吾出此錢而轉之, 遍摸室中, 圓者善走, 遇域則止, 吾索而復轉, 夜常五六轉, 天亦曙矣. 十年之間, 歲減其數, 十年以後, 則或五夜一轉, 或十夜一轉, 血氣旣衰, 而吾不復轉此錢矣. 然吾猶十襲而藏之者, 二十餘年所以不忘其功, 而時有所自警也." 遂子母相持而泣.

君子聞之曰: "是可謂烈女矣." 噫 其苦節淸修若此也, 無以表見於當世, 名堙滅而不傳, 何也. 寡婦之守義, 乃通國之常經, 故微一死, 無以見殊節於寡婦之門.(後略)

박제가(朴齊家)의 북학의(北學議)

18세기 영·정조 시대는 정치안정과 문화진흥이 함께 이루어진 시절이라 우리는 그 시대를 조선후기의 르네상스라 부른다. 영조대왕의 탕평책은 정치적 안정을 가져왔고, 영·정 양대에 걸친 실학의 발흥은 조선조 후기사회가 농업사회로부터 벗어나 농공상이 병진하는 사회로 바뀌어야 함을 절감케 하였다. 이러한 실학파 가운데 특별히 청(淸)나라를 열심히 배워야 한다는 북학(北學)을 강조한 분이 있었으니 그가 곧 초정(楚亭) 박제가(朴齊家, 1750 영조26~1805 순조5)이다.

북학(北學)이란 신흥국 청(淸)나라를 배운다는 뜻이다. 한 때 한족(漢族)이 세운 나라가 아니라 하여 오랑캐로 여기고 외교에도 부실

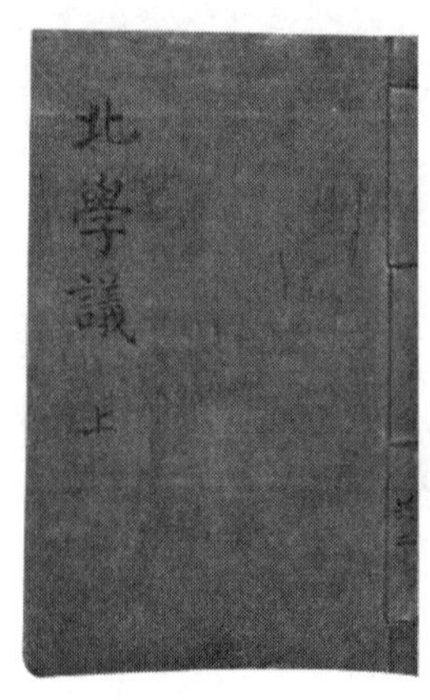

북학의(北學議)

했기 때문에 병자호란(丙子胡亂)의 호된 병화를 치른 조선의 선비들은 청나라가 미개한 오랑캐 나라가 아니라 배울 것이 산처럼 많이 쌓인 선진문명국임을 깨닫게 되었다. 이제는 화이론(華夷論)의 명분에 얽매일 때가 아니었다. 청(淸)의 문화는 곧 중화문화였고, 그것은 선진문화였다. 그들은 서양 선교사들이 가져온 과학문명을 흡수하여 면목일신(面目一新)의 사회상을 꾸미고 있었다. 마침 초정(楚亭)이 이러한 청나라를 사은사의 일원으로 방문하였을 때 청나라는 온 나라 저명한 학자들을 연경(燕京)에 모아놓고 사고전서(四庫全書)를 편찬하게 하는 문화적 전성기에 있었다. 초정은 다급하고도 안타까운 마음으로 청나라에서 배워야 할 문물제도와 각종설비들을 눈 여겨 관찰하고 돌아와 책을 지으니 그것이 곧 『북학의(北學議)』다.

초정은 승지 박평(朴坪)의 서자(庶子)로 태어나 11살에 아버지를 여의고 어머니와 함께 어린 시절을 가난에 쪼들려 살았다. 그러나 타고난 성품이 명민하여 15살에 시·서·화로 이름을 날리고, 19살엔 자찬 시집을 엮을 정도였다. 그의 문명은 조만간 청나라에도 알려졌다. 그 무렵 박지원(朴趾源), 이덕무(李德懋), 유득공(柳得恭) 등 북학론자들과 교유하며 학문에 정진하였다. 그러던 중 다행히 규장각 검서관으로 발탁되어 14년 동안 일성록(日省錄)을 정리하며 많은 저술에 관여하면서 지식을 쌓았다. 더구나 전후 3차례에 걸친 연경사행(燕京使行)은 북학을 통한 나라 개혁의 의지를 더욱 굳게 하였다. 「북학의서(北學議序)」는 초정의 이러한 의지 즉 청나라를 배우는 길만이 나라를 선진화하는 방략임을 애절하게 호소하고 있다.

그 서문을 읽어보자.

북학의 서문(北學議 序文)

나는 어린 시절부터 고운(孤雲) 최치원(崔致遠)과 중봉(重峯) 조헌(趙憲)의 사람됨을 흠모하여 비록 세대는 다르지만 말채찍을 휘둘러 그분들을 따르고자 하는 소원을 품은 바가 있었다. 고운은 당나라의 진사가 된 다음 우리나라로 돌아와 신라의 풍속을 바꾸어 중국과 같은 문화세상을 만들고자 하였다. 그러나 시절을 잘못 만나 가야산에 숨어살다가 어떻게 일생을 마쳤는지 모른다. 중봉은 질정관으로 연경에 다녀와서 동환봉사(東還封事)를 지어 올렸는데 그 글이 간절하고도 정성스러웠다. 남을 보며 나를 깨우치고 남의 좋을 것을 보면 나도 그와 같아지기를 생각하면서 중국을 본받아 오랑캐의 부족함을 바꾸고자하는 노력을 기울였다. 압록강 동쪽에 천년 이상의 역사를 지닌 이 작은 모퉁이 나라에 일대변혁을 시도하여 중국과 같은 나라를 만들고자 한 분은 (우리나라 역사에서) 오직 이 두 분이 있을 뿐이다.

금년 여름에 진주(陳奏)의 사절이 있었는데 나도 청장(靑莊) 이덕무(李德懋)와 함께 따라가게 되어 연주(燕州, 하북성 창평현)와 계주(薊州, 하북성 삼하현)의 들판을 둘러보고 오·탁(吳·蜀)의 선비들과 어울릴 수 있었다. 여러 달을 머물면서 새로운 이야기를 들어 견문을 넓히고, 옛 풍속이 아직도 남아 있어서 옛 사람이 나를 속이지 않았음을 새삼 감탄하였다. 그 나라의 풍속 중에 우리나라에서 본받아 시행할 만한 것과 일상생활에 편리한 것을 본대로 적고 아울러 그렇게 했을 때에 이로운 점과 폐단이 되는 점을 나란히 적어서 풀이한 다음, 맹자에서 진량(陳良, 戰國時代 楚나라 사람)이 말한 것을 본 따서 이 책을 『북학의(北學議)』라 이름 하였다.

그런데 그 설명한 말이 너무 시시콜콜하여 대수롭게 여기지 않을 수 있으며, 때로는 번거로워 시행하기 힘든 면도 있다. 비록 그렇기는 하지만 옛날의 어진 임금이 백성을 가르칠 때에 반드시 가가호호를 찾아다니며 깨우쳐 주었던 것은 아니었다. 한 번 절구를 만드니 천하의 곡식이 껍질을 벗었고, 한 번 신발을 만드니 온 천하에 맨발이 사라졌으며, 한 번 나룻배와 수레를 만드니 천하의 물자가 길이 막혀 유통되지 못하는 일이 없어졌으니 그 가르침이 어찌도 그리 간단하고 편리하였던가! 대저 이용후생(利用厚生)이 하나라도 닦이지 않은 것이 있으면 위로는 올바른 덕[正德]을 해친다는 말이 있다. 그러므로 공자님은 일찍이 "백성이 이미 많아졌으면 그들을 부유케 해야 하고 부유해진 다음에는 가르쳐야 한다."고 말씀하셨고, 관중(管仲)은 "의식(衣食)이 풍족하여야 예절을 알고 배울 수 있다."고 말하였다.

이제 백성들의 삶이 날로 곤궁해지고 재물의 쓰임이 날로 궁핍해지는데 사대부들은 소매 속에 손을 집어넣고 이것을 해결하지 않겠는가? 도리어 옛날 법도에만 의지하여 편안하게 지내면서 나는 몰라라 할 것인가? 주자(朱子)가 배움을 논하면서 말하였다. "만일에 이렇게 하여 병이 된다면, 이렇게 하지 않으면 약이 되지 않겠는가. 진실로 병이 무엇인가를 밝히어 안다면, 약은 손을 쓰는 즉시 얻을 수 있다." 그러므로 (이 책은) 오늘날 백성들이 폐해를 입는 원인이 무엇인가를 시시콜콜 다루었다. 비록 나의 논의가 지금 당장 시행될 수는 없더라도 그 마음, 그 정신만은 후세의 사람들을 속이지 않을 것이다. 이것이 또한 고운(孤雲)과 중봉(重峯)의 뜻이기도 하다.

지금 임금님 2년(정조2년 1778년) 무술년 9월 그믐날

비가 내리는데 위항도인(葦杭道人)은 통진시골집[通津田舍]에서 쓴다.

그런데 옥(玉)에도 티가 있다 하였던가? 초정은 선진문물을 배우자는 열의가 지나쳐서 고만 우리의 고유한 말을 버리고 중국어로 언어체계를 바꾸면 그 선진화가 더욱 완벽할 것이 아니냐고 하는 파천황(破天荒)의 논리를 펴고 있다. 잠시 그 구절을 인용해 본다.

"우리나라는 지역적으로 중국에 가깝고 성음(聲音)이 대체로 같으니 온 나라 사람이 우리말을 버린다 해도 안 된다고 할 수 없다. 그러한 뒤에라야 오랑캐라는 말을 면할 것이며, 우리나라 수천리 땅이 스스로 주(周)·한(漢)·당(唐)·송(宋)의 풍속이 될 것이니 이 어찌 크게 즐겁지 아니한가!"

(我國地近中華 音聲略同 擧國人而盡其本話 無不可之理, 夫然後 夷之一字可免 而環東土數千里 自開一周漢唐宋之風氣矣. 豈非大快.)

민족적 정체성과 자주성을 잃고 선진문화 생활을 하면 그것이 무슨 소용이란 말인가? 오늘날에도 가끔 영어공용화를 주장하는 사람을 보면 북학에 심취하여 우리말을 버리자던 이 초정(楚亭) 박제가(朴齊家)의 말이 생각난다. 깊이깊이 생각할 대목이다.

北學議序

余幼時 慕崔孤雲(致遠) 趙重峰(憲)之爲人. 慨然有異世執鞭之願. 孤雲爲唐進士 東還本國 思有以革新羅之俗 而進乎中國 遭時不競 隱居伽倻山 不知所終. 重峰以質正官入燕, 其東還封事 勤勤懇懇 因彼而悟己, 見善而思齊 無非用夏變夷之苦心, 鴨水以東千有餘年之間, 有以區區一隅 欲一變而至中國者, 惟此兩人而已.

今年夏 有陳奏之使 余與靑莊李君(德懋)從焉 得以縱觀乎燕薊之野 周旋于吳蜀之士 留連數月 益聞其所不聞 歎其古俗之猶存 而前人之不余欺也. 輒隨其俗之可以行於本國 便於日用者 筆之於書 並附其爲之之利與不爲之弊. 而爲說也 取孟子陳良之語 命之曰北學議.

其言細而易忽 繁而難行也, 雖然 先王之敎民也, 非必家傳而戶諭之也. 作一臼而天下之粒 無殼者矣. 作一屨而天下之足 無跣者矣. 作一舟車而天下之物 無險阻不通者矣. 其法又何其簡且易也, 夫利用厚生 一有不修 則上侵於正德. 故子曰"旣庶矣 爲富裕 旣富裕而敎之." 管仲曰"衣食足而知禮節."

今民生日困 財用日窮 士大夫其將袖手而不之救歟 抑因循故常 宴安而莫之知歟. 朱子之論學曰"如此是病 不如此是藥 苟明乎其病 則藥隨手而至." 故於今日受弊之原 尤拳拳焉. 雖其言之不必行於今 而要其心之不誣於後 是亦孤雲重峰之志也.

今上(正祖)二年 歲次戊戌秋九小晦雨中 葦杭道人 書于通津田舍

정약용(丁若鏞)의 기연아서(寄淵兒書)

우리나라 역사상 다방면에 걸쳐 가장 탁월한 학문적 업적을 쌓은 분을 한 분만 고르라고 한다면 우리는 단연코 다산(茶山) 정약용(丁若鏞, 1762 영조 37~1839 헌종 2)선생을 손꼽아야 할 것이다. 한 개인이 평생토록 쌓을 수 있는 저술의 양이 얼마나 많을 수 있으며 탐구할 수 있는 학문의 분야가 얼마나 넓을 수 있는가를 여유당전서(與猶堂全書) 154권 76책이 말없이 증명하고 있기 때문이다.

그런데 만일에 이처럼 방대한 저술 가운데 어느 것이 더 소중하냐고 묻는다면 그것은 또 저 석굴암 본존불의 어느 부분이 제일 아름다우냐고 묻는 것처럼 어리석은 질문이 될 것이다. 다산이 천착하여 집필한 저서에 백미 아닌 것이 없는 까닭이다.

일곱 살 무렵, 아버지로부터 경서를 배울 때에, 마을 앞에 펼쳐진 산과 들을 바라보며 "작은 산이 큰 산을 가렸습니다.(小山蔽大山) 먼 곳과 가까운 곳 차이입니다.(遠近地不同)" 이렇게 읊었다는 일화는 다산이 얼마나 명민한 소년이었는지를 말해 준다. 이러한 다산은 성호(星湖)의 유고(遺稿)를 읽으며 실학에 눈뜨고 이벽(李蘗)에게서 서학(西學)을 배우면서 경세안민(經世安民)의 뜻을 굳혀갔다. 글사랑의 임금 정조대왕의 사랑을 받는 10년 동안(27세에서 37세까지) 가주서(假注書)에서 시작하여 검열, 수찬, 동부승지, 병조참의, 형조참의 등 내직과 금정찰방, 곡산부사 등 외직을 거쳤으나 끝내는 서학과 연루된 집안 사정으로 말미암아 벼슬을 접고 연찬과 저술로 미래를 설계하기에 이르렀다.

참으로 다산(茶山)은 서학(西學, 천주교)에서 자유로울 수 없었다. 우리나라 최초로 천주교 영세교인이 된 이승훈(李承薰)은 다산의 매부요, 황사영백서(黃嗣永帛書)의 주인공 황사영(黃嗣永)은 조카 사위이며, 『주교요지(主敎要旨)』, 『성교전서(聖敎全書)』등 교리책을 지은 정약종(丁若鍾)은 다산의 셋째 형님이었다. 이들은 황사영백서 사건에서 비롯한 신유박해(辛酉迫害) 때에 모두 치명순교(致命殉敎)하거니와 다산이 18년 동안 강진(康津)에 유배된 것도 다름 아닌 이 백서사건에 연좌된 때문이었다.

그러나 다산은 강진의 유배생활 18년과 그 후 향리(鄕里)에서의 18년, 전후 36년의 말년이 없었다면 조선근세의 대학자 정약용은 존재할 수가 없는 것이었다.

그 시절 다산은 너무나 바쁘고 행복하였다. 저술하는 틈틈이 흑산도에 귀양 가 계신 둘째 형님 약전(若銓)과, 향리에 있는 두 아들에게 안부를 묻고 학문을 논하는 것이 어찌 저술의 기쁨에 비할 것인가?

　오늘날 전서(全書)에 남긴 서찰이 모두 210여 통인데 형님에게 17통, 두 아들에게 25통을 보내고 있다. 단순한 안부에 그친 것이 없지 않으나 대부분의 서찰이 격물치지(格物致知)의 학리(學理)요, 실천궁행(實踐躬行)의 수양(修養)이었다. 여기에 소개하는 기연아서(寄淵兒書)에는 다산의 사실주의와 민족주의에 바탕을 둔 시론이 용트림을 하며 튀어 오르고 있다.

　다산 사후 70여년이 지난 1910년에 다산에게 "박학다문(博學多聞)하니 문(文)이요, 제사합의(制事合義)하니 도(度)라." 하여 문도공(文度公)이란 시호(諡號)를 내리니 이것이야말로 다산의 일생에 어울리는 이름이 아닌가!

연이 보아라(무진 1808년 겨울)

　(전략) 얼마 전에 성수(醒叟)의 시를 읽어보았다. 거기에서 그가 네 시를 논평하였는데, 매우 간절한 마음으로 네 시의 결점을 지적하였더구나. 너는 마땅히 그 지적에 승복하여야 할 것이다. 그러나 막상 그가 지은 시를 보니 비록 아름답기는 하지만 나는 별로 좋은 줄을 모르겠다. 오늘날 세상에서 시를 짓는 규범은 마땅히 두보(杜甫)를 공자처럼 여기는 것이어야 할 것이다. 대체로 두보의 시가 뭇 시인들의 시보다 으뜸으로 꼽히는 까닭은 시경 삼백편의 뜻을 올바로 계승하였기 때문이다.

　시경의 삼백 편은 모두 충직한 신하, 효성스런 아들, 정숙한 아내, 성실한 친구들의 사랑의 마음, 슬픔의 마음, 충성의 마음, 용서

정약용(丁若鏞)

의 마음을 표현한 것들이다. 임금을 사랑하지 아니하고 나라를 근심하지 아니한 것은 시가 아니며, 어지러운 시대를 아파하지 아니하고 난잡한 풍속을 슬퍼하지 아니한 것은 시가 아니며, 참된 것을 찬미하고 거짓된 것을 풍자하며 착한 일을 장려하고 악한 일을 징계하겠다는 뜻이 들어있지 않으면 시라고 할 수 없다. 그러므로 의지가 굳게 서지 않고 학문이 순수하고 바르지 못하면 진리의 길을 깨달을 수 없으며 임금을 바른 길로 인도하고 백성을 풍요롭게 하려는 마음이 없는 사람은 시를 지을 수 없는 법이다. 너는 이 점을 각별히 유념하기 바란다.

두보의 시는 고사를 활용하되 흔적이 없어서 주의하지 않고 보면 자기가 스스로 지은 것 같으나 자세히 살펴보면 모두가 출처가 있으니 그것이 그를 시성(詩聖)이라 부르는 까닭이다. 한유(韓愈)의 시는 글자나 수사법이 모두 출처가 있지만 시속에 쓰인 표현은 대개 자기가 직접 지은 것이니 그를 일컬어 대현(大賢)이라 하는 까닭이다. 소식(蘇軾)의 시는 글자와 어구마다 옛일을 응용하지만 그 흔적이 나타나는데 얼핏보면 무슨 뜻인지 밝힐 수가 없어서 반드시 좌우에 있는 참고서적을 찾아보고 그 출처를 알아낸 뒤에라야 그 뜻을 겨우 통할 수 있다. 그를 박사(博士)라고 하는 이유가 거기에 있다. 그런데 이 소동파(蘇東坡)의 시는 우리 삼부자(三父子)의 재주를 가지고는 평생토록 부지런히 갈고 닦아야 겨우 비슷하게 흉내낼 수 있을 것이다. 이 바쁜 인생살이에서 해야 할 일이 얼마나 많은데 어찌 이 일에만 매달릴 수 있겠느냐.

그러나 전혀 전고(典故)를 응용하지 않고 바람이나 읊고 달빛을 노래하면서 바둑이 어떻고 술맛이 어떻고를 말하며 겨우겨우 운(韻)이나 맞춘다고 하는 것은 몇 채 안 되는 시골구석의 촌스러운 훈장의 시일뿐이다. 그러므로 앞으로 시를 지를 때에는 반드시 옛일을 활용하도록 힘써야 할 것이다.

비록 그렇다고 하지만 우리나라 사람들은 즐겨 중국의 고사를 이용하니 이런 것 역시 품격이 떨어지는 것이다. 모름지기 우리나라의 삼국사, 고려사, 국조보감, 여지승람, 징비록, 연려실기술 그리고 그 외에 우리나라 저술 가운데에서 고사(故事)를 골라 뽑아 그 해당 지역의 사정을 연구하여 시 속에 넣어 활용하여야 한다. 그런 다음에야 비로소 세상에 이름을 남기며 후세에 전할 수 있을 것이다. 유혜풍(柳惠風)의 16국(國)을 회고한 시가 중국 사람들에 의해 출판된 것도 이것을 증명하는 것이다. 동사절본(東史櫛本)이 이런 목적으로 만든 것인데 아마도 대연(大淵)이 너에게 빌려줄 리가 없을 터인즉 17사(史) 동이전(東夷傳) 가운데에서 이름난 사건의 자취들을 잘 선별하여 뽑아 두었다가 활용하면 좋을 것이다.

천만번을 돌이켜보아도 옛날 우리 조상들이 즐겨 쓰셨던 편지글의 거룩하고 아름다움은 붓으로도 입으로도 형연할 길이 없다. 옛 어른들의 편지글은 안부를 넘어서서 인정이 통하는 의리의 맹세요,

학술을 논하는 진리의 도량이며 감흥을 일깨우는 예술의 바다였다. 오늘날, 전자우편이나 스마트폰의 문자보내기에 나타나는 간결한 토막글을 받아볼 때마다 우리는 잠시 잠깐이라도 옛 어른들의 웅혼하고 장중한 그러면서도 간절하고 자상한 편지글에 대해 생각하는 시간을 가졌으면 좋겠다. 그때에 다산 선생이 아들에게 보낸 이 글을 한 번쯤 기억해 볼 일이다.

寄淵兒(戊辰冬)

(前略) 向來醒叟之詩 見之矣. 其論汝詩 切切中病 汝當服膺 其所
自作者 雖佳亦非吾所好也. 後世詩律 當以杜工部 爲孔子 蓋其詩之
所以冠冕百家者 以得三百篇遺意也. 三百篇者 皆忠臣孝子烈婦良友
惻怛忠厚之發. 不愛君憂國 非詩也. 不傷時憤俗 非詩也. 非有美刺
勸懲之義 非詩也. 故志不立 學不醇 不聞大道 不能有致君澤民之心
者 不能作詩 汝其勉之.

杜詩用事無跡, 看來如自作 細察皆有本 所以爲聖, 韓退之詩 字法
皆有所本 句語多其自作 所以爲大賢也. 蘇子膽詩 句句用事而有痕
有跡 瞥看不曉意味 必也左考右檢 採其根本 然後僅通其義 所以爲
博士也. 乃此蘇詩以吾三父子之才 須終身專工 方得刻鵠, 人生此世
可爲者多 何可爲此乎. 然全不用事 吟風詠月 談某說酒 苟能押韻者
此三家村裏村夫子之詩也. 此後所作 須以用事爲主.

雖然我邦之人 動用中國之事 亦是陋品. 須取三國史 高麗史 國朝
寶鑑 輿地勝覽 懲毖錄 燃藜述 及他東方文字 採其事實 考其地方 入
於詩用 然後方可以名世而傳後 柳惠風十六國懷古詩 爲中國人所刻
此可驗也. 東史櫛本爲此設 今大淵無借汝之理 十七史東夷傳中 必
抄採名跡 乃可用也.

황사영(黃嗣永)의 백서(帛書)

　18세기 후반의 또 후반은 조선왕조 후기 중흥의 영주였던 정조대왕 치세에 해당한다. 이 시기의 사상사적 특성은 한마디로 말하면 실학의 발흥이었다. 그러나 이 시기에 실학의 융성에 못지 않게 우리나라 정신사에 일대변혁을 가져온 것은 다름 아닌 천주교의 수용과 확산이었다.

　1784년(정조8년) 이승훈(李承薰)의 입교(入敎)를 기점으로 하는 우리나라의 천주교는 1791년에 진산사건(珍山事件: 조상의 제사를 폐지한 죄로 윤지충 등이 전주에서 순교한 일)을 겪으면서도 1801년(순조1年) 신유박해가 일어날 때에는 이미 신자 수가 일만여 명으로 늘어나 있었다. 이와 같은 급격한 교세팽창의 배경에는 그 당시 정치적으로 몰락하여 미래전망이 불투명했던 남인계 학자들(이벽, 이가환, 정약용, 권철신, 이승훈 등)이 천주교에 깊이 빠져들었고 거기에 정치적 균형감각을 가지고 있던 정조(正祖)와 재상 채제공(蔡濟恭) 같은 사람이 그 남인계 인사들을 비호하고 있었기 때문이었다. 게다가 남인계의 반대파인 노론벽파들도 남인들의 천주교 신앙을 은근히 부추기고 있었다. 그들 노론벽파는 사도세자를 죽이는 데 앞장섰던 사람들로 정조치세 기간에는 숨을 죽이고 있으면서 때만 오면 남인들을 축출할 계책을 꾸미고 있었다.

그러던 중 1800년에 정조가 의문의 죽음으로 승하하고 어린 순조가 즉위하여 대왕대비 정순왕후(영조의 계비)가 수렴청정을 하게 되자 정조 치하에서 숨을 죽이고 있던 노론벽파가 반대파인 남인계 시파를 숙청할 목적으로 천주교인들을 애비도 모르고 임금도 모르는 패륜집단으로 몰아 잡아들이기 시작한 것이 신유박해(辛酉迫害)의 발단이었다.

천주교인들을 색출하는 데에는 오가작통법(五家作統法)이라는 것이 쓰였는데, 다섯 집을 한 통으로 묶어 연대책임을 묻는 방식이었다. 이로 말미암아 많은 교인들이 붙잡혀 갔고 300여 명의 순교자가 발생하였다. 그 중에는 밀입국한 중국인 사제 주문모(周文模) 신부도 있었으며, 그 와중에 황사영의 백서 사건이 터졌다.

황사영(黃嗣永, 1775, 영조51~1801,

황사영의 묘비

순조1)은 창원인 한림학사 황석범(黃錫範)의 유복자로 강화도에서 출생하였다. 1791年 17세에 진사시에 합격하였을 때 그 문명이 정조대왕에게까지 알려져 임금님이 친히 인견하여 보시고 대과에 급제하기를 기다린다는 격려의 옥음(玉音)을 받은 바 있었다. 그러나 그는 정약종(丁若鐘)의 맏형인 정약현(丁若鉉)의 딸 명연과 혼인한 후, 스승이자 처숙인 정약종에게 천주교 교리를 배우고 깊은 고뇌와 토의 끝에 천주교에 입교하여 열심한 신자가 되었다. 과거입신의 길을 포기하였음은 말할 것도 없고 신유박해를 피하여 베론의 토굴에 숨어서 신유년 봄부터 시작된 천주교 박해의 전말과 그 대응책을 비단에 적어 비밀리에 북경에 있는 구베아 주교에게 보내려고 하였다. 이것이 이른바 황사영백서(黃嗣永帛書)이다. 길이 62㎝ 너비 38㎝의 비단에 일행 95~127자 121행 총 13,311자에 이르는 장문의 탄원서이다. 그가 체포되어 모든 것이 수포로 돌아갔고, 그는 그 해 11월 5일 대역무도죄로 서소문 밖에서 능지처참되었다. 다음은 그 백서의 첫 부분이다.

황사영백서(黃嗣永帛書)

죄인 도마 등은 흐느껴 울며 우리 주교님께 부르짖어 아룁니다.

지난 봄에 그곳에 찾아간 사람들이 무사히 돌아와 주교님께서는 기체 평안하시다는 소식을 들었습니다. 그리고 날이 가고 달이 바뀌어 한 해가 다 저물게 되었는데 여전히 기체 평안하신지 살피지 못하였습니다. 엎드려 생각하오니 주교님께서는 주님의 큰 은혜를 입어 몸과 마음이 아울러 강건하고 덕화가 날로 융성할 것이오니 멀리 사모하는 마음으로 축하하는 기쁨을 이길 수 없습니다.

　죄인 등은 죄악이 깊고 무거워 위로는 주님의 의노를 받았고 재주와 지혜는 얕고 짧아 아래로는 세상 사람들과 의논조차 못한 채 박해가 크게 일어나게 되어 그 화가 신부님에게까지 미치고, 죄인 등은 이러한 위기에 처하여 스승과 함께 목숨을 버려 주님께 보답하지도 못하였사오니 이제 다시 무슨 면목으로 붓을 들어 우러러 하소연하겠습니까. 엎드려 생각하오니 성교가 전복될 위기에 처하였고 백성들은 물에 빠져 죽는 고통을 겪고 있으나, 어진 어버이를 이미 잃은 지라 붙들고 외치며 호소할 길이 없고 의지할 사람들은 사방으로 흩어져 의논하고 대책을 세울 사람이 없습니다.

　오로지 우리 주교님께서만은 은혜로운 부모를 겸하고 사목의 책임이 무거우시니 우리를 가엾이 여겨 구원하실 수 있을 것입니다. 이토록 지극한 고통 속에서 우리는 장차 누구를 부를 수 있겠습니까? 이제 박해의 전말을 대강 아뢰고자 하거니와 그 일이 싹터 번진 지가 이미 오래되었고 그 실마리가 매우 복잡하여 한 번에 아뢰기가 어려우므로 따로 갖추어 보내고자 합니다. 엎드려 바라오니 불쌍히 여기시어 굽어 살펴 주옵소서.

　현재의 교회 사정은 난장판이 되어 남은 것이 하나도 없습니다. 오직 죄인이 요행히 화를 면하였고 요왕이 발각되지 않았으니 어쩌면 이것이 이 나라에 주님의 은총이 끊어지지 않은 것이 아니겠습니까. 아하 죽은 사람들은 이미 목숨을 바쳐 교회를 증명하였습니다. 살아남은 사람들도 마땅히 죽음으로 진리를 지켜야할 것이오나, 재능이 모자라고 힘이 약하여 어찌 할 바를 모르겠습니다. 비밀리에 두세 명의 교우들이 모여 당면한 문제들을 의논한 바, 가슴에 품었던 그간의 사정을 모두 아뢰기로 하였사오니 엎드려 바라옵기는 그간의 사연을 읽어보시고 이렇듯 외로운 자들을 불쌍히 보시어 하루 빨리 구원의 손길을 베풀어주소서. 죄인 등은 마치 양떼가 흩어져 달아나듯 어떤 이는 산골로 도망쳐 숨고 또 어떤 이는 떠돌이로 길에서 헤매면서도 울음조차 삼키며 흐느끼고 있습니다. 가슴이 쓰리고 뼈가 저리면서도 밤낮으로 바라는 것은 오로지 하느님의 전능하심과 주교님의 넓은 사랑뿐입니다. 엎드려 바라오니 주님의 도우심을 정성껏 빌어주시고 사랑과 연민의 정을 크게 베푸시어 저희들을 이 물 불 속에서 건져주시고 정상의 가정생활로 돌아가게 하여 주소서. 오늘날 성교회는 온 세상에 두루 전파되어 온 세상 나라 사람들이 그 성덕을 노래로 부르지 않는 이가 없고, 그 신통한 감화를 기뻐하며 흥겨워하지 않는 이가 없사온데, 이 먼 변방에 사는 백성들이라고 해도 어느 누구가 하느님의 자식들이 아니겠습니까. 다만 지방이 멀고 궁벽하여 성교의 가르침을 가장 늦게 들었고, 또 그들의 기질이 잔약하여 고통을 참아내기가 어려운 터에 10년 동안이나 풍파에 부대끼어 오랫동안 슬피 울며 근심과 걱정 중에 있었으므로 금년의 박해는 또 다시 얼마나 끔찍한지 꿈에도 생각지 못할 일이었습니다. 슬픈 저희의 인생이 어찌 이처럼 극한의 처지에 이를 수 있겠습니까.

이 난이 비록 끝난다 해도 주님의 특별한 은총이 없으면 예수님의 거룩한 이름은 이 나라 땅에서 영원히 사라질 것입니다. 말과 생각이 여기에 미치고 보니 간장이 찢어집니다. 중국과 서양의 교우들이 우리의 이 위태롭고 고통스런 사정을 듣는다면 어찌 측은하여 가엾이 여기는 마음이 없겠습니까.

감히 바라옵기는 교황께 자세히 아뢰시어 여러 나라에 널리 알리시어 우리 죄인들을 구원할 수 있는 모든 방책을 두루 쓰신다면 우리 주 하느님의 박애의 은총을 본받고 성교회의 함께 살고 함께 사랑하는 정신을 드러내어 저희의 간절한 소망도 더불어 채울 수 있겠습니다. 저희 죄인들은 가슴을 부둥켜안고 눈물을 흘려 울면서 이 간절한 사정을 호소하오며 목을 늘이고 발돋움을 하여 오직 반가운 소식만을 기다립니다. 우리 주교님께서는 저희를 가련히 여겨 주시옵소서. 이 글로도 드리고 싶은 말씀을 다하지 못합니다.(이하생략)

이 백서의 후반부에는 조선교회의 재건과 신앙생활의 자유를 얻기 위한 보장책으로 조선이 선교사를 받아들이도록 청나라 황제로 하여금 조선정부에 압력을 넣을 것을 청하는 내용이 들어 있다. 그 압력의 방편으로 서양 군함과 병사를 동원할 것을 제안하였다. 이로 말미암아 박해는 더욱 강화되었고 오늘날까지 황사영의 투철한 신앙심에도 불구하고 외세영입의 수단이 민족자주정신에 흠결을 남겼다는 혐의를 받고 있다.

이백여 년전의 시대상황을 감안하더라도 끝내 애석한 부분이 아닐 수 없다. 그러나 이 백서를 읽는 동안, 이것이 과연 27세 젊은이의 글인가 싶은 웅혼한 기백과 도도한 문체는 오늘날 갑남을녀, 평범한 신앙인의 자세를 거듭거듭 되돌아보게 한다.

黃嗣永 帛書

罪人多黙等 涕泣號籲于 本主教大爺閣下

客春行人利旋 伏聞氣體候萬安. 日月馳駛 歲色垂暮 伏未審體內
更若何. 伏惟賴 主洪恩 神形兼佑 德化日隆 望風馳慕 不勝忰賀.

罪人等 罪惡深重 上于主怒 才智淺短 下失人謨 以致窘難大起 禍
廷神父 而罪人等 又不能臨危捨生 偕師報主 復何面目 濡筆而仰訴
乎. 第伏念 聖教有顚覆之危 生民罹溺亡之苦 而慈父已失 攀號莫逮
人昆四散 商辦無人.

惟我大爺 恩兼父母 義重司牧 必能憐我救我 疾痛之極 我將呼誰
茲敢槪奏窘難顚末 而醞釀已久 端緒頗多 一筆難述 故具在左方 伏
望哀憐而照察焉.

方今教務 板蕩無餘 惟獨罪人倖免 若望不露 或者 主恩未絶於東國
歟. 嗚呼 死者旣損生以證教 生者當致死以衛道 然才微力薄 不知攸
爲 密與二三教友 商量目下事宜 披腹條奏. 伏望 閱覽之餘 哀比煢獨
速施拯救. 罪人等 如群羊之走散 或奔竄山谷 或棲遑道路 莫不飮泣
吞聲 酸心通骨 而晝宵盼望者 惟上主全能 大爺洪慈 伏望誠求主佑
大施憐憫 拯我等於水火之中 措我等於袵席之上. 如今聖教已遍天下
萬國之人 無不歌詠聖德 鼓舞神化 而顧此左海蒼生 孰非上主赤子.
地方避僻 聞教最晚 氣質孱弱 耐苦狼難 而十載風波 長在淚泣憂愁
之中 今年殘害 更出夢寐思想之外 哀我人斯 胡至此極耶. 此難之後
倘無特恩 耶蘇聖名 將永絶於東土 言念及此 肝腸摧裂 中西教友先
生們 聽此危苦之情 寧無惻然傷心乎.

敢望敷奏教皇 布告各邦 苟可以救援吾儕者 靡不用極 體吾主博愛
之恩 顯聖教同仁之義 以副此切望之誠. 罪人等 捫心揮涕 哭訴衷情
引領翹足 專候福音 惟我大爺 千萬可憐我 書不盡意.(以下 省略)

정하상(丁夏祥)의 상재상서(上宰相書)

　우리나라에 천주교가 뿌리를 내린 1784년 이래 근백년에 이르도록 천주교는 크고 작은 박해에 끊임없이 시달렸다. 신유박해(1801년 순조1)의 엄청난 소용돌이를 겪으면서도 교세는 신장되어 1831년에는 조선교구가 설정되고 삼엄한 감시와 통제 하에서도 외방의 사제(주교와 신부)들이 밀입국에 성공하여 신자 수는 신유박해 이전의 상태를 회복하는 듯하였다.

　그러나 기해년(1839년 헌종5) 병오년(1846년 헌종 12) 병인년(1866년 고종3)의 큰 박해가 그 뒤를 기다리고 있었다. 역설적이게도 그 모든 박해가 표면적으로는 척사(斥邪)를 표방하였으나 그 내막은 당대 집권자들이 반대파 인물을 숙청하는 수단으로 악용되었다는 점이다.

제2차 대박해인 기해박해도 예외는 아니었다.

기해박해는 그 때의 우의정 이지연(李止淵)이 대왕대비 김씨에게 척사정책(斥邪政策)을 시행하도록 부추기면서 시작되었으나 그 무렵의 정계는 안동 김씨에 맞서서 헌종의 모후인 신정왕후 조씨의 집안이 실권을 쥐고 조종하는 상황이었다. 이때의 박해로 2, 3년 전에 잠입한 앙베르 주교, 샤스탕 신부, 모방 신부 등이 차례로 잡혀 처형되고 정하상도 참수되었으나 이 박해를 일으킨 장본인 이지연도 조씨 세력에 밀려 귀양 가 죽었다. 정하상이 당시 우의정이던 이지연에게 호소한 글이 이 상재상서이다.

정하상(丁夏祥, 1795 정조 19~1839 헌종5)은 천주교 순교자의 한 분이요, 103위(位) 성인(聖人) 가운데 한 분이다. 신유박해 때 순교한 정약종의 둘째아들이기도 하다. 부친의 순교 후로 재산이 몰수되어 어머니·누이와 함께 친척집에 기식하는 어려운 시절을 보내느라 공부할 기회를 갖지 못하였지만 신앙만은 지키다가 19세 때에 분연히 홀로 상경하여 교회재건에 뜻을 두고 헌신하였다. 21세 때에 동지사 일행으로 북경에 들어가 성직자 영입을 탐색하였고 학문의 부족을 절감한 나머지 무산에 귀양 가 있던 선비 조동섬(趙東暹)을 찾아가 6년간이나 머물며 교리와 한문을 배웠다.

그 후로 총 9차례에 걸친 북경행을 통하여 성직자 영입을 성공시키고 신학생 선발, 성직자

정하상(丁夏祥)

보좌, 신자들 지도 등으로 촌음을 아껴 교회부흥에 정진하였다. 44세 때에 앙베르 주교 밑에서 라틴어와 신학의 기초교육을 받고 성직자 수련 대상에 뽑혔으나 그 다음해(기해년) 가족과 함께 붙잡혀 형장의 이슬로 사라졌다.

재상께 올리는 글월(上宰相書)

엎드려 아뢰나이다. 맹자가 양자와 묵자의 학설을 옳지 않은 것이라고 배척한 까닭은 그 학설이 유교의 가르침을 해칠까 두려워하였기 때문이옵고, 한유가 석가와 노자를 공격하고 반대한 까닭은 어리석은 백성들을 홀려 혼란스럽게 할까 걱정하였기 때문이옵니다. 이와 같이 옛날의 선비·군자들은 법률을 정하여 금지하는 규칙을 세울 때에는 반드시 그 법이 옳고 이치에 합당한 지를 연구하였습니다. 그래서 그 해로움이 어떠할 것인가를 검토한 뒤에 마땅히 금해야 할 것이면 금지하고, 금하는 것이 옳지 않으면 금지하지 않았습니다. 만약 그 결론이 의리에 합당하면 비록 그것이 나무꾼의 말이라 할지라도 성인들은 반드시 그것을 채택하였습니다. 이것은 (공자님이 말씀하신 것처럼) 사람의 신분만을 생각하여 그 말의 정당함을 인정하지 않아서는 안 된다는 뜻이라 하겠습니다. 그런데 우리나라에서 하느님의 거룩한 가르침을 금지하는 이유는 그 취지가 어디에 있습니까? 처음부터 그 정당성과 합리성이 있는지 없는지를 물어 검토하지도 않고 지극히 원통스러운 논리를 세워 사악한 가르침이라 결론짓고 크게 금지하는 법령을 두어 신유(1801)년을 전후하여 사람들의 목숨을 무수히 앗아갔으면서도 어느 누구도 그 천주교의 기원과 전통을 조사·연구하지 않았습니다. 아하 (이 천주교를) 배우는 사람들이 앞으로 유교의 가르침에 해가 되겠습니까? 그 어리석은 백성들이 난을 일으키겠습니까?

이 가르침 천주교는 임금님으로부터 일반 백성에 이르기까지 매일같이 언제나 실천해야 하는 종교이므로 결코 해가 되거나 혼란을 일으키는 가르침이라고 할 수 없습니다. 그래서 이제 감히 여기에 그 천주교의 가르침이 잘못된 것이 아니라는 것을 간략히 말씀드리겠습니다. 이 하늘과 땅 위에는 (한 분 어른이 계신데) 그분은 스스로 존재하시며 세상 만물을 주재하시는 분이십니다. 그것을 다음 세 가지로 증명할 수 있습니다. 첫째는 천지만물이요, 둘째는 사람의 아름다운 지성[양지] 곧 양심이며, 셋째는 성경입니다.

(첫째로) 어찌하여 천지만물을 증거라 일컫는 것이겠습니까? 청컨대 집을 비유하여 말씀드리겠습니다. 저 집이라 하는 것에는 기둥과 주춧돌이 있고 대들보와 서까래가 있고 문짝들과 담벽이 있는데 그 간격 틈새가 한 치의 어긋남도 없고 둥글고 모난 것이 제각각 일정한 법칙과 규범이 있습니다. 만약 누군가 말하기를 기둥과 주춧돌, 대들보와 서까래, 드나드는 큰문과 작은 지게문, 담장과 벽채들이 뒤섞이어 우연스레 서로 어울려 저절로 우뚝 선 것이라고 한다면 사람들은 분명코 미친 사람의 말이라 할 것입니다. 그러면 이제 하늘과 땅 이 天地는 커다란 집이라 할 수 있습니다. 날아다니는 것, 뛰어다니는 것, 동물과 식물 등 기기묘묘한 여러 사물의 형상들이 어찌 저절로 만들어진 것이라 하겠습니까? 만약 과연 저절로 그렇게 된 것이라고 한다면 해와 달과 뭇별들이 어찌하여 한 치도 어그러짐이 없이 제 자리를 지키고, 봄 여름 가을 겨울이 어찌하여 조금도 어긋남이 없이 차례대로 순서를 바꾸는 것입니까? 흥하고 망

하고 번영하고 쇠락함을 주관하고 지배하는 이가 누구이겠습니까? 착한 사람에게 복을 주고 음란한 자에게 벌을 내리시며 그 일을 맡아하시는 이가 누구이겠습니까? 하늘 위를 올려다보아도 소리도 없고 냄새도 없으니 온 세상 사람들이 어두운 무덤길을 향하여 죽어 가는 것을 단지 저절로 그렇게 되는 것이라고 한다면, 그것은 유복자로 태어난 아들이 그 아비를 보지 못하였으니 아버지가 없다하여 아비의 존재를 믿지 아니하는 것과 무엇이 다르겠습니까?(중략)

(둘째로) 어찌하여 사람의 아름다운 지성 곧 양심이 증거가 된다는 것이겠습니까? 만약에 밝은 대낮이 갑자기 컴컴해지고 천둥과 번개가 번갈아 치면 어린 아이라도 즉시 무서워 떨면서 눈을 동그랗게 뜨고 헛발을 디디며 어찌할 바를 모릅니다. 이것을 보면 착한 일에 상주시고 악한 일에 벌을 내리는 큰 임금님이 계시어 우리 마음속에 새겨져 있음을 알 수 있습니다. 세상 길거리의 어리석은 남정네와 아낙네들도 갑자기 당황스럽고 다급한 지경에 이르거나 몹시 슬프고 원통스러운 때를 만나면 반드시 하느님을 찾으며 호소하고 기도합니다. 이것은 사람들이 본래 지니고 있는 마음과 타고난 천성이 숨길래야 숨길 수 없는 것이기 때문에 가르치지 않았어도 알고, 배우지 않았어도 그럴 수 있는 것입니다. 다만 어떻게 섬겨야 할지를 모르기에 그렇게 두려워하는 것입니다. 이것이 곧 아름다운 지성, 곧 양심이 있기 때문이니 이것으로 하느님이 계시다는 것을 알 수 있습니다.

(셋째로) 어찌하여 성경이 증거가 된다는 것이겠습니까? 옛 성현이신 堯·舜·禹·湯·文·武·周·孔 같은 분들이 오늘날까지 전하여 온 것은 경서와 사서가 있었기 때문입니다. 만약이 경서와 사서가 없었다면 요·순·우·탕·문·무·주·공의 업적과 사

상, 곧 그분들의 사상이 무엇이었으며 어떻게 문헌에 실리게 되었는지를 누가 알겠습니까? 그분들의 사상과 그것이 적힌 문헌이 죽백에 적히고 서책에 기록되었기 때문에 그것을 보고 옳다고 생각하면 금석처럼 굳게 믿는 것입니다. 돌이켜보면 우리 천주교의 전래도 역시 경전이 있었기 때문입니다.

멀리 천지창조 때부터 역사가 끊이지 않고 기록되어 구약성서와 신약성서가 고루 갖추어져 자세히 상고할 수 있고, 오늘날까지 집집마다 이 성경을 암송하고 거문고로 노래하고 있습니다. (이 서책들은) 소가 땀을 흘릴 만큼 가득 실어와 집안에 채운다 하여도 (사람들을) 조금도 잘못되게 하지는 않습니다. (그런데) 우리 나라 사람들은 이러한 내용들을 중국의 경서와 사서에서도 쉽게 볼 수 있다하여 의심하는 마음을 갖습니다. 그렇지만 중국 경사에도 역시 다음과 같이 말하지 않았습니까? 주역에는 "하느님께 바칩니다."라는 말이 있고, 시경에는 "하느님께 아뢰나이다."라는 말이 있으며, 서경에는 "하느님께 제사 드립니다."라고 하였고, 공자님도 "하늘에 죄를 지으면 기도할 곳이 없다."고 말씀하셨습니다. 또한 하늘을 공경하고 두려워하며 하늘에 순종하고 하늘을 받들어야 한다는 논리는 제자백가의 책에도 무수히 언급되고 있으니 설사 서양의 역사(성서)가 전래되지 않았다 하여도 무슨 걱정이 되겠습니까?(이하 생략)

이 글을 두고 흥미있는 일화가 전해 온다. 종사관으로부터 이 글을 받아 읽고 난 재상 이지연은 부지중에 이렇게 큰 소리로 외쳤다고 한다.

"이것은 여문체다. 사학의 무리로서 유려한 여문체를 구사할 수 있는가? 이는 분명히 하상의 작은 애비 약용이 생전에 써 놓았던 것일 게다."

나이 스물에 가깝도록 겨우 성명 삼자밖에 몰랐다고 전해오는 하상의 발분망식(發憤忘食)이 얼마나 처절하였다면 오늘날 우리가 읽어도 이토록 숙연해지는 호교론이 나왔을까? 더구나 철저한 유가적 발상으로 천주교를 옹호하는 이처럼 정연한 논리의 글이.

上宰相書

伏以孟氏之廓闢楊墨者 恐其肆害於儒門也. 韓愈之攻斥佛老者 恐其惑亂於黔首也. 古之君子立法設禁 必考其義理之如何. 爲害之如何然後 當禁者禁之. 不當禁者 不禁之. 若其果含於義理 則雖葛覡之言 聖人必取. 比不以人廢言之義也. 我國之禁天主聖敎者 其義何居. 初不問義理之如何 以至冤極痛之說 歸之邪道 置之大辟之律 辛酉前後 人命大損 而無一人 查攷其源流. 噫 爲學者 將爲儒門之害歟. 將爲黔首之亂歟.

是道也 自天子達于庶人. 日用常行之道 則不可謂爲害爲亂也. 兹敢略言 其道理之不非. 夫天地之上 自有主宰 厥有三證言. 一曰萬物 二曰良知 三曰聖經.

何謂萬物 請以房屋喩之. 彼房屋也 有柱石有樑橡 有門戶有墻壁 間架不失寸尺 方圓各有制度 若曰 柱石樑橡門戶墻壁 渾然相合 兀然自立. 必曰狂人之言也. 今夫天地 大房屋也. 飛者走者動者植者 奇奇妙妙之像狀 豈有自然而生成乎. 若果自然 則日月星辰 何以不違其躔次 春夏秋冬 何以不違其代序乎. 興廢榮枯 宰制者誰. 福善禍淫 主張者誰. 上天之載 無聲無臭 擧世之人 瞑行摘埴 歸之自然 是何以異於遺子 不見其父 不信其有父也哉.(中略)

何謂良知 若夫白晝 晦暝雷電相薄 雖孩提便知奮畏 瞪目累足 置身無地 此可知賞罰善惡之大主宰印在心頭矣. 閭巷間愚夫愚婦 若遇蒼黃窘急之勢 悲痛冤恨之時 必呼天主而告之. 此其本然之心秉彝之性 有不得掩者 故不敎而知. 不學而能 但不知何以事之而畏之則均然. 此以良知而知有上帝也.

何謂聖經 古之堯舜禹湯文武周孔之傳 亦有經史而來也. 若非經史

則誰知有堯舜禹湯文武周孔之傳 何心法設何典章乎. 心法也典章也
載之竹帛 布在方冊 故視爲可則信如金石. 惟我聖敎之傳 亦有經典
而來也. 粤自開闢以來 史不絶書 古經新經 班班可考 至今家誦而戶
絃 汗牛而充棟 少無舛錯 我國之人 以此等文字不少槪見於中國經史
疑焉. 中國經史 亦不云乎. 易曰 以享上帝 詩曰昭事上帝 書曰禋于
上帝 夫子曰 獲罪于天 無所禱也. 有所謂敬天畏天順天奉天之說 雜
出於諸子百家之書 是何患乎西史之不來.(以下略)

최한기(崔漢綺)의
기측체의서(氣測體義序)

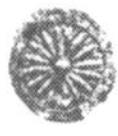

　한국인의 사유를 통시적 관점에서 개관하려는 사람은 으레 단군의 홍익인간과 화랑의 풍류도를 비롯하여 불교와 유교의 양대산맥으로부터 한국적 사유의 고봉준령들을 만나게 된다. 그분들을 섭렵하면서 우리는 우리 조상들의 호한한 사색과 심오한 궁구에 깊은 감명을 받는다. 불교도 외래사상이기보다는 우리 불교요, 유교사상도 남의 것이 아닌 우리 고유의 사상임을 깨닫게 된다. 그리하여 그때에 만나게 되는 원효와 지눌, 퇴계와 율곡은, (물론 논의해야 할 선현이 십지에 넘쳐나지만, 적어도 이들 네 분은) 우리 민족의 삶을 관통하는 정신적 지주였음을 깨닫게 할 뿐 아니라, 우리로 하여금 세계적 문화인이요, 독창적 사유의 주인공이 되라고 잠잠히 일깨우는 '장승'이라는 것을 확인시키신다. 그 다음으로 제제다사한 실학의 총림을 지나게 되는데 그 끝 무렵 19세기 중반에 이르면 우리 앞에 혜강이라는 분이 나타난다.

혜강은 누구인가? 어깨너머로 귀동냥이라도 하려고 철학강의실 주변을 배회한 적이 있었다. 1950년대 말이었다. 그때는 이른바 도강(盜講)이라고 하여 학점취득의 부담을 갖지 않고, 관심있는 강좌를 찾아가 그 강의실 구석에 숨어 앉는 것이 유행이요 관행이던 시절이었다. 그때에 열암(洌巖) 박종홍(朴鍾鴻) 선생으로부터 난생 처음 혜강이란 분을 듣게 되었다.

혜강(惠崗) 최한기(崔漢綺, 1803 순조3~1879 고종 16)는 평생을 공부만 하신 분이다. 자는 운노(芸老)라 하였고 호를 혜강, 패동(浿東), 명남루(明南樓) 등으로 불렀다. 삭령인이요, 영의정을 지낸 항(恒)의 후손이다. 23세 때(순조25) 사마시에 급제했으나 벼슬길을 단념하고 학문의 길에 들어서서 평생 침잠궁리하며 『농정회요(農政會要)』,『육해법(陸海法)』,『청구도제(靑丘圖題)』,『만국경위지구도(萬國經緯地球圖)』,『추측록(推測錄)』,『강관론(講官論)』,『신기통(神氣通)』,『기측체의(氣測體義)』,『감평(鑑枰)』,『의상리수(儀象理數)』,『심기도설(心器圖說)』,『소차류찬(疏箚類纂)』,『습산진벌(習算津筏)』,『우주책(宇宙策)』,『지구전요(地球典要)』,『기학(氣學)』,『인정(人政)』,『명남루집(明南樓集)』 등을 저술하였다. 70세 때에 이르러 노인직으로 첨지중추부사가 되었다. 그의 생존당시 우리나라 학풍은 다산을 위시하여 여러분이 실학의 중요성과 실효성에 깊은 관심을 보이고 있었다. 그러나 그 실학은 이론적 체계가 확립되지 않은 상태였다 혜강은 이것이 불만이었다. 그는 우선 선험적 지각을 인정하지 않았다. 보고 듣고 물들어 익히는 이른바 견문염습(見聞染習)에 의해 이치를 터득

한다고 하는 교도주의적 방법론으로 철저한 경험주의 철학을 주장하였다. 경험의 중대만이 인식의 근거라는 확고한 믿음은 그를 한국 경험주의 철학의 비조가 되게 하였다.

따라서 그는 무실사상을 전개하며 직업교육의 중요성을 역설하였다. 그에게는 훈고주역 위주의 성리학적 담론이나 기존종교에서 말하는 인격적인 신 또한 있을 수 없는 것이었다. 신기가 하나라고 하는 혜강의 주장에 귀 기울이며 기측체의의 서문을 읽어보기로 하자.

신기(神氣) · 추측(推測) 원론의 머리말

주공(周公)과 공자(孔子)님이 백세의 스승이 되시는 까닭은 주공이니 공자님이니 하는 존경하여 부르는 칭호에 있는 것이 아니요, 또한 몸가짐이나 풍채의 아름다움에 있는 것도 아니다. 하물며 머물러 계시는 곳이나 몸놀림이나 옷매무새며 사시는 집이나 그분들이 사셨던 시대에 있겠는가. 진실로 기강을 세우고 인륜을 밝히며 몸을 닦고 나라를 다스리는 도에 있으며 과거와 현재를 두루 참작하고 간소한 것은 알맞게 보태고 번쇄한 것은 알맞게 줄이며 그 길(도)을 밝히고 그 옳음을 옳다고 여기게 하여 후세에 가르쳐서 하늘과 사람이 언제나 떳떳하게 나아갈 것을 올바로 지키도록 하는 것, 이것이 백세의 스승이 되는 까닭이다.

후세에 주공과 공자님을 스승으로 모시는 것은 오로지 그분들이 참고하고 검토하고 삭제하거나 보충한 바가 있는 것을 마땅히 스승으로 삼는 것이지 어찌 그러한 것이 없는 데도 스승으로 삼을 것인

가. 나라의 제도와 유행·습속에 이르러서는 과거와 현재가 당연히 다른 것이요, 세월의 흐름에 따라 사물의 이치도 후대에 올수록 더욱 분명하게 되었으므로 주공과 공자님의 통달하신 큰 진리를 본받는다는 것은 어찌 장차 주공이나 공자님의 끼친 자취를 곧이곧대로 지키기만 하고 융통성 있게 바꾸는 바가 없는 것이겠는가. 또한 장차 주공과 공자님의 통달하신 것만 본받고 취하며 그 흘러온 족적만을 따르는 것이겠는가.

대체로 하늘과 땅, 사람과 사물이 생성된 것은 모두 기의 조화에 말미암는다. 그리고 세상에 태어난 뒤에, 겪는 일과 징험하게 되는 일은 점차로 기로부터 말미암은 것임이 밝혀진다. 그 이치를 연구하는 이들은 뚜렷한 기준과 법칙을 세워서 그 혼란스러운 것을 정리하며 그것을 행동으로 닦는 이들은 깨달음에 이르는 나루터 다리가 있으므로 도무지 어긋나는 일도 넘치는 일도 없게 된다. (이제) 기의 본질을 탐구하여 신기통(神氣通)을 짓고 기의 기능을 밝혀 추측록(推測錄)을 편찬하니 이 두 책이 서로 거죽과 속이 되었다. (이 두 책을) 매일같이 활용하여 항상 실천 궁행하며 함양훈육에 널리 통용하면 비록 이 기를 버리고자 하여도 그렇게 할 수 없고 (이 두 책에서) 골라 쓰는 지식은 이 기를 통하여 나오지 않은 것이 없다. 기를 논한 것은 이 책에서 그 실마리를 대강 펼치고 두 책을 합하여 함께 묶으니 추측록이 6권, 신기통이 3권, 모두 9권이 되었는데 이것을 이름하여 기측체의(氣測體義)라

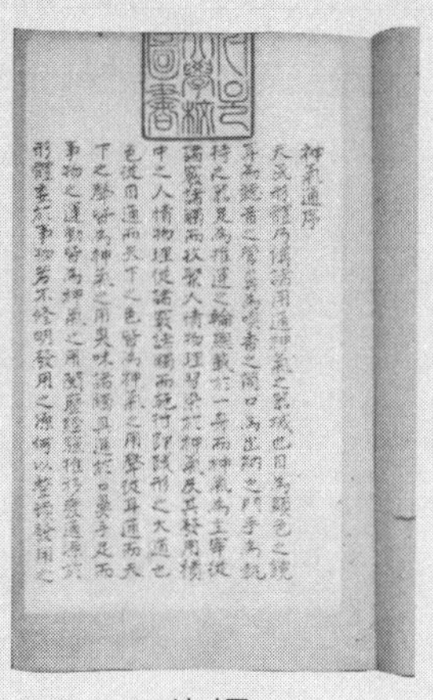

신기통

하였다. 이 책을 읽는 이들은 어찌 주공과 공자님의 도를 스승으로 삼는 데 보탬이 되지 않겠는가! 주공과 공자님의 학문은 실질적인 이치를 따르고 그 지식을 넓히어 치국평천하(治國平天下)의 이상을 실현시키는 것이므로 기는 곧 실리의 기본이 되고 추측은 곧 그 지식을 넓히는 요체가 된다. 이 기에 말미암지 않으면 연구한 바가 모두 허망하고 괴이한 이론이 되는 것이요, 추측에 연유하지 않으면 아는 것이 모두 근거가 없고 증명되지 않는 말이 되는 것이다. 근고에 잡스럽고 기이한 학설들은 확실하기를 꾀하지도 않으면서 확실한 체하고 스스로 정교하며 신실하다하고 스스로 공명정대하다고 내세우며 고금을 참작하는 것도 피차를 변통하는 것도 자체의 방법론에만 따른다. (그러나) 고대에 밝혀지지 않았던 것이 때로는 현대에 밝혀졌고 고대에는 맞지 않던 것이 때로는 현대에 맞는 것이 있다. 오늘날 숭상하는 바는 때로는 고대에 미치지 않고 오늘날 밝히 아는 바도 때로는 옛사람이 버린 것에서 나왔다. 이런 것을 미루어보면 주공(周孔)의 도를 스승 삼아 그것에 통달하는 것은 고금이 다르지 않다. 비교 참고하고 갖추어 개진하며 수신치국의 도를 구명하면 성실한 이치가 이로 말미암아 변화순환하는 질서가 있을 것이며 인륜기강의 떳떳함도 이것으로부터 부양 증식하는 방책이 나오게 될 것이다.

주공과 공자님이 백세의 스승이라고 하는 성덕대업(盛德大業)은 과연 후세에 밝혀질 것을 기다리고 있었고 실용에 보탬이 된 바 있었으므로 비록 말씀하신 것을 가볍게 여겼더라도 응용한 바가 있었으니 후세에 언급된 것도 결국은 버릴 수 없게 되는 것이다. 만약 주공(周孔)의 도에 보탬이 되지도 않고 언사가 교묘하고 매끄럽기만 하면 취하여 쓸 수 없는 것이다. 진실로 하늘과 사람의 온당함에 이르는 학문을 배울 수만 있다면 신기와 추측을 기하지 않아도 저절로 신기와 추측에 이르게 되고 주공의 도를 기하지 않아도 저절로 주공의 도에 들어가게 되는 것이다.

도광16년(청 선종16년, 1836A.D) 병신 첫겨울 최한기 쓰다.

기측체의(氣測體義)란 무엇인가? 기는 신기요, 측은 추측이다. 체는 체용의 체이니 곧 본성 본질이란 뜻이요, 의는 논의라고 생각된다. 그러면 신기는 무엇이고 추측은 무엇인가? 신과 기는 둘이 아니요 하나라 했으니 그냥 기만 쓸 수 있겠는데 이것이 성리학에서 말하는 이·기의 기는 아닐 것이고 그보다 더 궁극적인 근원일 터인데 딱히 현대적 용어로 무엇이라 하면 좋을지 모르겠다. 추측은 결코 그냥 미루어 짐작하는 것은 아님이 분명하다. 경험으로 입증되는 논리적·경험적 추론인가? 혜강 특유의 철학적 사유를 추측하며 우리는 그의 후배임이 자못 자랑스럽고 흥겹다.

周公孔子所以爲百世師者 不在於周公孔子之尊號 又不在於容儀神彩 況復在於居處動作衣服宮室及所遇之時乎. 寔在於立綱明倫 修身治國之道 參酌乎古今 損益乎質文 明其道正其誼 以詔後世 遵守天人常行之宜 此所以爲百世師也.

後之師周孔者 惟當師其參酌損益之所在 豈惟師其所不在也 至於國制風俗 古今異宜 曆算物理 後來益明 則師周孔之通達大道者 將膠守周孔之遺蹟而無所變通耶 抑將取法周孔之通達而有所沿革耶.

蓋天地人物之生 皆由氣之造化 而後世之閱歷經驗 漸明乎氣 究理者有準的而熄其紛紜 修行者有津梁而庶無違越 論氣之體而著神氣通 明氣之用而撰推測錄 二書相爲表裏 日用常行涵育發用 雖欲捨是氣而不可得 拔萃知識 無非出於通是氣也. 論氣之書 於斯略發其端 合二書而編之 推測錄六卷 神氣通三卷 總九卷 名曰氣測體義 讀之者有何補於師周孔之道乎.

周孔之學 從實理而擴其知 以冀進乎治平 則氣爲實理之本 推測爲擴知之要 不緣於是氣 則所究皆虛妄怪誕之理 不由於推測 則所知皆無據沒證之言. 近古之雜學異說 不期祛而自祛 精實自立光明自著 古今之參酌 彼此之變通 自有其術. 古之所不明 或明乎今 古之攸宜 或違於今矣. 今之所尙 或不逮於古 今之所明 或出於古人所棄 擧此而通之於師周孔之道 則古今無異 參酌備陳 究明修身治國之道 則誠實之理 從此有易循之序 倫綱之常從此有扶植之術.

周公孔子百世師之盛德大業 果有俟於後世之所明 有補於實用則雖蕘說而取用 未嘗以後世所言拚棄之. 若無補於周孔之道 雖巧言善辭 不可取用. 苟能學到天人之宜 不期乎神氣推測而自臻乎神氣推測 不期乎周孔之道而自入於周孔之道.

道光十六年 丙申孟冬 崔漢綺書.

황현(黃玹)의 매천야록(梅泉野錄)

　명문(名文)이란 표현이 아름답거나 글뜻이 깊어 마음에 감동을 주며 가슴속 깊이 교훈(教訓)을 남기는 글이다. 그러므로 명문은 모름지기 학문이 깊고 인품이 고결하여 그 삶이 올곧았던 사람만이 남길 수 있는 글인지도 모른다. 그러나 우리는 가끔 남의 글을 옮겨 놓고 내 글은 몇 자 적지 않았으나 그 분의 삶이 진정으로 반듯하고 모범적이었기 때문에 그 인용한 글을 포함한 한 조각 글이 온통 명문으로 바뀌는 것을 경험한다. 이 때에는 명문(名文)이 아니라 명문(銘文)이라 하여야 하는 것인가? 매천(梅泉) 황현(黃玹)의 글이 그러하다.

　매천이 경술(庚戌)년 국치일(國恥日)에 피를 토하는 심정으로 옮겨 적은 왜왕(倭王)의 조서(詔書). 그것은 우리 민족이 두고두고 새겨 읽으며 정신을 가다듬어야 할 치욕의 글이요, 통분의 글이다. 이 부끄러운 글을 한 자 빠짐없이 옮겨 일기에 적어 놓고 그 끄트머리에 이름 없는 한국의 선비 황현이 약사발을 마시고 죽는다는 비장한 한마디로 일생의 일기를 마감한 그 마지막 일기!

이것을 여기에 명문의 대열에 넣어 옮겨 놓는다.

무엇이 명문인가를 역설적으로 말하는 이 글을 읽으며 우리는 백년전 매천의 심경으로 오늘의 독배를, 그러나 죽지 않고 이 세상의 주인이 되겠다는 의지의 독배를 마실 일이다.

매천(梅泉) 황현(黃玹, 1855 철종6~1910 순종4)은 구한말의 지사요 학자였다. 자(字)는 운경(雲卿), 호(號)는 매천, 본관(本貫)은 장수(長水)요 광양(光陽)에서 태어났다. 어려서부터 시문(詩文)을 잘 짓기로 이름이 났으며 나이 30에 생원시에 장원했으나 시국이 혼란스러움을 슬퍼하고 출세를 단념, 향리에 은거하며 책 읽기에 전념하였다. 당대의 지성인 이건창(李建昌), 이택영(李澤榮) 등과 깊이 사귀며 그들과 담론을 즐긴 것이 그의 서울 생활이었다. 고향에서는 풍문에 들리는 서울 소식을 낱낱이 일기에 적어나가다가 합방(合邦)이 되었다는 치욕스런 전문을 확인하자 그날밤 아편(鴉片)을 마시고 그 다음날 운명하였다.

매천은 자기의 일기가 일제의 식민시절에 세상에 알려지면 그것이 온전치 않을 것을 알고 자손들에게 "이 책이 바깥 세상에 보이지 않게 하라."고 유언을 남겼다고 한다. 그 자손들이 매천의 뜻을 받들어 깊이 보관하였는데, 1955년 국사편찬위원회가 이 책의 사료적(史料的) 가치를 높이 사서 세상에 공간(公刊)하게 되었다.

8월 29일(경술 7월25일 병인)

한국이 왜국에 병합되었다. '한국'이란 나라이름을 '조선'으로 고치고 통감부를 조선총독부로 고쳐 부르고, 한국 정부의 대신이하 모든 관리들이 총독부에 소속되어 잔무를 정리하게 하였다.

왜국의 황제는 다음과 같은 조칙(詔勅)을 발표하였다.

"짐은 동양의 평화가 영구히 유지될 것과 (일본)제국의 안전과 장래가 보장될 필요가 있음을 생각하고, 또 항상 한국의 병폐와 어지러움의 근원에 대해 고민하였다. 지난날에 짐이 (일본)정부와 한국 정부가 협정을 맺게하여 한국을 일본제국의 보호아래 둔 것도 병폐와 어지러움의 뿌리를 끊어 평화를 확보하자는 것이었다.

그때로부터 4년 남짓한 세월이 흐르는 동안, 짐의 정부는 정성을 다하여 한국의 시정(施政)을 개선하려고 노력하여 그 성과가 얼마간 볼만한 것이었다. 그러나 한국의 현재의 제도로는 여전히 치안을 제대로 유지하는 데 부족함이 있어서 근심스러운 생각이 항상 나라안에 가득하여 백성들이 편안하게 지내지 못한다. 진실로 공공의 안녕을 유지하고 민중의 복리를 증진시키기 위하여서는 분명코 현재의 제도를 혁신하는 것이 불가피하게 되었다.

황현(黃玹)

（그리하여）짐과 한국 황제폐하는 이 사태를 깊이 인식하고 어찌할 수 없다고 판단하여 한국을 일본제국에 병합하기로 하였으니 이것은 대세를 따르는 시대의 요구에 맞추는 것이다. 이에 한국을 영구히 일본제국에 병합시키는 바이며 한국황제 및 황실의 모든 분들은 비록 병합된 후일지라도 마땅히 상당한 예우를 받을 것이다. 또 민중은 곧바로 짐의 보살핌아래 있게 되어 건강과 행복을 증진하며 산업과 무역은 태평한 통치아래 두드러진 발달을 보게 될 것이다.

동양의 평화는 이로 말미암아 그 기초를 더욱 공고히 할 것임을 짐은 믿어 의심치 않노라. 짐은 특별히 조선총독을 두어 짐의 명령을 받들게 하고 육군과 해군을 통솔하여 제반업무를 두루 관장케 하였으니, 모든 관리와 공무를 맡은 이들은 짐의 뜻을 받들어 업무에 나아가 일을 처리함에 크고 작은 일을 정도에 맞추어 시행함으로써 일반 백성이 영원히 태평한 정치를 깊이 신뢰하고 축하하도록 하라."

왜국 황제의 이름과 어새가 찍혔다.(중략)

한국 황제는 '왕'으로 책봉하고 '창덕궁 이왕'으로 부른다. 황태자는 '왕세자'로 하고, 태황제는 '태왕'으로 하여 '덕수궁 태왕'으로 부른다. 각 후비는 '왕비', '왕태비', '세자왕비'로 한다.

이강 이희는 공작으로 삼는다.

재외에 지정된 학교 직원의 임면 및 한국 군인 및 거류지의 사항은 이미 정한 바에 따른다.

한국 정부의 재정은 과거의 관례대로 시행한다.

세관과 법률이 개정되었고, 이에 따라 큰 사면조치가 내렸다.

한국이 망했다. 전 진사 황현은 약을 마시고 죽는다.

이 '매천야록(梅泉野錄)' 끄트머리에 절명시(絶命詩) 4편(四篇)이 덧붙여 있다. 그 가운데 인구에 회자되는 제3편 하나를 감상해보자.

鳥獸哀鳴海岳嚬(조수애명해악빈)
槿花世界已沉淪(근화세계이침윤)
秋燈掩卷懷千古(추등엄권회천고)
難作人間識字人(난작인간식자인)

새 짐승도 슬피울고 산 바다도 찡그린다
무궁화 삼천리가 허무하게 무너졌네
등잔불에 책을 덮고 역사를 돌아보니
어렵구나, 이 세상을 지식인으로 사는 일이여!

그러나 매천은 오늘도 나라와 민족을 근심하는 선비의 책상머리에서 이 시편을 낭랑하게 읊조리며 우리들의 겨레사랑의 넋을 일깨우고 있다. 만일에 1910년 그 국치의 날에 매천이 있어 자결하지 않았다면 오늘날 조선조 518년에 어떻게 참다운 유생(儒生)이 있었다 말할 것이며, 21세기의 우리들은 어떻게 우리가 세계를 선도할 문화민족이라고 자부할 수 있을 것인가!

八月二十九日 丙寅(庚戌七月二十五日).

倂合韓國於倭, 改韓國國號曰朝鮮, 統監府曰朝鮮總督府, 韓國大臣以下諸官吏, 始屬之, 使整理殘務.

倭皇詔曰:

朕念東洋平和永久維持, 帝國安全將來保障之必要, 又常顧韓國禍亂之淵源, 曩者期以朕之政府與韓國政府, 使之協定, 置韓國於帝國保護之下, 以杜絶禍源, 確保平和也. 爾來, 經過四年有餘, 其間朕之政府, 銳意努力, 韓國施政之改善, 其成績亦有可見者, 然韓國之現制, 尙未完治安之保持, 疑懼之念, 每時充溢於國內, 民不安其堵, 苟爲維持公共之安寧, 增進民衆之福利者, 瞭然至其革新現制之不避也. 朕與韓國皇帝陛下, 鑑此事態, 念不得已, 有擧韓國而倂合於日本帝國, 以應勢時之要求者也. 玆使韓國永久倂合於日本帝國, 韓國皇帝陛下及其皇室各員, 則雖倂合之後, 當受相當之優遇也. 民衆則直接立於朕綏撫之下, 增進其康福也, 産業及貿易, 則使至見治平之下顯著之發達也. 東洋平和, 依此尤爲鞏固其基礎者, 朕所信之不疑也. 朕特置朝鮮總督, 使承朕命, 統率陸海軍, 總轄諸般政務, 爾百官有司, 克體朕意而從事, 施設緩急得其宜, 使庶衆期賴永遠治平之慶.

倭皇名御璽(中略)

册韓國皇帝爲王, 稱昌德宮李王, 皇太子爲王世子, 太皇帝爲太王, 稱德壽宮李太王, 各后妃爲王妃·王太妃·世子王妃

李堈·李熹, 爲公爵.

依定在外指定學校職員任免, 及韓國軍人, 及居留地事項.

襲用韓國政府財政.

改正稅關及法律而大赦.

韓亡, 前進士黃玹, 仰藥死之.

韓國의 名文百選 (下)

초판 인쇄/ 2012년 2월 9일
초판 발행/ 2012년 2월 18일

저　　자　심재기
책임편집　김민경

발 행 처　도서출판 지식과 교양
등　　록　제2010-19호
주　　소　132-908 서울시 도봉구 창5동 262-3번지
전　　화　02-900-4520 / 02-900-4521
팩　　스　02-900-1541
전자우편　kncbook@hanmail.net

ISBN　978-89-94955-72-8 94810
ISBN　978-89-94955-70-4 （전2권）　　　　　　　　**정가** 22,000원

이 도서의 국립중앙도서관 출판도서목록(CIP)은 e-CIP홈페이지(http://www.nl.go.kr/ecip)에서
이용하실 수 있습니다. (CIP제어번호: CIP2012001162)